劍底驚螟

他的死有餘罪，令江湖劍影紛飛

白羽 著

弟子杜若英，
叩求嵩陽派上下諸同門，護法誅凶，
一齊拔劍，尋捕這萬惡的畜生！

目錄

◆第一章　訴叛徒俠女驚宴……005
◆第二章　搜逆子群雄下山……031
◆第三章　探巨宅人影閃爍……063
◆第四章　訪道地忽遇妖賊……095
◆第五章　鬼畫符鄉婦求巫……125
◆第六章　雄娘子邪術殺人……149
◆第七章　三太保貪色被閹……179
◆第八章　玉蜻蜓決鬥遭擒……207
◆整理後記……243

目錄

第一章　訴叛徒俠女驚宴

南嶽衡山祝融峰第九峰上，有嵩陽派劍客南支領袖夏金峰、羅靖南兩人卜築的一座別墅，樓七楹，挹翠迎暉，名為抱璞樓，這樓每年重九，定要大會嵩陽南支同門諸支，和門下弟子，結袂遊山，攜榼歡宴；而驗藝業、考功過，也在此時舉行。

照往例，一入九月，群俠便陸續來到。九月初七當晚，要設夜宴，敘舊談歡，到九月初九，便由領袖夏金峰、羅靖南率領群英，登高野遊。乘著遊興，諸同門各將本身藝業，逐次演練，彼此觀摩切磋；更由領袖糾正謬誤，評定優劣。到九月初十，各人這才具述本身的和本門的一年來的遊俠事跡，如有觸犯門規的，就要趁此時當眾議罰。其有發揚本門劍術，有功於嵩陽派門戶昌大的，自然也要在當時獎勉一番。

這一年是第十七度宴集，在重九前兩日，抱璞樓中，高懸武當派祖師洞玄真人張三豐和嵩陽南派開祖的畫像，案上陳列供品，寶鼎焚香，紅燭結蕊，已到黃昏時分。樓上擺著廣案、設置兩個主位，客位四十座。上座十三位，乃是長一輩劍客，下座二十七位，便是輩分較晚的了。雙俠夏金峰、羅靖南，雖同是嵩陽南支首領，兩人的年貌卻不相伴。夏金峰鬚眉皓然，年已六十有三，身材魁梧，聲若洪鐘，眉稜高聳，具有壽者像；唯好道服，簪髮道袍，儼然是個世外羽士。那羅靖南，年正四十四歲，瘦頰通眉，面色微黑，氣度溫文儒雅，好像是個書生，又像是一個幕賓。

嵩陽派老少四十二俠，此時差不多全到齊了，夏、羅二俠撚鬚含笑，以主人之禮，款接群英，十三位長支劍俠，二十七位晚輩劍客，漫散在抱璞樓廣廳上，獨有上位第九座汝南祝昌期，第十一座杜若英娘子未到。那二十七個下座，是第六、第七兩座喬亮工、喬亮才昆仲，因丁母憂未到。第十九座黃紹谷的座位，也是空著，那下座第二十三位和末座第二十七位，也沒有到。本年值年的長門第七俠沅江徐鶴，看了看時候，知道不早了，便對夏、羅二俠說了，請大家入座。

入座以後，沅江徐鶴對眾報告道：「諸位同門，本年內因故不到場的，計有四位。長門第九位祝昌期，因有事不能分身，這一次的宴會不能趕到，已經轉煩孟雲祥師弟，替他告假。晚一輩的，是喬氏弟兄不幸喪母，難參盛會，這是大家全知道的，第十九位黃紹谷，卻是在八月末趕到抱璞樓的；他現在有緊急公幹，也難預會。」

大家聞言，往空座上看了看。值年的徐鶴接著說道：「現在只有長門第十一位杜若英娘子，和次門第二十三位肖珏，第二十七位張青禾，一共三位都是無故遲到，事先沒有聲言，這是往年沒有的。以前同門諸人固然也有臨期遇事，不克躬臨的；卻是當時不及趕到，到了事後再補假的，也不過偶有一兩個人罷了，但從來沒有這麼些人。門規第五條所說的言行必信，要約必踐，似此就要成為具文。我請領袖和本門執法注意今日之事。」言罷歸座。

夏、羅二人沉吟道：「我們再稍候。」本門執法張伯循就言道：「上次有一兩位，直到重九正日，方才趕到，當時未能明規正罰，大家就這樣怠忽過去了。這一次竟有三四位誤約後到，請示領袖，這不能再含糊了。」

值年和執法先後這麼一說，到場眾人交頭接耳，紛紛議論起來。尤其是這位杜十一娘，她距此很近，她怎麼爽約不到？

況且她，一向恪守門規的。那長門第五位靈修道人，向第七位妙蓮庵了因老尼探問道：「師兄，杜十一娘何故未到？她不是常到寶庵去嗎？」

了因老尼姑搖頭：「我也不解，上次我遇著她，見她似乎怏怏不樂。問她，她也沒說什麼。」靈修道人點頭道：「也許她有什麼不如意的事情，她素來恪守規約的。」

又候過半晌，值年徐鶴道，「時候已過，請諸位先入席吧。」執法張伯循取過功過格來，用筆記上了這幾個不到的人：杜十一娘、肖珏、張青禾。眾人紛紛引觴，侍者擺上豐宴，美酒，鮮果，大家開懷暢飲，各訴一年來到處遊俠的行蹤，和江湖上的見聞，以及各派新出的能手。

酒正微酣，忽然聽見外面微微一響，緊靠外面坐著的知客鄒承璋、李尚桐、孫茂增、胡炳四人回首注視。只見樓門一層，捷似狸貓，撲進一個人來，當案一跪，竟自叩頭道：「祖師，弟子肖珏一步遲來，特來請罪！」

叩罷，不敢起來，依然挺身俯首，跪在案前。執法張伯循厲聲道：「你可曉得門規十五條嗎？」肖珏伏地不敢抬頭，低聲跪訴道：「弟子知罪，弟子只因……」話還未說完，倏然門扇又一展，一道藍影竄進來，撲得燈檠閃閃搖光，眾人全是一驚。

來者正是橫波女俠杜十一娘。頭上勒藍絹包頭，身穿二藍絹綢短裝，外罩藍色披風，腰紮白綢帶，足登青緞窄靴，肋跨青芒劍，竄到屋內，當頭一站。在座眾俠凝眸細看，燈光下，照見杜十一娘面色鐵青，眉橫兩道殺氣，目閃兩道怒焰，紅唇泛白，微微顫動。嵩陽雙俠夏金峰、羅靖南，以主人之禮，站起身來遜座道：「十一妹，才來？請坐！」

杜十一娘微微頷首，側目向座中一巡，倏然一轉身，雙瞳注視到案前跪著的小俠肖珏和案旁的執法、值年二同門。執法張伯循道：「十一師姐，今年遲到幾刻，有犯門規。」

雙俠也道：「師妹遲到過久，想是有什麼緣故？」

杜十一娘斂衽向眾人一拜，對執法、值年打一招呼，微微一挪身，低頭服罪道：「掌門二位師長，在座諸位同門，執法、值年二位師兄，今年恕我來遲，請執法師兄依法加罰。」

執法張伯循正要訊問遲到的情節，猛聽這橫波女俠十一娘杜若英聲音微顫，陡如裂帛的叫道：「值年的同門，請把酒宴撤了……」

眾人無不詫異，齊聲問道：「十一娘，什麼事情？」

杜若英淒然一笑，慘白的面龐，起了一層紅雲，猛然說道：「掌門領袖，我嵩陽南支弟子杜英若，今日請掌門師長，在祖師聖像前，焚香設祭，當眾宣誦我『嵩陽南支十八條戒律』！」

杜若英此言一出，長幼三輩劍俠登時面目變色。嵩陽雙俠夏金峰、羅靖南，口雖不言，眼光注視杜十一娘，從眸裡露出駭疑之色。那執法的同門張伯循更是惶惑，忙說道：「師姐，難道本派出了什麼大敵？小弟身擔執法，竟裁決不了嗎？或者是小弟執法，有什麼不公允的地方嗎？」

十一娘看了他一眼，把頭微搖，面向雙俠，雙蛾一蹙，固執的叫道：「掌門領袖，我弟子杜若英再申請一遍，我杜若英務請掌門領袖，在祖師聖像前，當眾宣誦我們的戒條！」

夏金峰、羅靖南略略遲疑了片晌，將手一揮，大聲吩咐道：「撤席！」眾俠客俱各自動神聳，紛紛站起來。此時抱璞樓中鴉雀無聲，被一種緊張的空氣籠罩起來。四十二座盛宴一霎時撤去。小俠肖珏猶自跪在地上，被執法呼喚起來，對他說：「暫作懸案，容後再究。」

夏、羅雙俠立刻正襟肅容，默默的從供桌上，取來長方形一隻楠木箱，將兩道銅鎖打開，然後恭恭敬敬，把一個黃綾絹裱的卷軸取出。執法張伯循急忙設案焚香，值年徐鶴急忙引群俠各依位序，排班站立。雙俠將戒規卷軸供放在開祖聖像之前。值年贊禮，雙俠叩祭，然後群俠依次拜過，重新分立案旁。然後，雙俠夏金峰、羅靖南，這才捧過戒規，當案一站，朗然說：「請戒規人肅聽宣誦。」

杜十一娘澀聲應了一句：「是！弟子杜若英，敬謹傾聽。」

這「聽」字才出口，語言已經變了聲。了因老尼張皇失措的偷看杜十一娘，又偷看末座空位，杜十一娘跪在案前，兩行熱淚倏然的掉下來。

夏金峰雙手捧著戒規，雙手展開了，由羅靖南側立朗讀：

凡我同門恪守戒規，如有違犯，重則必誅，輕則必懲。

或者徇縱，與受同罰。

第一條，欺師滅法，有犯必誅。

第二條，逆倫犯上，有犯必誅。

第三條，云云。

第四條，云云。

第五條，忘恩背本，私改門戶，有犯必誅。

第六條，云云。

第七條，貪淫嗜殺，有犯必誅。

第八條，濫交匪類，挾技凌人，有犯必誅。

第九條，門規不嚴，教訓無方，有犯必誅。

誦到這第十五條，未容將這十八條戒規唸完，杜十一娘驟然站起來，厲聲道：「掌門領袖，諸位同門，今有不肖孽徒張青禾，忘恩背本，逆倫犯上，貪淫濫交，欺師滅法，實犯大法八不赦重罪。業經查實有據，罪狀明白。弟子我杜若英，叩求嵩陽派上下諸同門，護法誅凶，一齊拔劍，尋捕這萬惡的畜生，按最重法條，亂刀分屍，以為不義不孝者戒！……我嵩陽南支，自從開派以來，諸同門小小過失，實不能免，似這等罪大惡極，尚屬絕無僅有。此賊若教他逃出法網，偷生一日，實為我全派門戶之玷！務請諸同門即時下山，擒拿此獠，以正門規，以肅法條；要是稍一緩縱，我恐怕此賊要匿名逃亡，投到別派，更難根究了！」

杜十一娘一口氣趕下，桃花粉面已然慘無人色，兩手抖抖，似欲暈倒。夏金峰、羅靖南聽她這一席話，也不禁勃然動容道：「十一師妹，張青禾乃是你的義子，又是你的門徒，他今年才十八歲，你所舉發他的罪情很重，非同等閒：十一師妹，你可確實查得他的劣跡實證嗎？」

杜十一娘呻吟一聲，滿面怒容，強作一聲慘烈的笑聲道：「掌門領袖！我指控他處處有據，我就是原告，我就是被害之人！」

這末了一句話，不亞如平地焦雷，眾人不禁大驚大駭，失聲問道：「什麼？你是被害之人？」

杜十一娘面挾寒霜，目突唇顫道：「在座諸位同門，這個不義的奴才，……我再說一遍，這個不義的奴才，逆倫欺母，貪淫滅師，犯了淫惡大罪。十八條大法，這奴才犯了多少條？……第一條欺師滅法；第二條逆倫犯上；第五條忘恩背本；第七條貪淫嗜殺；第八條濫交匪類，挾技凌人；第十四條男不失義，他他他都犯了。……十八條大法，小奴才實犯了六條。……剛才師長問我證據，證據在這裡。」一探手，從身上取出一個綢卷來，啪的摜到案上，惡狠狠地說道：「掌教師長，諸位同門，這奴才，可憐我恩養他十多年，他卻這麼毀害我！這奴才，人雖小，而心不小，勾結宵小，屢犯大過，是我督責他，也是希望他成人。哪知這奴才禽獸不如，他小小年紀，膽敢逆倫欺母……」

十一娘說到此，喘不成聲，頓一頓又道：「我杜若英，竟撫養一個豺狼，養大了反吃我！我杜若英十三年苦節敗於一旦，我求諸位給我雪恥洗恨，我就是死了也感激。我杜若英恪守門規，從無過犯，不想今日遭此人倫慘變。掌門師兄，我杜若英調徒無方，失身敗節，今日實犯了戒規第九條和第十四條。我苦節十幾年，今日如此，我還有何顏偷活在人世？……但願同門諸友，仗義執法，一年之內，替我洗此恥恨。惡賊的罪狀，都一一寫在那紙上。」用手一指那擲在案上的綢卷，突然一回手，掣出青芒劍來，驀然往項下一勒……

夏、羅二俠大吃一驚，道：「噫！」

橫波女俠說完了這事，突然橫劍自殺。不意妙蓮庵了因老尼，本已略悉前情，此時只聽得一半，察言觀色，早已防到這一著，慢慢從人叢挨了過來。杜十一娘才一拔劍，了因老尼急急一探身，「烏龍探爪」，右手一把將十一娘腕子托住，連說道：「使不得，使不得！」左手便來奪劍。杜十一娘拚死力一掙，群俠一齊上前攔阻；下位第十二座女俠夏澄光，趁機將劍奪取過來，遞給他父夏金峰，夏澄光與了因老尼兩位女俠，忙把杜若英勸住，一邊一個抓著手，架到別室，慢慢的研問細情，並破解她不要行這自殺之見。

這卻是嵩陽派南支劍俠開派以來，第一樁慘變。盛宴開不成了，群俠瞠目變色，莫知所措，執法同門張伯循從案頭，將那綢卷拾起來，料到內情重大，事關逆倫，必有不可盡想告人者；便不閱看，把原件遞給領袖雙俠。雙俠接過綢卷，兩個人屏人細讀，方才曉得那晚輩第二十七位張青禾，濫交匪類，數受責罰，竟於四日前的夜間，對義母兼恩師的橫波女俠杜十一娘，肆行無禮。用藥物之力，把她淫污了，張青禾事後畏罪，竟與淫朋逃往別派去了。

這橫波女俠杜若英，乃是湘江名鏢師朱鎮揚的愛女，嫁夫杜春衡，英年好武，名震三湘，不幸遭仇家陷害，竟死於毒箭之下。杜若英慘賦黃鵠，志慕龐娥，正值嵩陽派劍俠松風閣主人開創南支劍術，杜若英挾技投歸於門下，與妙蓮庵老尼了因，及女俠夏澄光三人，同修劍術，成為嵩陽南支門下有名的三個女劍客。杜十一娘矢志圖雪夫仇，刻苦精研劍法；掌門師長夏金峰、羅靖南，都很欽佩她。無奈仇家勢大，夙願一時難償，於是，便有妙蓮庵了因老尼送來一個八歲的孤兒張青禾，請她撫養。張青禾乃是嵩陽南支門下岳陽劍客張筠的獨生兒子。張筠為盜案株連，夫婦同時遭禍殞命，遺下這個孤兒，無家可歸，沒人撫養，這才託孤給妙蓮庵了因。了因是女尼，年紀雖老，卻是老處女，不會撫幼；而且尼庵中撫養孤男，究為清規所不許，又易為謠喙所猜議。了因老尼念及杜十一娘門下單弱，夫死無兒，並且杜十一娘的亡夫杜春衡，和張筠又是同門至好；於是出家人慈悲為懷，親攜張青禾投到杜十一娘那裡。杜十一娘那時才二十二歲，孀居已經三年，本不願撫此孤雛。但是孤縈悲寂，撫兒亦可遣愁，又念同門之義，又見張青禾八歲的孩兒舉止活潑，言語清朗，頗為玉雪可愛，這才慨然答應了。

而且張青禾父母的遭禍，雖說是受匪案牽連，卻是細一根究起來，那個對頭恰恰與杜十一娘亡夫的仇人有關。這一來，杜十一娘一個少孀，張青禾一個孤雛，簡直又是志切同仇之人了。杜十一娘也想到仇人倚仗官勢，靠自己一個女人的力量，圖刺報仇，一擊不中，再舉為難。將張青禾養了，十幾年後，義母養子兩人就可以協力尋仇。原來這嵩陽派的門規，嚴禁好勇鬥狠。為了防止本派門人糾黨挾技仇殺，曾在第六條上，訂決戒約。就是骨肉至親，遭人陷害，父兄之仇，不共戴天，當然許其報復，卻也限定一家一姓之人，一人一手之力；要想邀同門師友，相助拔刀，卻為門規所不容。這為的是當年嵩陽南支開派時，眼見別派冤冤相報，輾轉尋仇，引起了瀝血慘案，松風閣主防患未然，特意立此戒條。故此杜十一娘雖然身負殺夫之仇，也不能哭訴同門，助她雪恨。

杜十一娘收養了張青禾，既做了他的養母，又做了他的恩師，稟明本派，將嵩陽劍術傳給了張青禾。張青禾人極穎悟，而性稍流動；到十五六歲，武功練得不壞，只是少年人無不喜遊好交，不幸他竟為惡友淫朋所誘，被杜十一娘屢次懲戒。嵩陽門規，非經掌門首領允許，不准將劍術擅授予人，也不准將門規私洩於外。張青禾受人引誘，把本派劍譜偷抄私傳給人。

嵩陽派門人藝滿出師，由授業師稟明掌門領袖，大會同門，宣誓受戒，贈劍傳譜，方算正式出師，才准挾技到外面遊俠。若是藝業不精，人品不妥，便不能享這待遇。

張青禾的藝業，尚未大成，他竟受朋類引誘，挾劍出去逞能，被十一娘查悉，從張青禾臥室搜出竊得的贓物達數千金之多。十一娘勃然震怒，將他捆好，聲言逐出門牆。經張青禾痛哭流涕的跪求，十一娘仍不肯饒；張青禾無奈，跑到了因老尼那裡訴苦，由了因陪伴過來代求，又罰跪一日一夜，經他誓言悔改，方得復為母子如初。張青禾的一個淫朋，卻被杜十一娘設法尋獲，捉住了痛毆一頓，削髮截耳，趕逐出去，永不許他在近處逗留。

張青禾結交的淫朋共有三人，隔過兩三月，又會見了，這幾人恨著十一娘，竟對張青禾百般冷嘲：「你一個堂堂男子，怎的這麼怕一個女人？」又加上種種挑撥，卒因一時受愚，在一天雨夜凄涼的時候，張青禾做了瀆倫的獸行。其時張青禾已十八歲，生得長身玉立；那杜十一娘，時年三十二歲，雖是孀居，卻面貌姣好，宛如處子。可憐她十多年的冰霜柏舟之節，竟葬送在藥物之下，於迷惘中失了身。——竟以此引起了嵩陽劍客與長沙「海砂幫」一場凶毆，更帶累得嵩陽派修改了門規，從今後不准男師收女弟子、女師收男門徒！

張青禾的一時失腳，他不知自己也被那淫朋灌了藥酒；當其時，只覺獸性衝動，做了這錯事。忽然覺醒過來，已竟悔不可追，情知義母杜若英性如烈火，自己身犯不恕的獸行重罪，準死沒活，急急的結束起來，奪門逃走。他那淫朋抱怨他既然懼禍，為什麼不把杜若英先姦後殺？張青禾猛然頓足，咳了一聲，後悔無及；也說不清他是深悔自己的獸行，還是深悔自己的失策。

不想杜若英忽已醒轉，自知失身，當時怒焰噴薄，拔劍就要自刎。轉念一想，望見亡夫的遺容，又恨此恥不雪，縱死也無顏再見亡夫於地下！當時咬牙切齒，持劍追出，張青禾望影而逃，他那淫朋還想協力攻打杜十一娘，被十一娘一刀削斷四指，他們就結伴遁走。杜十一娘捨死忘生的窮追下去，夜暗星黑，逆子張青禾與他的三個淫朋，竟已落荒逃脫。

經過兩日後，杜十一娘窮搜未獲，但已尋蹤訪跡，料到他們必然投奔到潛伏長沙的「海砂幫」裡去了。海砂幫的舵主，技高眾廣，非可輕敵。而且自己一個女人，要找到他們那裡，以正門規、捉叛徒的名義，向他們要人，迫他們交出張青禾來，力爭且不論；假使是善討，這張青禾奴才既如此昧良，那時他必然文過飾非，對自己必加侮蔑之辭。他就不侮蔑，海砂幫的舵主問起緣故來，自己失身被辱的話，又怎好說出口來？

杜十一娘一念及此，痛淚交流，將青芒劍抽出，又要自殺……可是俠客行徑，不比懦婦，終不甘心以一死了事。杜十一娘忽然想起了因老尼來，不由頓足恨罵：「都是這個老禿多事，害得我失身敗節，我找她算帳去！」

杜十一娘銜著急怒，撲奔妙蓮庵，了因老尼沒在妙蓮庵。一問，說是赴會去了；方才想到明日便是嵩陽派第十七度盛會之期。杜十一娘一語不發，匆匆回家，枯坐燈前，默計此事，覺得自己十三年苦節，一旦失隳，恍如一場噩夢。夫仇也不能報了，唯有一死；即是死，也得把此恥洗去，也得把此子殺卻。杜十一娘立刻決定，挑燈拭淚，取一張素籛，破指血書；只寫幾個字，血凝紙澀，字跡模糊。杜十一娘咬得牙亂響，站起來，取一方素絹，拈筆，研墨，把自己的隱恨，和收養逆子，逆子叛規，以致他逆倫瀆母，和自己失身喪節，原原本本揮淚寫了。看了看語不成辭，也還說得明白；遂卷疊起來，揣在懷中，將利劍一帶，寓中的什物全不管了，門也不關，鎖也不加，竟一口氣奔到衡山的祝融峰。

驚宴請戒，訴罷冤情，杜十一娘回手拔劍，竟欲血濺竹樓，以洗奇恥，激動同門，為她執法誅凶。多虧了因老尼，察言觀色，女俠夏澄光手疾眼快，都料到這一著，兩個人雙雙的抱住杜十一娘，勸到別室，屏人闔戶，細問真情。外面的嵩陽雙俠夏金峰、羅靖南，已將杜十一娘所寫的冤書從頭看完。

當下，夏金峰聳眉切齒，怒眥欲裂；羅靖南也面似秋霜，眸含怒焰。兩人厲聲說：「伯循！」

執法同門張伯循倉皇應答道：「弟子在！」

夏金峰道：「伯循！張青禾逆倫欺母，叛師貪淫，今有同門杜十一娘列款赴訴，證據明白，該當何罪？」

執法張伯循向眾人看了一眼，於驚惶中遲疑答道：「杜同門控告各節，罪款重大，有一屬實，便該分屍……弟子以為張青禾年當幼少，愚不至此；或者他……」

羅靖南冷笑道：「什麼？」

張伯循慌忙說道：「弟子以為罪狀過重，似乎應該將他拿獲，開壇訊問；訊問屬實，依法加誅，也教他死而無怨。」

靈修道長道：「張青禾的父母乃是本派的同門，不幸他父母雙雙慘死，遺孤只他一人，此子竟有這等事，是否應該矜情別議，似乎把他擒來，切實審過……」

夏金峰仰面上看，雙眸略閃，忽然桀桀的怒笑數聲，道：「執法！你還不知這個逆子罪犯十不赦重罪，把我嵩陽派尊嚴掃地！像這等罪大惡極，就該不教而誅。諸位莫非想十一娘指控各節，還有錯怪張青禾之處嗎？……想不到我嵩陽派竟有這等逆倫奇變！」

張伯循、靈修道人變色無言，羅靖南道：「夏師兄，他們是不知詳情，總以為罪不至此。」面向靈修道人道：「靈修道兄，你請看。」把冤書遞給靈修道人，夏、羅二俠又命張伯循過來同看。二人果然從頭到尾一看，登時驚得發呆。杜十一娘非易與者，他們誰也想不到張青禾竟有如此大膽妄為。

羅靖南見群雄面現驚疑惶惑之色，這才正襟道：「同門長幼諸君！我嵩陽派，開派以來，不肖子弟不能說絕無，可是膽敢像這樣觸犯十八條戒規，十惡不赦的重罪的，尚沒有像張青禾這樣一個。這奴才恩將仇報，欺師，辱母，逆倫，叛規，貪淫，忘恩，種種罪狀，無不令人髮指。所行所為，禽獸不如。令人痛恨，不忍盡言。使我嵩陽南北二派同被污名，遺垢於人間，抱羞於武林，這其間毫無矜情別議的餘地。待我把這逆徒的罪款，略說給諸位聽。」遂將十一娘的冤書，擇可說的對眾宣述；有的地方就略去情節，只言實際。

羅靖南念罷，夏金峰大聲說：「諸君！都明白了嗎？諸君！張青禾身犯何罪，該處何刑！」

眾弟子略略聽了張青禾的罪狀，一齊大怒，不由得脫口齊聲吼叫：「死罪難容！」

夏、羅二俠道：「眾議僉同，這孽徒實在死有餘辜。為了保全我嵩陽派的威名大法，此子就該……」

張伯循應聲道：「就該亂刃分屍！」

夏金峰向值年弟子道：「速速陳列神壇，請杜若英同門莅壇聽訓。」

到場群雄深深的呼了一口氣，一齊切齒痛恨，如被奇羞。

雙俠對眾宣言：「所有遲到的弟子，暫且登簿免究，容後再議。這是一。所有本派第十七度盛會，暫且停舉。這是二。所有到場的長幼同門一律不得退席，以便開壇宣戒，各分職責，支持大法，仗劍協誅元惡。這是三。」然後由值年同門重燃香燭，再擺神壇，對開派祖師聖像，重行拈香；群弟子依然各按雁序，分立兩行。

橫波女俠杜若英，退處別室，向著了因老尼、夏澄光姑娘，備述受辱的始末緣由，淚隨聲下；了因老尼、夏澄光勃然大怒。了因老尼尤其痛恨，愧悔。二女俠因竭力勸慰十一娘，英雄做事，不要兒女之態，應當力持大節，忍恥辱，戮凶逆，此為要者；不可以一死，輕捐千金之軀。譬如被毒蟲咬了一口，我們應該把毒蟲驅除了，斷不可負氣自摀，豈不太傻？這個理，請十一娘細想。

橫波女俠杜若英搖頭慘笑，心中轉想：「逆子畏死避禍，一定要身投異派，勢成仇讎，說不定這奴才在外面放什麼蜚話謗言，把自己信口誣衊糟蹋。自己果然這麼輕生，明明是『全節』，倒好像『埋羞』！但是，自己若竟勒惜一死，世上人又誰知我心獨苦，志在洗恥，殲仇？」

杜十一娘想到此，死是死不得，活也活不下，擋不住淚珠紛紛，咬得銀牙吱吱亂響。這越發把了因老尼嚇得寸步不敢離開她，說道：「十一姑，你可死不得！這禍由我身上起，我一念慈悲，哪想引狼入室，反害了你！十一妹，你若有好或歹，我了因還能忝顏偷息在人世嗎？我只好陪著你一塊死。十一妹你可想，我們學成劍術，為的是什麼？難道就為這一隻小小的毒蟲梟獍，把你我兩條性命，平白死給他嗎？」

女俠夏澄光道：「所以十一姑是決計死不得的。你死了，你可知道你這切齒奇仇，報得了報不了？你難道不想親眼看一看這人間梟獍的死法？活捉住他，看他匍匐在法壇之前，教大家碎剮，這才吐出你的胸中一口惡氣；那時候，說句不作什麼的話，就死也痛快呀！假如你現在一死明志，……其實你的堅貞苦志，舉世同欽；不幸遭這慘變，你英雄做事，哪能拘泥小節小諒？」

丁因老尼、夏澄光再三苦勸，杜十一娘兩眼呆呆的，似聞似不聞。了因、澄光一邊握著她的一雙手，只覺得她纖若柔荑，姸如春蔥的雙手抖抖地顫動，冰涼。杜若英雖只過了這三四天，竟如度過了一年一樣，又如大病了一場。萬種悲苦兜上心來，一時潛自打定主意：「要留得三寸氣，等到一旦捉獲了逆子，把他親手加刃，稍洩奇恨；然後再以一死明志，遭倒是處變兩全之策。只是丈夫之仇，全家之恨，可就沒人來報了，然而這哪裡還有什麼善處兼籌之法？」

這裡，杜十一娘退處別室，傷心落淚，向了因、澄光二女俠，痛述慘變經過。那一邊，嵩陽雙俠，容得三個女同門退出公議堂，當場只剩下男同門了，就大開戒壇，把杜十一娘手寫的血書冤狀，對眾一個字一個字，低聲誦讀了一遍。長幼兩輩群俠，分立兩行，側耳傾聽，莫不切齒，大動公憤；莫不主張正門規，誅淫孽，要一齊下山，捉拿這叛徒張青禾，一致的向領袖要求，即刻出發。

羅靖南就請夏金峰發命，夏金峰又讓羅靖南。靈修道長性最嫉惡，忿然說道：「領袖！橫波女俠血書上，既已說明叛徒張青禾和他的淫朋，已經畏罪，逃向長沙海砂幫，我們必須從速追捕他。此事刻不容緩，稍一緩縱，倘容得叛徒投入海砂幫，那就易滋紛擾；而且家醜不可外揚，我們斷不許叛徒逃到別派。我們要快辦，我們最好即日擒殺了這叛徒和他的淫朋，也可以滅口。二位領袖不要你謙我讓，趕快分派了，我們好分頭去辦。」

羅靖南向夏金峰一拱手，二人本來分立在戒壇左右，夏金峰便一挪身，微微站在當中，壯容厲色，朗然發話：「諸位同道，今據杜十一師妹，控訴逆子張青禾，罪大惡極，觸犯門規第一、第二、第五、第七、第八、第十四各條；計十八條大法，他犯了六條。今經在座長幼諸同門公議，即在祖師聖像前，受理本案。現在眾意皆同，已無異議，我們就該奉行……」

他說到此，雙眸一轉，巡視兩旁；見眾人全都肅然諦聽，凜然受命。但是他仍拿目光，挨個叩問；眾人都默默點頭，他這才接著說道：「我嵩陽南派決定受理本案，奉行門規，現在決定即刻著手。」說到這「即刻著手」四字，又以目光叩問眾意，眾人仍無異辭。

他這才繼續說道：「那麼，現在，我要點派諸位，分道下山，尋誅這個身犯欺母滅師重罪的叛徒。」但又道：「按叛徒觸犯各條，情節極重，應該是不教而誅。凡我同道，見則立刻拔刀，予以屠戮，把他的首級繳上來，呈獻給祖師，並教報告寓目。……」

夏金峰正要往下說，兩旁行列中，微微聽到喁喁私議之聲。那羅靖南已然看出來，眾人頗有不同的見解，忙插言道：「師兄，且慢，郭蘊秀、孟雲祥二位師弟，你們有什麼意見要說？」

郭蘊秀是長支第三人，在嵩陽南派很有地位，當下前邁一步，越出班行，抗聲說道：「二位領袖，小弟確有一點意見。我以為此子年齡甚幼，而罪狀過大；若不教而誅，似乎稍差。況且此賊逆倫欺母，恩將仇報，實比梟獍不如。我們必須把他活擒上山，切實訊問一下，究因何故，如此昧良忘本？等到訊問明白，確係罪無可逭，也當先教他自裁，然後我們再把他亂刃分屍，以正門規，而整俠風。」

郭蘊秀的意思，還怕其中或有屈枉，故此給張青禾留下一個辯解的機會。眾人聽了，有的說對；夏、羅二俠也點了點頭，剛要說話，那孟雲祥是長支第十二人，此時也出班抗聲發言：「領袖，我以為叛徒張青禾，身犯叛師滅母大罪，直非人類，我們絕不可徇情寬縱。我們必須把他縛赴本山，當眾共誅，而且應該由受害人首先剁他第一刀。」孟雲祥恨極了淫惡之徒，故此主張。

那執法張伯循卻發言道：「現在領袖既已決計奉行門規大法，分派同仁，緝捕叛徒，我以為應該把杜十一師姐重請出來，聽聽她的意見。還有了因、澄光二位女同道，此刻也該一同邀出來，同參大議，也好分擔搜捕之責。」

執法張伯循的話，立被領袖採納，命幼輩第二十三人肖珏，即赴別室，把橫波女俠杜若英、妙蓮庵了因老尼和夏澄光女俠，一同請出來。

肖珏領命，轉身趨奔別室，羅靖南忙追叫了一聲道：「等一等，我還有話。」向夏金峰耳邊，低低說了幾句，夏金峰略為尋思，連連點頭，把肖珏重叫到面前，暗囑數語。肖珏連聲稱是，轉身走了過去。

不一刻，把夏澄光女俠先邀出來。夏澄光是夏金峰的女兒，於是父女放低了聲音，此問一句，彼答一句，所有杜十一娘和逆子張青禾，惹起大變的前因後果，都已詢明。

夏澄光認為張青禾實是人間禽獸，罪該萬死。杜十一娘也不是沒有錯，最大的錯誤，便是起初撫養這個螟蛉義子，憐他與己同是薄命人，又喜他小有才，溺愛太甚，便失之於為母過慈。等到發現此子濫交淫朋，偷抄本門劍譜，私贈予人，橫波女俠她又督責太酷，失之於為師過嚴了。總而言之，杜十一娘乃是一個英雌，懲惡過嚴，實是她的大病。想當初收留張青禾這個同門孤兒，她自念孀孤相依、志切同仇，恨不得把全身武技都傳給他，她又不明白張青禾，乃是一個早熟的青年，未到十八歲，情竇已經早開；他未免貪色好遊，潛出狎妓，由狎妓結交了淫朋；女俠還拿他當小孩看待，這才疏於防範，引出這番奇禍。至於女俠夏澄光，平素看見張青禾喜好修飾邊幅，頗有敷粉何郎、顧影自憐的樣子，夏澄光就有些看他不起。

現在她父密向她詢問一切，她便依著個人的意見，對夏金峰說了；她咬牙切齒的說，張青禾簡直該剮。夏金峰聽罷，浩嘆一聲，這才又吩咐澄光和肖珏，把杜若英和了因老尼一同請出。

杜若英經過一陣激昂抗訴，又加以羞憤難堪，此時面目青黃，宛如大病一場，而且渾身不住顫抖。

了因老尼已被她狠狠抱怨了一頓，了因再三賠罪，不住的安慰她。可是了因也跟當年的杜若英一樣，總以為張青禾這孩子看著很乖，怎麼會做出這樣的獸行來？若不是杜若英細訴當晚情形，了因簡直不肯信實。

夏澄光女俠卻平素最敬重杜十一娘，此時更是萬分的哀憐她，一口一個姑母的叫著，再三勸她勉遏悲憤，務以全大節、誅元凶為務，千萬不要做那匹夫匹婦的小諒。夏澄光偎抱著十一娘，不知要怎樣哄慰她才好。杜十一娘若聞若昧的聽著，精神實已失常。當下由了因和澄光兩人，左右扶掖著，把十一娘重新引到廣堂，就班聽命。

老幼群俠已經備聞原委，見杜若英進來，一齊用悲憐的眼光看她；他們頗想以言辭相慰，卻又苦於無辭可措。於是人人從神色上，表露出十分哀恤的意思；認為這是本派的奇變，人人要引為己責，要追究元惡。而杜十一娘竟不理會這些，只瞠目而視，專等領袖的大命。松風閣主夏金峰、羅靖南，更向十一娘藹聲說道：「十一妹，你控訴的事件，現經同門公議，決計受理，現在就派人分道出發。我們一定遵依本門戒規，把逆子張青禾拿上本山，明正典刑。」遂將剛才分派的事說了一遍。

杜若英很悽慘的應諾了一聲，說：「好！」

夏金峰又道：「十一師妹，我現在還要以嵩陽南支的名分，向師妹勸慰幾句話。你要認清，這乃是本門一樁逆倫奇變，師妹你切莫要認為這是一個人的事。從今天起，本派既已受理本案，你就把全副擔子，交給本門大家負荷起來。換句話講，這成了大家的事，不是你一個人的事了。我盼望師妹以大義為重，今後一切，不要徒逞一時之忿，你要珍重千金之軀，你要聽本門公議，你要受本門指揮；你你不要，你你不要……我的話你明白嗎？」

杜若英道：「我聽明白了！」卻不由淚隨聲下。

群俠莫不慘然，於是夏金峰厲聲說：「拿！我們務必把叛徒拿上山來，當眾行法！」

羅靖南也岔然說：「就請師兄派員點將！」

夏金峰這才布開了搜拿網，把長幼兩輩俠侶，幾乎掃數派遣出去，一共分五路。

第一路，首派捷足之士，踏訪叛徒。分三面，緊縱著叛徒張青禾的逃路，向北蹚過去；務要趕快的根究出叛徒和他的淫朋下落。這第一路，專從嵩陽南派晚一輩群俠中，挑選年輕力壯、腳程迅快的人，由一兩位眼界寬、識人多的長支英雄率領；要細蹚，要密訪，要兼司傳報；得著消息，立即撥人馳報各路。這一撥人要先出發，速翻回，明日即行上道。

第二路，是追捕叛徒的正兵。這一路要多派能手，馳赴長沙，大舉搜拿張青禾及他的淫朋；要迅拿務獲，解上本山，依法懲治。這一路分作兩三撥，內中包括橫波女俠杜若英和了因老尼、夏澄光女俠，也擔當一撥，明後日跟蹤出發。

第三路，作為橫搜之兵。卻由嵩陽南支雙俠，預修祕札數封，交給沅江徐鶴。倘或訪實叛徒張青禾，確已畏罪逃生，詭辭自飾，改投入異派避禍，那就可持此祕函，面交異派魁首，薄述原委，即以逆徒叛師犯上等罪，要求異派把人交出。這是江湖道武俠門中常有的事。料想叛徒張青禾，即便投到海砂幫，海砂幫的魁首，也當以江湖義氣為重，絕不會悍然庇護惡徒，以犯江湖大忌。

還有第四路，作為兜截之兵。嵩陽派一方既要緝捕元凶張青禾，以正門規；一方還要逮捕他的淫朋，以除害馬，而誅懲淫孽。這三個淫朋，居心險惡，當日被杜若英揮劍刺傷兩名。

卻只曉得其中的一個，真名姓大概是叫桑林武，出身江南武林名家，竟做了江湖游賊。這桑林武綽號玉蜻蜓，大概犯過貪淫大罪，也是被本派逐出的；故此在江南存身不住，跑到湘鄂來，把張青禾拖入渾水。杜若英倒很清楚他的根底的；其餘兩人可就摸不清來路，似乎是海砂幫新入門戶的。青年狂妄已極。橫波女俠只能辨認他們的年貌、口音，不能確知姓名。當日捆打張青禾，卻也問出兩個姓來，就是一個姓賈、一個姓趙。恐怕全不可靠。現在，便向橫波女俠，細詢下年貌、口音，開出單子來，分交群俠，推測著試行搜拿。好在只一捉住張青禾和桑林武，也就跑不掉這兩個真真假「賈」，張王李「趙」。

四路派齊，還有第五路，嵩陽雙俠派的是執法張伯循為首，教他持密函，馳赴江南，給嵩陽北派的領袖送信。言說我嵩陽南派，不幸發生叛徒逆倫大變，現在亟於清理門戶，已發動全體俠侶大舉搜緝叛徒；前者所訂南北兩支一年一聚首的祕會，此日勢難踐約，仍將逆子張青禾叛師欺母，私洩劍譜，觸犯貪淫重罪等情，大致通知北派，也請他們撥派能手，一體協拿。

嵩陽雙俠把別事暫時擱起，集群策群力，專辦此案。等到分派已定，又各勒限期，遂吩咐散會，長幼群俠都留在山上。

到次日午晨，各劍客三五成群，紛紛束裝仗劍，準備下山。靈修道人、沅江徐鶴等，臨行時，請問夏、羅二俠道：「我們分頭搜拿去了，請問領袖，哪天出行？在什麼地方相會？」

夏金峰、羅靖南互相顧盼，徐徐答道：「我們麼，我們現在還不能下山，要等等北派的回信。」屈指算了一算道：「靈修道長，我們三十天後，在長沙城見面。」又對沅江徐鶴道：「你的日限是不必拘定的，你的責成是搜摸桑林武的底細。你在江南訪得了信，送到衡山也可以。」其餘別人，也都定了接頭的地點和日限。於是三十多個人，一批一批的都走下衡山了。

其中第二路的一撥，了因師太、俠女夏澄光，暗領了雙俠的密囑，陪伴杜十一娘，一同撲奔長沙；由小俠肖珏相隨做伴。昨日夜間，夏金峰把女兒夏澄光叫去，告訴了許多話，頂要緊的是：一者監護杜若英，須防她含垢負氣自戕，再生別樣波折。二者想杜若英的機警武功，怎的竟遭受了張青禾、自己徒兒的暗算，總覺此事過於離奇，也許內中還有別情；為此潛囑了因師太、女兒夏澄光，暗中考察杜十一娘的舉動。夏澄光點頭會意，暗暗告知了因師太。於是這三位女俠，做一夥先行下山，另外由小俠肖珏陪伴著，以便沿途服役；有一個男子，比較方便些。

女俠夏澄光和小俠肖珏，都把應用的行囊、兵器，收拾停當。為了路上好走，夏澄光特意改扮作男裝，儒巾儒服，青年美貌，很像個少年秀才。若在平日，杜若英必嘲笑她，和她說幾句逗笑的話；現在只看了一眼，任什麼話沒提。夏澄光倒湊過來，動問杜若英：「師姑，你看我這樣打扮，好嗎？」

杜十一娘道：「好。」

夏澄光又問道：「師姑你怎麼樣？還要回家收拾一下嗎？」

杜十一娘苦笑了一聲，搖頭道：「我還收拾什麼？我就這樣走。」

夏澄光道：「不改裝嗎？」

杜十一娘道：「不。」自經慘變，橫波女俠竟這樣精神頹喪，縱然復仇心切，仍自慨慨不振。了因師太看了，深為悲憫，頗代扼腕，發言鼓勵道：「十一師妹，你不要這樣，你把精神提一提。我們緝元凶，拿叛徒，必須振起精神來，你何必這樣灰心！」

杜十一娘吁了一口氣道：「是的，我不灰心，我一定要報仇。」於是強把腰肢一挺，向三個同伴說道：「我們就走吧。我們四個人做一路，了因師太請你為首。」

了因師太道：「當然是師妹為首，師妹乃是發縱指使之人。可是我請你稍為等一等，我還要先回草庵，把自己應用的東西檢點一下。」

十一娘知道了因師太曾受領袖之命，要伴同自己，怕自己尋短見；但也不說破，只點了點頭道：「先到寶庵也好。」三女俠這才辭別領袖，打發小俠肖珏，在前站相候；三個女俠聯袂徑奔妙蓮庵。

妙蓮庵就在衡山山麓之下，曲水繞林，峰巒掩映，地勢幽僻，與祝融峰抱璞樓松風閣，聲息相聞。這本是了因師太退隱禪關，自己所蓋的一座尼庵。中有女弟子數人，半是武林遺孤，由了因師太收養來，傳經授藝，與外界隔絕不通。除了鄰村樵子牧童，一般人竟不知林深處有此禪觀。

了因師太把杜十一娘和男裝的夏澄光，一齊邀入庵中，留在客堂；她自己忙入方丈室，略事摒擋。把大弟子傳來，囑咐她靜守禪堂，不得妄登檻外；大弟子唯唯聽命，傳諭群徒。然後了因挾劍囊來到客堂，和杜十一娘、夏澄光，商量結伴緝凶的辦法和路線。

了因師太的意思，是迅奔長沙。因為在山上，已向橫波女俠杜十一娘，問明叛徒張青禾出走前的行徑。確知他所結交的淫朋，有一個叫玉蜻蜓桑林武，是江南武林名家的孽子，行止詭祕飄忽，已經淪入下流；其餘姓趙姓賈兩個人，真名實姓雖不可知，但既與海砂幫有關，他們畏罪偕逃，勢必葉落歸根，潛入海砂幫，借重門戶，匿罪避禍。並且張青禾乃是個孤兒，他並無親友可投；桑林武又是個被逐的孽子，也必不敢逃返江南。那麼，長沙府既是海砂幫盤踞之所，這四個惡徒一定要逃向長沙，殆無可疑。於是緝叛徒的路線，就這樣的商定；其次又商量如何結伴同行。了因師太說：女子出門，招人側目；夏澄光既改男裝，可與杜十一娘，喬裝眷屬；小俠假裝書僮。至於了因自己，她是出家人，既不便改扮俗裝，那只好算作化緣搭伴的貧尼。他們要白天雇代步攢程，夜晚施展飛騰術踏訪；眾議僉同，就這樣定規了。當天離庵，趕到前站，會見了小俠肖珏；各依身分，略換服裝，先雇上兩輛車，一徑走上長沙的大道。沿路上遇有江湖人物，就說唇典，講隱語，打聽叛徒的下落。

攢行數日，接連打聽過兩三撥武林人物，如鏢局達官，如擺把式樣的師傅，如護院的武師，都說不上桑林武、張青禾的形蹤。杜十一娘很懊惱，了因安慰她道：「逆子一定是躲避江湖人物，潛蹤而逃，我看路上打聽不出來，我們徑奔長沙吧。到了長沙，再打圈細訪。」

又走了兩天，來到一座鎮甸上，名叫楓林驛。了因師太對杜十一娘說：「我們應該在這裡盤桓一兩天，這裡有我們嵩陽北派一位同門，我們可以找找他。」

杜十一娘道：「可是姓黃的嗎？他名叫黃什麼中？」

了因師太道：「正是黃鎮中，只是他的住處，記不甚清了，還須現找。」了因遂吩咐肖珏先行找店。肖珏領命，直找到楓林驛街裡，方尋著一家大店，叫「大來客棧」。然後引導著了因老尼和二位女俠，一同驅車進店。

驅到店門，杜若英等下車。忽然間，從街那邊馳來了一騎駿馬，馬上客是個英年壯士，一到店門，抬頭看匾，甩鞍下馬。一雙眸子閃閃四顧，看見了杜十一娘和夏澄光喬裝眷屬的背影，和了因師太的尼姑裝束，這少年露出注意的神氣。了因師太對這少年也很詫異，不覺的也多看了幾眼，心想：「這人好面熟。」跟著也就走進店房了，這少年壯士居然愣了一愣，皺眉若有所思，隨後牽馬走向隔街去了。

了因等住的是三間正房，店夥忙著來照應。由男裝的夏澄光女俠，擺出主人的模樣，吩咐打面水，沏茶，備飯。飯後已到掌燈時分，了因命肖珏到櫃房，打聽黃鎮中的住處。居然一問便得，離店不遠。

第二章　搜逆子群雄下山

這時候忽然陰天，下起小雨來。挨到二更，雨勢斷斷續續，似停不停。三女俠耐不住了，說道：「我們冒雨去找黃鎮中吧。」

肖珏要僱車，了因笑道：「不用，我們還怕雨嗎？」四個人打著三把傘，分兩撥離店，徑訪黃鎮中。

嵩陽北派的劍客黃鎮中，就住在楓林驛一條小巷中。三女俠冒雨行，眨眼尋到；女俠靠後，小俠肖珏當先叩門。敲了半晌，來了一個長工，隔門提燈訊問找誰。肖珏說是：「祝融峰來的，要找黃三爺。」

宅中人竟不肯開門，說是黃三爺沒在家。肖珏動怒砸門，厲聲說：「大雨的天，我們有女客遠道來訪，你怎麼不開門？」

了因老尼、夏澄光、杜十一娘，都耗得不耐煩；由夏澄光上前，抗聲通名：「你快去告訴你們主人；主人不在家，告訴你們主婦。就說南嶽衡山祝融峰抱璞樓主的女兒夏澄光，遠道來訪。你對你們主人說，我們是同派，我們來了四個人，有要緊事，一定要見。你再不開門，我們要跳牆進去了！」

一陣喧譁，想是又從宅內驚動出一個人來，隔門縫燈光一閃，經過了一陣呶呶問答之聲，旋聽見另一個清朗口音說道：「來的可是嵩陽女俠松楓閣夏嗎？」

夏澄光應了一聲，門中人又道：「既是同門遠來，又是雨天深夜，這總得開門讓進來。你快去找主婦討鑰匙去。」

那長工聲口的人說：「鑰匙在這裡呢，主人不在家，不問明白，小的不敢開。」

那清朗口音說：「只管開，有我呢。」說時嘩啦一響，門扇大開。一個少年客，一個僕人，提兩個燈，傍門而站。把四個客人冒雨讓進來，重新關上街門。

這少年高高提燈一照，看清了來客，一共是四位；他哦了一聲，在前引路，把了因師太、杜十一娘、夏澄光、小俠肖珏，一直延入黃宅的外客堂。客堂中明燈輝煌，卻並沒有客人。了因等由暗入明，略略定住眼神，這才端詳這個少年。

「唔！」了因不由失聲道：「原來是你！」

這少年原來就是初入楓林驛，在大來店門前相遇的那個騎馬壯士。少年拱手讓座，首先說道：「我們剛才見過。」

了因笑道：「是的，恐怕不但剛才；從前我們也好像在哪裡見過？」

少年重新打量了一回，立刻滿面堆歡，肅然起敬道：「是的，你老人家大概是我們嵩陽南派的了因師太吧？這幾位是誰？」

了因師太笑道：「你好眼力，你大概是我們嵩陽北派的。」

少年道：「弟子正是。」他目光一巡，旋轉身，抱拳向橫波女俠道：「哦，剛才是你老叫門，你老是澄光師姐，你老是嵩陽南派掌門老師松風閣主人的掌珍。我們黃鎮中黃師叔沒有在家，我們也是剛到；我們剛才實在沒有聽出來，教您幾位在雨天地裡久等，太覺對不住了。」他把杜十一娘竟當作了夏澄光，接著說，「恕小弟眼拙，不識高賢……」趕緊重新施禮遜座。

了因見坐無別人，微微一笑，代為引見道：「北派同門，你看這位才是夏師姐哩，她今天因事改為男裝。這一位是名聞兩湖的橫波女俠杜十一娘，你竟不認得嗎？……這一位是肖珏師姪，乃是我們嵩陽南派第三代的高足。」

少年一聽這話，不由一怔。了因分明看出他身軀微微一震，面目倏地變了色，可是登時又平復了。跟著舉手施禮，自通名輩道：「弟子姜涵清，是咱們北支第三代第十七人。久仰橫波女俠的大名……」說著話時，客廳內間隱聞輕輕的腳步聲，門簾也跟著一動。

了因惶惑起來，用手一指內室，眼望姜涵清道：「誰在屋裡？」又問：「宅主人黃施主呢，他上哪裡去了？」

姜涵清道：「黃師叔剛才出去，這屋裡的人也是咱們嵩陽北派的。」

他另向內宅招呼了一聲，一個中年的虬髯漢子，掀簾走出來，舉手道：「了因師太，久違了。」

這人是嵩陽北派的一位能手，姓名叫做蔡石錚。他雖然向了因寒暄，了因卻已想不起他來。直到雙方互通了姓名，方才曉得他是北方第二代的人物，和了因師太、杜十一娘班輩相若。

五個人相邀歸座，但是，姜涵清和蔡石錚臉上都帶出很蹊蹺的神色來，不時偷眼打量杜十一娘。杜十一娘驀地粉面也改了色，暗中思猜，「莫非這逆子的事，他們已經曉得了？」

了因老尼接著盤問姜涵清：「你們二位一向不是在湘南嗎？你們現在是路過這裡，還是要上別處去？」

姜涵清道：「弟子是路過，弟子原來打算要到衡山去的。」

了因道：「哦，你要赴衡山，究竟為了什麼事情？可是要到祝融峰，拜見我們掌教嗎？」

姜涵清答道：「是的，我們是要見見南支掌教夏、羅二公。」

了因矍然道：「見他們，有什麼事？」

姜涵清望著蔡石錚，遲遲疑疑，半晌才說：「不為別的事，只因株州一帶，三日內連出了好幾樁劫財殺人的命案，弟子和蔡石錚叔是奉命查究這件凶案。」三女俠齊道：「奇怪！」

姜涵清道：「的確奇怪，而且作案的人，竟傳說和我們嵩陽派有關，這不是一件異聞嗎？」

了因老尼和夏澄光一齊震動，杜十一娘尤其激昂，猛地立起來問道：「可是張青禾孽畜嗎？我們就是為這奴才出來的。……好奴才，一準是他！」

姜涵清未及還言，蔡石錚搔首道：「張青禾，不是我們南支第三代的小弟子嗎？不過，這個，我訪聞的，作案的好像……」

了因忙問：「好像什麼？」

蔡石錚兩目游離，似迴避著十一娘等人的注視，半晌方才徐徐說道：「聽說是個女賊！」

女賊二字一出口，了因、杜若英、夏澄光，莫不惶駭。嵩陽南派的女同門沒有許多人，除了他們三個，另外僅有一個沅江徐鶴的妻子，名叫紀清揚。了因等三個人齊聲道：「這女賊叫什麼名字？案情是怎樣的？可訪出來她的年貌底細沒有？」

蔡、姜二人立刻又露出支吾的神情，道：「還沒有探聽出來，不過聽她報字號，是什麼女俠罷了。多少人疑惑與咱們嵩陽派有關。」兩人雖然這樣說，可是了因和杜、夏兩女俠，仍然抓住疑點，一力窮詰。姜涵清且不回答，調過來反詰了因等人的來意。了因把張青禾的罪狀，草草說了，囑咐二人代訪。二人答應了，看了因的意思，還是要打聽株州的凶案。姜涵清眉峰一聳，說是：「我也不得其詳。」他跟著託詞告便，出離客室。

過了很久，和宅主黃鎮中一同回轉。黃鎮中是個很英武的中年漢子，滿身雨淋，似才冒雨歸來。向在屋諸人寒暄了一陣，忽然落座開言道：「株州的案子，我剛才出去打聽了一回，依然沒有什麼消息，這還得仔細訪一訪。了因師太和二位同門先請回店，我同著蔡師兄、姜師姪，還要出去打聽。今天晚上，我們到店裡，給師太送信去。」

杜、夏二女俠諄囑快訪，黃鎮中、姜涵清連連答應，然後了因起身告辭。想不到黃鎮中已給套好了兩輛轎車，把三人送回店房。臨上車時，蔡石錚趁人不見，悄悄的遞給了因一個紙條，下款卻由黃鎮中具名。那紙條上寫的是：請師太今晚遣肖珏同門到舍下一談。株州盜案，聞與十一娘有關，恐有別情，面談不便。務請師太守祕，遣肖師弟隻身獨來……

看此舉動，了因老尼心中已經明白了大半。回到店來，工夫不大，黃鎮中、蔡石錚、姜涵清已經來回拜，說是盜案詳情，還沒打聽出來。談了一會兒閒話，告辭回去，挨到四更，了因託故遣肖珏出店，急訪黃鎮中。

小俠肖珏奉命隻身冒雨來到黃宅，黃鎮中陪著蔡石錚、姜涵清，已在客廳開門恭候。這才由三人說破了株州命案的情形。那個作案的女賊，竟自稱是橫波女俠！這女賊又不止殺人劫財，她又是一個女採花賊，實行倒採花！

據黃鎮中說：「這件案子，已經傳遍株州，是日前蔡石錚、姜涵清聽來的。這是三天之間，共出了三件血案，被害人全是少年男子，錢財被劫一空，把人也傷了。死者不是赤身裸體，就是衣褲凌亂，尤醜的是下體竟被割去，血濺衾褥。在事主的臥床上，有下五門慣用的粉袋子，拍著粉記，是『橫波女俠』四字。起初還以為是仇人嫁禍，杜十一娘豈肯作這下賤的事情？」

黃鎮中接著說：「可是第三案，那個事主鮑三公子，雖被閹割，殘喘未死。官人們問他時，他還能說出話來；他說確不是男賊，確是女賊。這女賊蒙藍絹包頭、披藍斗篷，偏與杜十一娘衣履一樣，容貌也很白皙，弓足纖腰，也分明像橫波女俠。這個女賊，於三更天，破窗入內，竟要求鮑三公子與她苟合。鮑三公子手無縛雞之力，半夜裡突然進來一個女賊，就是美色當前，他也要疑鬼疑狐，早嚇得只有抖擻的份了。女賊百般挑逗，鮑三公子只喊救命饒命，遂惹惱女賊，下此毒手。現在當地官府正在嚴究，雖然明知此中必有蹊蹺，可是究為嵩陽派之玷。所以蔡石錚跑來送信，叫姜涵清趕快南下衡山，報告此事，以便徹底根究，這嫁禍誣陷的人，到底是誰，用意何在？」

蔡石錚、姜涵清一席話，把個肖珏說了個目眥欲裂，氣仇填胸！

小俠肖珏在嵩陽門下已久，受名師薰陶，養成一種俠腸義骨，疾惡如仇。乍一聽凶案，還有一些駭怪；轉念一想，立刻從時日上發現疑竇。

他忙向蔡石錚、姜涵清辨說道：「二位師叔，我看此事定是與我嵩陽派有深仇大怨的綠林宵小所為，借這淫凶的獸行，想把我嵩陽派清白之名，加以污毀。我敢保這絕不是我嵩陽派南支女俠所為，更與橫波女俠無干。二位師叔，你要曉得，我橫波師姑恰巧在這幾天，發生人倫巨變。她老人家撫養的義子張青禾，受惡人引誘，竟做出逆倫叛師的大罪，橫波女俠就在大前天，到祝融峰抱璞樓，當宴首告逆子叛徒。我嵩陽南派夏、羅二俠，已經受理控案；我們現在，是奉命出來，查拿叛徒張青禾，由打控告那天起，便是我、了因師太、夏澄光師姑，伴同橫波師姑，出來踏訪張青禾。弟子我便是跟著他們三位女俠的隨員。」

肖珏接著說道：「師叔請想，由打那天直到現在，我們四個人可以說跬步未離開過；就算橫波女俠真個變節，真個行止不檢，她也沒有工夫，遠赴株州去作案啊！她老人家這幾天傷心懊惱，痛不欲生；她老人家沒有分身法，怎會跑出好幾百里地去殺人？這事件一定是仇人栽贓嫁禍，我們必須徹究明白。不過弟子陪侍三位女俠，最要緊的不是追緝叛徒張青禾，想不到株州又生此變！二位師叔，還請分神代為訪查。弟子年輕，做不了主，等我稟明了因師太，問問她老人家，到底先辦哪一案？」

小俠肖珏一口氣說出，蔡石錚、黃鎮中、姜涵清俱各恍然大悟，詫然震怒。怪不得橫波女俠神情慘淡。可憐她一身絕技，竟被人暗算，受此奇恥！剛才乍一見面，一時還多心她身犯淫惡，自己疑心生暗見，怕人詰責；哪知她的義子竟叛師犯上，掀動巨案呢。蔡、黃二人把株州血案的詳情，都告訴肖珏，教他轉告南派群俠。隨後便細詢肖珏，究竟張青禾是怎樣的叛師犯上，現在要怎樣處置他，他逃到哪裡去了？

肖珏把橫波女俠杜若英血書控告各節，一一對蔡、黃二俠說了，把張青禾逃奔的方向，也大略說出。二俠大為驚駭，怨不得三女俠行色如此匆遽，怨不得嵩陽南派竟要大舉追尋叛徒。這張青禾小小年紀，膽敢欺辱養母恩師，實在是罪不容誅。由此推測，恐怕株州血案，也許和張青禾有關係。只是時日上，又有參差。莫非張青禾也是受人鼓蠱，暗幕中另還有綠林巨奸，故意來跟嵩陽派作對？

蔡石錚思索了一回，又與黃鎮中、姜涵清商量了一回，然後告訴肖珏：「肖賢姪，我對你說了吧。我們起初真的疑心株州淫殺案，是橫波女俠中途變節，任意胡為的了。我們此行，就是要上衡山祝融峰抱璞樓，進謁夏金峰、羅靖南二位南支領袖，特意告發這一案，今據你所說，事情顯見大有蹊蹺。我們打算分出一個人來，一面仍須給夏、羅二俠去送信，卻不是糾舉淫案，反而變成密報惡淫了。一面我們仍要聯合兩支在湘同道，加細詳稽本案的內幕。現在遇見你們，這好極了，我們不必再去衡山送信了。肖賢姪，你現在就趕快回店，可以背著橫波女俠，把株州血案悄悄密稟了因師太，看她作何打算，你再奔回來，給我們送一個信，事不宜遲，我們明天就要下手訪查。」

肖珏點頭敬諾，立即告辭。邁步剛出房門，忽又想起一事止步回頭，對蔡石錚、黃鎮中、姜涵清低聲說道：「這件事關係橫波師姑名節，她如今又正遭逢逆倫大變；控告逆子之後，已經是痛不欲生的了。幾次三番要自刎，多虧我們長幼各輩群俠一再勸阻，立允剋日出發，替她雪忿。又有夏澄光師姐、了因師太兩位，暗暗地看住，她方才略略打起精神來。株州淫凶案，如果教她知道，她一定疑心是張青禾勾結外方女賊，故意栽贓敗壞她，她一定要氣死的。為此我拜託二位師叔和姜師兄，千萬口嚴一點。不要在橫波女俠面前，透露此事才好。」

蔡石錚、姜涵清一齊說道：「當然，當然，我們早防到這一層。我們特意把你調出來，剛才沒有當面講，一來是同著女同門，說此淫穢案情，很覺礙口；二來便是料到此事必有枝節，這關係著女子的名節，俠客的身分，斷斷是不能隨便講的。你放心吧，趕緊稟明了因師太，我們還要等你們的回信呢，我們這裡也要趕著辦。」

說罷，小俠肖珏點點頭，邁步出院，施展飛行術，冒雨奔回店房，越牆而過；貼牆急行，走到了因師太窗前，輕輕用手指一彈窗，轉身走回自己所住的小屋內，掏出自來火，把燈點著，然後脫去雨衣，換了常服。

此時已屆五更，正因陰雨，天黑如墨。過了不大工夫，了因師太推門進來。肖珏連忙站起，方要開口；了因師太搖了搖頭，目向窗外一瞥，大聲說道：「我猜著是你，果然是你！你剛才上哪裡去了？我還有事，跟你商量，誰知找不著你了。你年紀輕輕的，閱歷太淺，不許你一個人隨便出去。你知道嗎？」

說到這裡，把聲音放低了，這才向肖珏盤問獨訪黃家，究詰株州淫殺案，到底得來了什麼樣的駭人消息。小俠肖珏且先不說，悄問橫波女俠杜十一娘現在醒著沒有？夏師姐也已睡了嗎？了因師太皺眉道：「你師姑沒睡著，是夏師姐陪她躺著呢。你杜師姑為人太精明了，真真不好辦，你快說吧。」

小俠肖珏這才把適才所聞：株州地方，女採花賊貪淫凶殺，連傷三命的話，一字不漏，全說出來。又說出這女採花賊，當地哄傳是橫波女俠，是嵩陽派門人。被害男子有一鮑三公子，拒奸不從，被女採花賊閹割；人竟未死，供出女賊形容打扮，竟與橫波師姑頗為相似云云。……

一席話把了因師太聽了個目瞪口呆，驚得半晌說不出話。

良久，方才說道：「這一定是冒名嫁禍，一定是冒名嫁禍，可把我們嵩陽派污衊的不輕！你你橫波師姑至不濟，如何會做出這下五門的極淫凶的勾當！這一定是仇人，一定是……」正要往下說，忽然一凝神，突然回轉身低喝道：「誰？」

門房忽悠悠開了，女俠夏澄光躡足躍進屋來。她很性急，恨不得立刻知道株州的案情。她見橫波發愣犯睏，已然睡下，她便悄悄溜出來打聽。她面對肖珏問道：「蔡、黃兩人神情古怪，到底是怎的一回事？」

她卻是個年輕處女，輩分雖大，小俠肖珏卻面嫩說不出口，只說是女採花賊誠心誣衊我們嵩陽派。了因老尼忙道：「澄光賢姪女，你來，等我告訴你……」

正要說，驀地又一驚，傾耳外聽，忽說不好，急急推門出去尋看，有一條黑影，往店房前院退去了。了因師太輕噓了一聲，抽劍急追，眨眼間，見那人影越牆逃走了，了因師太立即躍上牆頭追趕，那人像箭似的，跳到街上，穿小巷往北奔去了。

了因老尼施展飛行術急趕，一直追出半裡地；回頭看見女俠夏澄光、小俠肖珏，也相隨跟追出來。了因心中一動，自覺忘了一招，連忙停步，阻住夏澄光，教她趕快回店，看一看橫波女俠。夏澄光恍然大悟，急忙轉身回去；了因師太這才與肖珏，並肩續往前趕。此時正值盛雨天陰，四面昏黑，經這一耽誤，直追出鎮外，再找那黑影，已然不見。兩人分路搜尋了一遍，竟失了蹤跡。二人十分掃興，只得往回路走。肖珏心疑是歹人，再不然就是過路綠林。了因卻不這樣想，她猜疑這人影，不是黃鎮中，就是蔡石錚。肖珏道：「既是二位師叔，他們偷窺我們做什麼？」了因衝他一笑，他也有點明白了：「他們還是半信半疑吧！」了因點頭，肖珏長嘆。

當下了因師太在前，肖珏追隨在後，斜兜了一個圈，來到店前，仍奔後牆，翻牆跳進去。多虧是雨大，沒有被人瞥見。

此刻已到黎明時分，店夥陸續起來，不過院中無人罷了。了因、肖珏悄悄溜回房間，只見橫波女俠依然臥床沉睡，夏澄光緊挨著她躺著，橫波好似對剛才的事，毫無覺察。

了因輕輕一拍，把夏澄光喚出。夏澄光忙問：「追上了沒有？是什麼人？是敵是友？」

了因皺眉搖頭道：「想不到我們栽在這裡了，追出半裡地，竟沒追上。」意思之間，斷定是黃、蔡二俠，潛來考察橫波。了因又詢問夏澄光：「到底杜十一娘睡熟了沒有？剛才沒醒嗎？」

夏澄光道：「她始終沒有醒，我眼看她睡著的，她心上很煩，也許睏得早。」

了因仍不放心，輕輕說道：「我們要留神，不要教她偷聽了去。」遂將肖珏所聞株州淫殺案，告訴了夏澄光。

夏澄光登時氣得蛾眉直豎，低聲向了因道：「這件事，我們必須訪個水落石出。這一定是仇人影射，要敗壞我們嵩陽派的聲名的。師太，你說我們應該怎麼樣？我們是先上長沙追緝張青禾，還是改奔株州，徹查這個冒名嫁禍的女淫賊？」

了因師太吁氣道：「不是我多疑，我現在總覺這個女淫賊，出現得太離奇突兀。我疑心這株州血案，和張青禾逆倫案，時機相湊，多少似有關聯。」

夏澄光道：「道理上似乎應有這麼一猜，但是張青禾年紀很輕，閱歷很淺，他從何處去勾結女賊，來做這誣衊他義母恩師的凶案呢？」

了因師太道：「張青禾本人當然嫩，可是他也有三個淫朋，那桑林武卻是經的多見的廣，也許是他唆使出來的。所以我想，我們與其先奔長沙，倒莫如先到株州，打聽一下。」

夏澄光點頭，道：「不過我們忽然改計，我們怎對橫波師姑說明呢？這件事也不能總瞞著她呀。」

小俠肖珏也道：「我們怎樣答對北派蔡、黃二位師叔呢？他們本要到祝融峰，謁見夏、羅二位領袖，當面舉發株州命案。既然遇見我們，又知其中頗有栽贓誣陷的隱情，他們說，不便再上祝融峰了，要煩我們就便替他轉達一下。此外他們還請師太做主，商量一個辦法，雙方好分工合作。他們說這件凶案，雖由他們北支發覺，但案情關係南支聲望甚重。他們北派一切行止，要聽我們南派調遣的。他們說，請了因師太無須客氣，趕快決定了。分派了，大家好遵照著去做。」

了因老尼搔頭說道：「實在這件凶案，太淫污混帳，誣衊我們太甚了。我也不敢擅作主張，我們現在應該一面緝訪，一面趕緊給領袖送信，這一回事情節重大，應該速請領袖下山。」

夏澄光道：「難道我們就在這裡，靜候領袖下山？一事不為，坐耗時機錯過嗎？」

了因老尼道：「那也不能……」

了因這個人，只知拔劍，不善籌謀，她竟打不定主意了。

小俠肖珏忍不住說道：「依弟子愚見，我可以翻回去，迎上靈修道長，我就告訴他，不但他，不拘哪一位，我都把株州凶案告訴他們，請他們趕快追您來。您只指定一個地點，就行。我也不必竟回衡山，我們只遇見本派傳信的同道，就可以煩他們挨個轉達好了。現在就請師太約定一個聚會的地點，豈不是一切都省事了？至於先上長沙，還是先上株州，我看這也很好解決，我們由這楓林驛，奔長沙去，一定路過株州。我們只需稍微繞點路，在株州多逗留一下，加細查訪一回，豈不就一舉兩得了？」

一口氣說出來，說得夏澄光笑了起來。了因師太也不禁失笑道：「還是你們年輕人見事快，我簡直是教事情把我繞住了。我就忘了這一層，奔長沙必先穿過株州。」說著以手擊額道：「老了，不中用了。」

夏澄光接著道：「我們這一路查訪，無論如何，也不能總瞞著橫波女俠，我看我們索性告訴她，只把口氣說的柔和一點，不招她難過，就可以了。」

正說著，外面雨聲濺濺，忽然有人接了腔道：「對了，你們可以柔和一點告訴我。」

三人一齊看窗，橫波女俠已然蘊怒闖進來，三個人一齊站起讓座，了因很不安的說道：「師妹睡好了嗎？」

橫波女俠杜十一娘咬唇不答，氣哼哼地坐在椅子上，半晌方才說道：「我杜若英不幸遭此人倫大變，年輕輕守孀，本不該多事，收認養子，更不該把義子當徒兒嚴加管束。現在拘管出怨恨來，教逆子反吃一口，這都是我自己的錯，不能怪別人。只是我竟想不到本派諸位賢達，因為這一節，公然拿我當犯人一般看待，不但監視我，事事還背著我，我自知貞操已失，無顏立於人世，我本要自盡，你們諸位又橫攔豎阻，不教我痛痛快快的死，可又這麼蠍蠍螫螫的對待我，到底把我杜若英看成怎樣下賤的人了？」

話聲激楚，怨忿已極，兩邊眸子隱含痛淚，強忍著不欲在人前垂泣；卻是眼珠一轉一轉的，到底滾下兩行熱淚來，教任何人看來，都不由替她扼腕悲涼。了因老尼、女俠夏澄光、小俠肖珏，莫不惶恐失措，了因老尼更覺得愧對，三人一齊勸解道：「十一娘，你不要難受了，我們絕不是這個意思。」

橫波女俠道：「既不是這個意思，肖珏為什麼瞞著我，獨去重訪黃、蔡二人？澄光又為什麼總絆著我，寸步不離？」

肖珏、夏澄光連忙分剖：「我們絕不敢監視您，更不敢瞞著您，只是看您太傷心了，我們是怕給您添煩。」

橫波女俠搖頭慘笑道：「今晚我已經睡下了，澄光妹還偷偷的溜到床根，驗看我是否睡熟。了因師太，您年紀比我大，你也處處背著我，我知道肖珏是奉你之命，重訪蔡、黃二人，現在我也自知罪深孽重，總算由打我身上起，玷辱了嵩陽派。我也不敢強求，我只請問師太一句話：你老人家若還拿我當個人，就求你把蔡石錚、黃鎮中他們議論我的話，一字不漏，據實告訴我。」又目視夏澄光和肖珏道：「你們二位也是一樣，我讓你們二位在同門誼氣上，不要騙我，瞞我。我自知一個女人一旦失了節，辱了身，就不算是人了！」且說且泣，淚珠滾滾滿腮。

了因、澄光、肖珏，面面相覷，很是驚駭，橫波女俠素性貞烈，待人一向有禮貌，現在，分明受了大刺激，過於多疑了。她竟懷疑大家瞧不起她了，哪知大家正是哀矜之不暇，一番小心，唯恐惹得橫波傷心，倒更惹得她疑、怨、忿、嫉、慚恨交迸了。

了因師太用哀懇的口吻，再三解釋；空言不能洗去橫波的疑怨，她冷笑不信。女俠夏澄光看此光景，咳了一聲，款款走過來，緊挨著橫波女俠坐下，兩手握著橫波的手。橫波的手冰冷，而且不住顫抖，知她悲憤已到極點。澄光斂容低聲叫道：「師姑，你千萬不要多心，實際上滿不是那一回事！」

杜十一娘搖頭不答。澄光道：「我告訴您，他們北派黃鎮中、蔡石錚二位，實在是一向敬重你。現在也更敬重您。您遭這大不幸，他們稍有人心，焉忍對您妄加譏議？您務必要看開，這一件逆倫大變，斷不是您一個人的事，也不是我們嵩陽南派的事；這乃是我嵩陽派南北兩支大家同憤的一件恨事。再往大了談，實是我們武林中一件萬眾齊切齒的逆案。師姑，任何人聽見了，也要替您傷心。您想是看出來黃、蔡二人神色有異，您就疑到您自己身上來了。師姑，實告訴您說吧，我們嵩陽南派不幸又遇上另一樁被誣衊的案子，比辱師欺母，情節不在以下呢！」

杜若英含淚不語，只凝望著了因老尼和夏澄光，靜等他們披訴。夏澄光、了因老尼無可奈何，把株州一案，約略對杜若英實說了。仍未敢說破那個採花女賊，冒名橫波女俠的事，只說她自稱是嵩陽派、採花傷人，意存誣陷。而嵩陽派女俠，僅只杜若英、夏澄光、和沅江徐鶴的妻室紀清揚三人。

夏澄光對杜十一娘說：「師姑您想，南北兩支俱是一家。黃、蔡二位一聽見這謠言，如何不要根究？他們本是特來衡山，要向我們南派首領稟報的。在半路上遇見我們三個人，他們要說，又覺得礙口，所以臉上帶出駭異神氣來。他們悄悄把肖珏調出去，就為告訴這件事。現在我們決計打發肖珏回山馳報，你我三個人要順路先奔株州，查究一下。我們不是瞞著師姑您，實在因為這件事關係我們名聲太大，而您又是新遭巨變，我們只怕說出來，叫您聽著更心窄。所以我們才背著您老人家，先思索思索。現在您老人家這麼難過，我們只好全說出來，您千萬別誤會了，也不必心窄，我們還是先奔株州吧。」

橫波女俠杜十一娘聽罷，低頭沉吟，其實她已然悄悄猜透其中蹊蹺。她滿腔悲憤，唯恐自己的不幸，遭同門鄙薄，今見了因、澄光這麼惶恐，心上便安頓多了。

她仍然閉口無言。過了好半晌，才猝然說道：「這株州凶殺案，一準是冒著我的名字……準是張青禾這個奴才，支使出人來，故意作踐我的……」

夏澄光、了因師太，都迴避不敢逕答。杜若英盯著二人，二人支吾道：「我們到株州查看一趟，就知道了，此刻也無須揣測。聽說這女賊僅僅自稱是嵩陽派，我想她不會公然留名吧。張青禾也未必認識女賊，這是女賊干的事。總而言之，耳聽是虛，我們還是先去采探一下。好在追拿叛徒張青禾，也必須由打株州經過，我們此行，正好一舉兩得。」

杜十一娘苦笑了一聲，她察言觀色，此刻已經有七八分明白了。二人既不肯直告，自己索性不問，末後斷然道：「你們二位怎麼說怎麼好，我是隨著你們的，奔株州也行。」站起來走了。

了因老尼、夏澄光卻很難過，替橫波惋惜。如此一個守志彌篤的貞孀，偏偏命犯蠍磨，遇上這些打擊，真真叫人痛恨皇天無眼了。

少時天色大明，了因先派肖珏給蔡石錚、黃鎮中送了一個信，蔡、黃二人約定十天後，在株州與了因等會面，以便交換彼此踏訪的情報。當下，黃、蔡二人和姜涵清，又分成兩路，分別出發，潛訪附近一帶，綠林人物和祕密會幫出沒的動靜，借此獲得株州凶案的主犯，好在女賊最招人側目，料想不難訪出下落。

當天晌午，小俠肖珏翻回去報信，夏澄光和橫波女俠，仍扮作眷屬，僱車上道，離開楓林驛，直奔株州。株州也是湘鄂往來要道，人煙稠密，旅店、酒棧、妓館、茶肆頗多，也有幾處禪林。三個女俠尋一座店住下，立即著手探聽鮑三公子被閹割這一案，這一案已轟動全城，官府已派干捕搜緝甯小，街市上更不斷有人紛紛講論。

了因師太、夏澄光、橫波女俠，三個人分途查訪。由了因老尼，找到當地拳師、鏢客處，逐一探問了。倒有一家鏢局，可惜總鏢頭遠行在外。本地這些武林人士，竟都是蠢漢，既無真本領，又乏豪俠氣，把女採花賊當作奇聞，不思訪拿，為民除害。了因師太很不滿意他們，索性不再問了，只加緊自己踏訪。

不意她三人衣貌不倫，言行異樣，此地剛剛鬧過女淫賊，三女俠又逢人打聽女人不該問的話，不覺的招得土著人十分詫異。尤其是男裝的夏澄光，和女裝橫波女俠，一男一女同道而行，年貌不似夫妻，親暱過於伉儷，更易遭人側目，地面官人竟向店家暗暗盤查起她倆的行蹤。

三女俠都覺得情形不對，當晚依了因師太的意見，離開店房，改覓城外一座尼庵古剎，蹚好了道，入夜潛在封閉的佛閣上寄跡，黎明便偷偷溜出來。三女俠潛出潛入，飛行術超絕，庵中人竟沒有覺察。了因復勸橫波女俠，改裝成帶髮修行的女尼，和自己搭伴，作為敲木魚化緣的師徒二尼，可以任意遊行全城，沿門托鉢。並且兩人把容貌也改了，塗上淡黃色，有時同行，有時分開，有時晝訪，有時夜搜，專找僻裡污巷，宵小出沒之場。女俠夏澄光卻改做單幫，扮成少年公子模樣，手拿秋扇，飄飄灑灑。也到各處亂踏，卻側重繁華場，浪子蕩女徘徊之所。

如此白晝夜訪，深夜聚會，交換意見。觀聽稍有可疑，這個看過了，再引那個來復察。一連三數日，大海撈針，渺無叛徒或女賊的確耗。只夏澄光，在株州瓦舍場中，發現了兩個賣藝的繩妓：一個年當花信，一個年才二十許。技藝出眾，不似江湖賣藝炫人假把戲，頗具武林技擊真功夫，這是一點可異處。同時，這兩個賣藝女子，相貌太俊俏，太白淨，凡是踏江湖的繩妓，多半是纏著小腳，而面貌多帶紫棠色，所謂黑裡俏，風塵遊食，多少透著村俗氣。這兩個女藝人卻不然，既無閨閣之氣，竟少風塵之色，這又是第二可怪處。同時，凡藝妓多有領家男子，很少單身少女，獨自獻藝的。這兩女似是姐妹花，居然沒有男伴，也無阿婆，這又是第三點可怪處了。

這兩個女子一穿紅，一穿綠，梳抓髻，繫絲巾，鐵尖鞋，敞腳褲，在廣場立竿設繩，圍成一場，敲著鑼，賣弄技巧，四周聚攏很多的人觀賞。女俠夏澄光，生有潔癖，又是個姑娘，不肯從人叢中強擠，只在圈外看，偏偏她身量不甚高，只得企足而觀。連看了兩場，覺得二女雖不像跋涉風塵的女藝人，卻有著一套很熟諳的江湖話。向觀眾發科、討錢，似乎又很在行，女俠夏澄光到底武藝精而見識淺，她斷不透二女的來歷。

又見二女容貌白皙可愛，她似乎起心眼裡不忍把二女武斷做採花女賊。盯了一回，不得主意，只索性轉身回去，找了因師太和橫波女俠。

了因和橫波女俠杜十一娘，披敞衣，變容貌，把臉塗得黃黃的，真像咬菜根的苦行女尼，連日在大街小巷化緣，踏破半個城，毫無所遇。杜十一娘只是焦煩，要奔長沙追張青禾、桑林武。了因師太以為和蔡、黃等人約會的日期將到，勸她稍待。兩人沒精打采，在街上走，眼光東張西望。正在不耐煩時，夏澄光竟尋了來，忙將二人調到僻處，把自己所見，告訴了二人。橫波女俠漫不在意，垂頭喪氣的說：「兩個女藝人罷了，在通街廣場中露色相，斷不是那採花女賊。那採花女賊，我認為早離開此地了。她在此地一連做了三案，難道還做第四案不成？若依我說，我們丟開這一擋，還是奔長沙。」

了因師太輕撫著橫波女俠的肩頭，低聲道：「師妹，這兩個繩妓也許可疑，我們不妨先去看看。」問澄光道：「她們賣藝的場子在哪裡？」

夏澄光道：「離這裡不遠，二位跟我來。」

儒巾儒服的女俠夏澄光，緩步前行；尼姑裝束的橫波和了因，聯袂後隨，一直找到瓦舍場子。了因師太見場子聚的人很多，鑼聲喤喤，正將奏技，唸了一聲阿彌陀佛，發話道：「施主們借光，讓貧尼看看。」

人們扭頭，見是一個老尼、一個中年尼，笑道：「出家人也看把戲嗎？」

了因師太手打問訊道：「阿彌陀佛，出家人不敢看作劇，卻可以結個善緣，施主們容讓一步吧。」引著橫波女俠，擠入人叢，一直到繩圈之前。夏澄光也就勢挨過來，和了因並肩立著，三個女俠細細的打量走繩賣藝的二女。

二女剛剛斂完錢，現在重新起鑼，聚觀眾，再開練，把戲場四方丈方圓，插打拴繩，團團圈起，以防遊人擠入。靠南架著走索，是一根巨繩，架在交叉的兩座木架上，綳了個很緊，靠北堆著行頭、刀槍、流星、彈弓、凳子、高桌等等。當央插了一根纛形長旗，赤焰白地，白地上置著圈，赤焰邊繫著兩串銅鑼鈴，風一吹，琅琅的響，長女穿綠，正敲銅鑼，少女穿紅，正要流星開場。因為場圈雖攔著繩，有的地方已將掛繩的竹竿擠倒，小孩子們和無知男人們，趕進場子來了。流星過處，直抵人圈，幾乎打著鼻頭，嘩笑聲中，人們不覺後退，這樣便把場子打開了。

紅衣少女放下流星，裊裊婷婷走來，把已擠倒的竹竿扶起，插好，把繩掛上，然後直腰，抬頭，水靈靈一雙眸子，向四面一瞥，轉身，舉步，走到紅衣長女身旁。綠衣長女敲鑼，這紅衣少女坐下來，抄起鼓槌，咕冬冬，咕冬冬，與鑼聲相伴，大敲了一陣，觀眾見討錢而散，聞鑼聲復聚，打罷一通鼓，人越聚越多。

了因師太久涉江湖，橫波女俠閱歷也深，都看出二女氣宇不凡。因互相示意，在人群中站住了，要看個究竟。少時，二女把鑼鼓聲打住，綠衣長女便站起身來，輕輕一躍，登上高凳，手捏嘴唇，吱的吹起一陣口哨，無非是吸引看客。隨後便向眾人發科，自稱是闖蕩江湖的藝人，自報藝名叫做碧桃，紅衣少女是師妹，名叫紅桃，說是錢塘江人氏。接著說：「今天來到貴寶地，談不到訪友遊藝，只是干了這一行，吃飯要飯錢，住店要店錢，不練點玩意兒，憑什麼領列公的恩賞。我姐妹不過跟師父學會幾套小把戲，走索，鑽圈，打彈弓，刺劍，耍刀，對槍，……無非是蒙人的玩意，借此餬口，請列公看個火熾罷了。」

綠衣女藝人滿口的江湖話，言之不慚，立在高凳下，不但口講指畫，而且目光四射，不時向人群中掃了一圈又一圈。敷說已罷，又向人群中遊目送睞；忽看到女扮男裝的夏澄光，眼光不覺一停；更看到喬裝女尼的橫波女俠和了因師太，眼光又一停。旋即跳下凳子，招呼師妹紅桃：「剛才我們練完了走索、鑽圈，現在我們再練一套兵器，請列公賞光指教！」

二女從行頭中，一個取雙刀，一個取了一桿花槍，碧桃使槍，紅桃舞刀，兩人對打起來。練的是六合刀和岳家槍，手眼身法步，半真半假，拆得很快。尤其是儷影翩翩，滿場飛舞，真引得全場喝彩。忽然間，碧桃一槍當心刺來，被紅桃用左手刀向外一磕，右手刀摟頭蓋頂剁去；啪的一聲，花槍失手墜地，刀光已臨頭頂，來勢迅疾，紅桃嬌叱一聲：「呔！」眼睜睜剁下來。場子上頓呈驚險之狀，觀眾發出詫駭之聲。

那碧桃姑娘也似措手不及，忙一側臉，伸手來奪刀。紅桃持刀的右手，被師姐碧桃左手捋住腕子；她急將左手刀掄起，照樣當頭劈下去。碧桃又一偏臉，右手忙捋住紅桃左腕子。兩個人兩雙手對扭奪刀。突然身形一變，倏地分開，已經是一人一把刀了。紅桃左手刀，已被碧桃奪去，兩人相對一望，惡狠狠撲到一處，明晃晃的鋼刀，又復揮霍對砍。看的人眼花繚亂，忽又一變，紅桃嗖的一上步，纏頭裹腦，橫削一刀。碧桃急急的一撲地；刀光過處，碧桃的蒙頭絹被刀削落，全場譁然，起了一大陣喝彩聲。

碧桃似乎嚇了一跳，一摸頭，一吐舌，大喊道：「好丫頭，真砍！」她似乎要報仇，揮刀返身，又來拚命。走過十幾招，一招緊似一招。紅桃似乎年紀小，後力不接，被師姐碧桃殺的連連倒退。碧桃越殺越勇，眼看要報那失槍削巾之仇，把紅桃一直追到場子邊上。退無可退，碧桃一個雀躍，嗖的奔過去，舉起刀，照紅桃後心一刺，力猛招疾，觀眾又嚇一跳。不意紅桃一個敗勢，往旁一閃，飛起蓮足，騰地一下，正踢中碧桃的手腕，刀被踢飛，落向場心。碧桃大叫一聲，兩手一抱脖頸，回頭就跑。紅桃飛身一縱，蜻蜓點水，直追過來，也大喝一聲：「哪裡跑？」

碧桃兩手空空，失去了抵敵之力，竟被捉住，刀架脖頸，嚇得她連聲怪叫，引得觀眾由驚暄中，變成嘩笑，這便算又演完一場。

武妓碧桃姑娘做出喘吁吁的樣子，拿起小簸籮，向觀眾斂錢，且斂且笑說：「我這師妹，太嬌，我這是故意讓她，我要不讓她，列公別見笑，她那麼大的姑娘，輸了招，說哭就哭。」

她做出滑稽的樣子來，好像輸了招，不肯輸嘴似的。

紅桃姑娘收拾起墜地的刀槍，也拿了一個小鑼向眾人開始斂錢，笑著說：「我的師姐臉皮頂厚，多咱打敗了，都說是讓著我。」

碧桃扭頭抗辯道：「可不是讓著你，你一個小丫頭，憑我還教你打敗了嗎？」

碧桃順著圓場，斂了半圈便住，紅桃也斂了半圈；兩個人湊到一塊，把錢全攏在一處，數了數。按江湖規矩，初步斂完，練把戲的還要說出一個數目來，再叫看客重湊，必湊足他所要求之數，才肯開招練下回，二女低聲的嘰咕了一會兒，果然面向大眾說：「還差五百錢，請各位恩官看客賞臉，再回一回手。」

這五百錢，數目太大了。按慣常說，已斂百十文，續求頂多不過五六十文。現在她們初斂還不到百文，續求的倒超出數倍，這不合乎江湖道。二女眼望眾人發話，要向列公面前，乞求一個領頭創義的恩公出來。二女漫展雙眸一尋，粉面堆歡，全衝著男裝的女俠夏澄光走過來。

碧桃姑娘端簸籮，賠笑發話，紅桃姑娘便向夏澄光施禮請安：「這位大爺，破費破費吧，大爺多捧場！」

二武妓似乎把男裝的夏澄光，認成當地的闊公子，分明要請她引個頭。

夏澄光雖是女傑，不知怎的，臉緋紅了。通場的看客全都盯著她，有的人公然怪聲喝彩，有的人大聲嚷：「應該掏腰包，姐妹兩個全下來了，還不大大的開發個彩錢嗎？」

分明眾看客也把男裝的夏澄光當作少年風流男子，他們就惡作劇的合哄，而且更有人在背後喊：「相上嘍，一對兒，真般配啊，桃花運，別臉紅啊。別少給呀，五百文真值呀，還不一個人全拿出來嗎？」

觀眾大哄，碧、紅二桃毫不介意，反倒回眸向大家一笑，轉過臉來，仍向夏澄光側媚乞憐，仍向她求討五百錢。夏澄光擱不住眾目睽睽，嘲笑紛紜，忙向腰中掏錢，要趕緊把繩妓打發開。可是她身上本沒帶銅錢，只得取出銀幅子，隨手捻了一塊銀子，要往她把式場拋。紅桃姑娘好像怕銀子拋失，滿面春風說道：「謝謝大爺！」竟把身軀一橫，伸出纖纖玉手來接。

夏澄光本非男子，一時竟忘其所以，不曉得男女授受應該避嫌，她便將銀塊放在紅桃姑娘的掌心。紅桃虛瞇著眼，嘻嘻一笑，露出滿口白牙，又感激不盡的請了一個安，說了一句：「大爺破費。」觀眾都眼睜睜看著，忽然又有人喊起好來。

夏澄光有點掛不住，轉身要離開，忽覺衣後襟被人扯了一下，正是橫波女俠杜十一娘，攔住她，不教她動。同時碧桃姑娘也滿面含春，湊上來，嬌呼大爺：「大爺您賞我妹妹，怎麼不賞我？」

女俠夏澄光張眼把碧桃一看，碧桃臉上的神情很古怪。女俠不禁勃然，雙眸一張，雙眉微蹙，有一種凜然不可輕侮之慨。然而這賣藝的女子毫不在意，非常的厚顏，仍向夏澄光討賞。夏澄光決意不給，了因師太在背後暗暗推了她一下，她這才又掏出一塊銀子，約有四五錢。碧桃也照樣伸出手來，夏澄光冷不防，竟投到場子上了。

碧桃衝她一笑道：「大爺生氣了，生氣還賞，我更得謝謝！」於是也照例的再請了一個安，過去把銀子拾起。

這時候，許多看熱鬧的人不注視二繩妓，反倒打量起夏澄光來了：夏澄光生得姿容美麗，既改男裝，愈形風流。又教兩個繩妓強迫，顯得她給錢慷慨，自然特別招人打眼。她心中也正動怒，覺得這兩個繩妓，什九不是好人。

碧桃、紅桃二姐妹，得了賞銀，仍不開練，卻又目光灼灼的，打量了因師太和尼裝的橫波女俠。二妓二尼面面相對，觀眾們都注視她們。突然間，碧桃姑娘把小簸籮一舉，湊過來說道：「二位師傅多多指教，也賞幾文嗎？」

橫波女俠杜若英搖頭不語，了因師太哈哈一笑，也舉起「廣結善緣」的布袋，應聲發了話：「阿彌陀佛，二位檀越練的真好，生意經真高，得了這許多錢，還不布施貧尼幾文嗎？」

斂彩化緣，針鋒相對，看熱鬧的人譁然大笑，都覺得這事新鮮。有一個閒漢說道：「你們對討錢吧，到底誰該打發誰？」

又有一個閒漢說：「把式姑娘，化緣師傅，你們都是走遍四方，吃遍四方的人，你們對免了吧，別價自己人啃自己人哪？」

碧桃、紅桃閃眼向眾人說：「我姐妹哪能跟人家二位師傅比？我們是俗人，顛來倒去，自己耍把一個夠，掙不了兩壺醋錢。人家佛門弟子，找著了一個善門，只一鑽進去，小小結個喜緣，便是千二八百。」手中簸籮仍然舉著，說：「二位師傅，不拘多少，賞給我們苦孩子幾文吧。」

了因師太聽了這些夾槍帶棒的話，不怒而笑道：「檀越說的倒好，哪裡有這麼好開的善門，你們也指給我一條。哪怕化出來，二五折帳呢？二位檀越不肯施捨，反倒衝我要錢，你們真算不含糊。貧尼也有點彆扭脾氣，化定你們啦。你們不掏錢，就別打算練了，我要到你場子裡頭化緣。」

了因師太輕輕一拉橫波女俠，借扭頭之勢，向夏澄光悄悄遞了一個眼色，夏澄光點頭會意。了因隨即踴身一跳，越過了攔繩，由西南角進入把式場。橫波略一猶豫，也就跟縱而入。

兩人就分別迎住碧、紅二桃，各舉著布袋，要施展身手，假化緣，暗打攪，要看看二女到底有沒有仗腰子的人，和仗腰的人究竟有多少？並是何等人物？

碧桃、紅桃微微一驚，立刻往旁一閃身，潛自封閉門戶，叫道：「哈哈，真人露相了！我姐妹早就看出來……好麼，二位不肯賞錢，竟肯賞臉賜教，我姐妹更歡迎！喂，二位是什麼門戶？」

了因師太道：「檀越不必問什麼門戶，我出家人只知廣結善緣。二位姑娘是有緣的人，我要專誠跟二位檀越化一化。」

二女變色道：「好，我姐妹奉陪！」回顧觀眾道：「諸位今天可以看熱鬧了，這二位師傅是高人，要指教我們。」

於是，二女二尼相了對手，了因盯碧桃，橫波盯紅桃，亮開架式，即刻要發招。不出所料，果然有一人出頭高喝道：「且慢！」

把式場北面略略波動，一個長身大漢，從人頂飛躍進來，到二女尼二繩妓當中隔開，說道：「你們四位打算怎麼樣？我們株州是小地方，還沒有這個。」衝著二尼說：「二位師傅，不打算化緣嗎？」衝著二女說：「二位姑娘，不打算斂彩錢嗎？我這裡有，我給。你們全是江湖人，何必爭競？」

他又單向了因師太說：「大師傅是有年紀，有道行的人，你應該開面。你若跟兩個跑江湖的女孩子一般見識，她們就算失了禮，你老人家也不妨等她們散了場子，調到一邊，就管教她們，也使得，似乎不必這樣打攪人家的飯路。」

說著伸手掏錢，把兩個賣藝女子打發了，揮手教她們退後。手托著一錠銀子，單對了因說：「大師傅，這是我布施你們二位的。請二位出場子，教她們練她們的吧。」話鋒顯見袒護著繩妓，暗斥了因無理取鬧。

了因師太一言不發，雙眸刺瞪，看定這人。這眼光好似一對利劍似的，閃閃刺人，橫波女俠也打量這人，半晌冷笑發話道：「施主請把銀子收起，我們化的是有緣人。這兩位女菩薩，我們不但跟她化緣，還要領教哩。」

這長身大漢略露怒容，見了因嗔視他，橫波的話又這麼強硬，他臉上帶出駭異的神色，向四面望了一望。兩個繩妓說：「這位客官不必掛火，還是我們江湖人，衝她佛門師傅白話白話。」又湊過來，還是要動武。

此時場內場外都很騷動。有人說了因不對，也有人說二女不對。了因和橫波只顧打量這個長身大漢，夏澄光冷眼向周圍窺察，覺得人叢中還有兩三個人，暗中盯著了因和橫波。她忙踴身也跳進圈去，裝作勸架，向了因發話道：「這位師傅，既要化緣，請出場子來吧。教她們練她們的，有話何妨回頭再講？你二位瞧，大夥都瞧你們二位呢。」

長身大漢也忽然收拾起怒容，向了因師太拱手道：「這位師傅，恕我眼拙，好像從前在哪裡見過，卻想不起來了。可是我卻曉得師傅你是很有功夫的，請賞我一個面，咱們出場一談如何？」

了因回嗔作喜道：「見過面嗎？我倒眼拙，不記得了。既然這麼說，出場一談也好，施主府上是在哪裡？」

長身大漢微微一動說道：「我不是此地人，我現時住在本城祥茂客棧，師傅寶庵在哪裡？」

了因師太笑道：「我麼，是個遊方的尼僧，也不是本地人，你若找我，可以在今天二更以後，到城外白衣庵山門對過空場等我。」

長身大漢道：「什麼，二更天以後嗎？」

了因師太道：「正是。」遂一拉橫波女俠說：「我們走吧。」回頭又對碧桃、紅桃說：「你們倆也聽明白了吧，要找我，請到城外白衣庵對過。我要找你們呢，你們住在哪裡？」

碧桃、紅桃似早料到了因不是尋常出家人，當下抗聲應道：「要找我姐妹，太容易了。每天這個時候，準在這裡鋪場子候教，你只管來，邀朋友也可以。」

橫波女俠惡狠狠看了二女一眼，心說小丫頭嘴很尖刻，問她師傅是誰，她們不肯說。看來株州這地方，無怪乎要出凶案，區區走繩的兩個女江湖，竟這麼硬，一定是有點說處了。

了因、橫波跳出圈外，飄然引去。喬裝的夏澄光退出場子，仍留在這裡看熱鬧，其實是暗暗盯著二女，那長身大漢勸開了架，向二女看了一眼，二女齊來道謝。長身大漢也跳出圈，走開了。場中只剩下二女，場外剩下夏澄光。

觀眾七言八語，都以為了因師太來得突兀，走得倏忽，猜想她不是尋常出家人。卻又覺得奇怪，好像要打架，才經一勸，忽然走了，正不知她存心何在。而且三姑六婆，是非之門，了因和橫波女俠全是尼姑裝束，還是三姑之一，她們如此來去匆匆，觀眾都有點惶惑。碧桃、紅桃望著了因去遠，她滿不介意似的，重向觀眾發科，開練。一直又練了四五場，將近黃昏時分，方才罷手。二女收拾起行頭，著一個負苦小孩挑著，徑回下處。

夏澄光容得二女去遠，便在後面，遠遠的綴著。果然不出所料，碧桃、紅桃也投到那座祥茂客店去了，剛才那個勸架的長身大漢，果然是跟二女一夥的。當二女進店時，這大漢正在店前觀望等候呢。

夏澄光恍然大悟，唯恐打草驚蛇，便不肯進店，假裝過路，從店門前，徐徐踱開去，走到街盡頭處，卻又兜轉來，繞店牆踏著了一圈，暗暗認明左右四鄰上下道和出入路口。慢慢的抽身，離開了這座祥茂店，來到她們約定的一座小茶館。進去一看，了因師太和橫波女俠全沒有來；她們常坐的那副靠窗茶座，適被別的茶客占住了。夏澄光便在鄰座坐下，泡了一壺茶，細細品著，閃眼往那邊窗壁上尋看，似乎上面並沒有了因、橫波留下的暗記，吃了三四杯茶，那邊茶客走了，她便挪過去，往牆上桌上細細察看，知道她們剛剛來過，今天是不再來了。想了想，便掏出小刀來，在桌上偷偷刻畫了幾個符記。

會了茶錢，出離茶館，徑到別一條街上，一家飯鋪，這也是她們指定的接頭地點，進去到雅座一看，了因、橫波仍然未到。

遂找了一副座頭，叫了一份酒飯，慢慢吃酒，等候她倆來找自己，自己不再尋找她倆。

原來她們三個女俠，只耗到深夜，方才潛入城外尼庵空閣上匿跡寄宿，黎明潛行溜出，白天是不去的。卻有這麼一座小茶館、兩座小飯鋪、一家客店，是預先約定了，作為她們落腳、會面、留話的地方。在城內還有一個鬧市轉角處，在城廂有一個舊宅大影壁，都指定為互通行跡，傳遞消息的所在。她們用炭筆，在粉牆上畫暗號，魚鳥之形，夾雜著數位文字，別人看不懂，只當是頑童信手糊塗。他們嵩陽派自己人一見，就明白了。另外株州的一家鏢局，也經她們暫時借為傳話之所，只沒把真意全說出來。本派南支的靈修道長一行，和北支的蔡石錚、黃鎮中、姜涵清三人，若是隨後趕來，便可由這鏢局，得知她們三女俠的落腳處。

夏澄光喝完了酒，同伴還沒有來，她就叫來飯。飯也吃完了，直等到將近二更，飯館中都沒有什麼人了，方見橫波女俠杜若英匆匆找了來。她已經換去尼姑裝束，進了飯鋪，向夏澄光一望，立即在鄰桌旁，尋一座位落座。叫堂館快拿現成的熟食來。匆匆吃罷，付了飯錢，站起身往外走，顯見得很忙，很餓，又似遇上了事。夏澄光連忙站起，也會了鈔，急急跟隨出來。

橫波女俠往四面一瞥，低頭曳裙緊走，沒入夜影中。拐了兩個彎，投入一條僻巷；四顧無人，方才止步。夏澄光湊上去，忙問：「師姑，怎的這麼匆忙，可是訪著了點子？」

橫波女俠道：「是的。」又道：「不是的。我問你，你綴的那兩個繩妓，落在什麼地方了？到底有多少同夥？」

夏澄光道：「她們的確是住在祥茂店，她們沒有扯謊，我一直綴她們進了店。」

橫波女俠道：「她們住在幾號店？」

夏澄光道：「我沒敢進店，只綴到店門口，師姑你猜怎樣？那長身量大漢，給你們勸架的，真是她們一黨。我綴過去時，他正在店門口等候；那個叫碧桃的繩妓一進店，他們彼此之間，就打招呼過話了。看樣子，這漢子大概是碧桃、紅桃的什麼人。」

橫波女俠忙問：「不是靠山嗎？」

夏澄光道：「看那慣熟的意思，絕不是二女臨時投托的靠山，實像一路同行的父師之輩。不過賣藝時，只叫女的露面，男的藏在一邊，他們究有什麼作用，卻教人測不透。他們說話聲音很低，我竟沒有聽清楚。怎麼著，師姑這麼忙，到底獲得什麼消息了，了因師太上哪裡去了？」

橫波女俠聽罷，點頭說道：「了因師太真是老江湖，果然教她料著了。」

夏澄光道：「這話怎麼講？她老人家料著什麼了？」

橫波女俠說：「澄光，你先不要問，趕快跟我來吧。了因師太現時還在那邊暗盯著呢。這地方真有一群惡魔宵小，橫行霸道，被一個土豪隱庇著。此地三起凶殺案，必與他們有關，我們要從他們身上究出下落。我們今晚碰巧了，還可以跟那個女採花賊交手。」

夏澄光驚喜道：「你二位從哪裡搜著的底細？女採花賊可就是碧桃、紅桃兩個嗎？」

橫波女俠道：「也許是，也許不是，但是我料她們必有干連，你跟我走，我們先換夜行衣去。」

當下，橫波女俠前行，夏澄光後隨，踏夜影奔到一個隱僻所在，卻是株州城內的一座城隍廟。廟前有戲臺，臺旁有古樹，三個女俠把夜行衣藏在樹窟內，已不止一次。現在即由橫波女俠攀上樹去，擲下來三個包裹，然後溜下樹來。夏澄光接了包裹，先把自己的夜行衣更換好，白晝衣衫就手打入包內，往背後一背，兵刃暗器也都帶好。橫波女俠杜十一娘也照樣打扮好，足登纖尖鞋，頭蒙黑絹巾，一色的黑衣褲，和夏澄光完全一樣，不過夏澄光仍是男裝穿靴罷了。橫波也把白晝衣服包好，背上，一手拿自己的劍，一手提著長的圓的兩個包，便是自己和了因師太倆的夜行衣裝和兵刃。兩個人收拾俐落，橫波女俠道：「走！」

夏澄光道：「在什麼地方？」

橫波女俠道：「你跟我來吧，地方是在城裡西北角。」

夏澄光還是釘問道：「到了地方該怎麼辦，你多少也該告訴我一點話。」

橫波女俠恨不得肋生雙翅，一步趕到，見問急答：「快走快走，到了地方，我們全聽了因師太的指揮。我們是要夜入民宅，窺看真相。我們去遲了，怕了因師太孤掌難鳴。」

橫波且說且揮手，意思不教她再問，先趕到了地方再講。

夏澄光料想事機緊急，便不再多話。兩個女俠一前一後，錯著肩，施展飛縱術，眨眼間穿出兩道街巷，迎面好像到了鼓樓。

唯恐遇見更夫，兩人折往僻巷走，突然見前面黑乎乎有兩條人影一晃。

第三章　探巨宅人影閃爍

這時眼看到了三更天，夜靜聲沉，家家閉戶，這兩條人影好像要撲過來。兩個女俠忙往黑暗處一避，把身子貼在牆根，打算讓過這兩個行路人，她們再走。那兩個行路人竟瞥見她們，也往暗隅一避。二女俠覺得可怪，才待轉身繞道而行，不料那兩條人影突又竄出來，而且撲上來。

橫波女俠杜若英目光很銳，看得明白，忙向夏澄光低噓了一聲。夏澄光也已警覺，兩個人立刻亮出兵刃，準備迎敵。又不料這兩條人影，來勢很疾，倏又停住，但見倏然齊一轉身，投入路旁另一小巷，躲開了。

這分明是夜行人，已無可疑。但又像陌路人，非敵非友，與己無干。夏澄光要追過去，看看是什麼人。橫波女俠攔住她，低聲說：「了因師太急等我們呢。我們先跟她見面，隨後再追究這一對。」

兩女俠拔步又走，卻加了一倍小心，知道此時此地，另有夜行人出沒，要留神暗算。於是展眼間，兩人穿出兩道小巷，再一轉彎，便是一道通衢。橫波女俠不肯直出通衢，向夏澄光一打手勢，一指牆頭。夏澄光會意，兩人各擇牆頭，齊一伏腰，嗖的都竄上牆。俯腰下望，見街面沒有人蹤，也沒有埋伏。這才輕輕跳下來，火速的縱過通衢，徑往西北隅馳去。

曲折行來，連穿數道街，夏澄光低問道：「還沒到嗎？」

橫波女俠道：「快了，我們走出多一半了。」且說且奔，橫波女俠忽覺前途不對，連忙回夏澄光道：「留神，我聽見有人吹口哨！」

夏澄光道：「我也聽見了！」

兩個人張皇四顧，倏聽見唰的一響，有兩道寒光，從側面斜裡過來。橫波女俠頓足往開處一頓，啪的一聲，有兩件暗器觸牆墜地。二女俠全部聽出，這是暗箭。兩人急往來路尋看。

這裡正是個丁字路，對面路口旁邊，黑乎乎埋伏著人。

二女俠大怒，各展利劍撲上去。黑影中跳出兩個夜行人，揮刀便砍。橫波女俠側身接住一個敵人，夏澄光也擋住一個。

這兩個夜行人，全使的是單刀；一個是稍長大漢，一個是小矮個。夏澄光和那個稍長大漢動手，橫波女俠杜若英跟那個小矮個交手。刀劍互砍，立刻在黑影中鬥起來。

女俠夏澄光遇上了勁敵，這稍長大漢刀光閃閃，力大招熟。夏澄光很快的展開三才劍法剛剛抵得住，不能搶上風。那個小矮個，功夫卻軟，竟不是橫波女俠的對手。橫波心急求勝，劍招犀利。只三數合，小矮個便被橫波女俠的劍光裹住，只有招架的功夫，沒有還手的餘力。但小矮個身法很靈活，閃展騰挪，竭力應付；連逢險招，全被他躲過。雙方依然猛鬥不休。

兩女俠揮劍抗敵，心中很駭異。她二人並不曉得這兩個人的來歷和用意；若說認錯了人，也該發話。二女俠一迭聲喝問他們，他們倆一味啞打不答。二女俠要辨認這兩人的相貌。他們又全戴著面幕。他們卻是一面纏鬥不休，一面暗暗的打量二女俠。二女俠再三喝問，不見回答，全忍耐不住了，互相招呼了一聲，猛向敵人一攻，倏往後一退，兩女俠隨即往一處一湊，並肩合手，頓時喝一聲：「呔！」展開了嵩陽派夏、羅二俠獨創的劍法，雌雄連環劍。

這一套雌雄連環劍，是把兩個使劍的合成一團，分左右翼，互相掩護，連環進攻。這劍法只一展開，兩個人一左一右，並肩相輔。右首的人右手持劍；左首的人左手持劍，迴環突擊，進攻，退守，聯成一氣。共七十二招，先發三十六招，劍在外懷；後發三十六招，招數一變，右首的人改在左側，左首的人改在右側，人換位，手不換劍，劍全變為裡懷。用這套劍，必須每人都會左手劍。左手劍攻勢相反，拿來和尋常武師用慣右手的人對敵，往往因攻守異式，使敵人感覺十分彆扭，迎敵當然不順手。敵人不順手，自己便可占先。

二女俠展開這套劍法，只走了幾個照面，對手便有些吃不住，手忙招亂起來。橫波女俠奮勇進招，嗤的一劍，刺中了敵人肋下。這正是那個招軟身矮的敵人，卻沒有刺中要害，好像是串皮傷，或者只劃破衣襟。但他也嚇了一大跳，這小矮個猛力往後一跳，喝道：「風緊，快甩！」翻身伏腰，竄上牆頭，一溜煙逃開。

那大漢不肯走，尚欲戀戰；怎奈二女俠把這連環劍施展開，如狂風暴雨一般，一招取勝，立刻衝上來，齊向大漢進攻。那小矮個已然退走，二女俠不肯分開來追拿逃人，單單合力圍攻這大漢。

刀光劍影，二女俠越拼招數越熟，越攻越猛，把大漢卷在圈內，不得脫身，大漢漸漸力不能支，且戰且走，往小巷倒退。二女俠毫不放鬆，單盯他一個，要捉住活的訊問。把兩劍如靈蛇吐信一般，左右施展開，把大漢裹住不容他上高。大漢努力應付，勢將落敗；忽然間，那個退走的小矮個又從房上出現，口中連發胡哨，似要勾兵，更手舉暗器，瞄了又瞄，居高臨下，連發出三四枝袖箭，借此幫助同伴。

二女俠雖然揮劍猛搏，不怕對手增援；卻是當前的冷箭，不能不防。兩個人稍稍一閃躲，那大漢登時手腳鬆動，避開橫波，猛向夏澄光一攻，倏地頓腳一躍，蜻蜓三點水，退出數丈外。

橫波女俠厲聲叫道：「追！」持劍當先，一徑追趕那大漢，卻暗暗取了一隻鏢。果然女俠剛一上步，那大漢翻身回手，先打來一暗器，橫波女俠急急伏身，埋頭一躲，就勢頓足一躍，直撲過去。手中鏢就這一躍之勢，奔對手中三路打去。那大漢慌忙一閃，橫波女俠疾如飛鳥，嗖的掠到跟前，手起劍落，照大漢砍去。大漢本來也要上屋，與夥伴合在一起，一同退回，此刻已來不及，橫波女俠的劍直刺到後心。這大漢顧不得登高，急轉身招架，又與橫波女俠杜若英鬥在一處。

橫波女俠再三喝問他的姓名、門戶，大漢閉口不答，也不反詰對方。一劍一刀，在黑影中苦苦的相持不下。只看見人影亂晃，刀不磕劍，劍不磕刀，一般的搗虛抵亢，互往敵人的致命處下手。橫波且鬥，且喚夏澄光：「喂！喂！喂！看住了那一個。」

夏澄光早已不待知會，飛身上牆，把那個小矮個緊緊盯住。小矮個真想從高處幫夥伴的忙，再像剛才往下發暗器；夏澄光決計不容他，揮劍把他邀住。兩個人由牆頭，跳到人家屋頂，也是一刀一劍對拼。這小矮個不是橫波女俠的對手，自然也不是夏澄光的對手。橫波女俠的劍術和經驗，全比夏澄光高過一籌，但是夏澄光是嵩陽劍客領袖夏金峰的愛女，頗得乃父絕技；只是膂力稍遜，劍術仍很純熟，唯縱術輕身法很高。以前鬥那大漢，力氣上吃著虧，不能取勝，也不致落敗；現在和小矮個動手，她恰好用其所長。小矮個要施展飛簷走壁之術，先跳下來，和同伴湊在一處，以便同進同退，此時已然做不到。夏澄光釘住了他，東奔東擋，西竄西攔，他可就躲閃不開，退逃不得。他的身法比夏澄光慢的多，夏澄光一口劍左右揮霍緊緊地把他困住，他只能運用六合刀法，和這個男裝的女俠纏鬥。轉眼間，他在房上跳來跳去，和夏澄光又見了三五個照面。他一味繞，女俠一味擋。

房下的橫波女俠，和高身量的大漢，卻鬥得凶猛。雙方迫近了硬拚，房上兩人只三五個照面，他們已打了十六七個回合。大漢是一面打，一面觀看對方的面貌，一面還向夥伴低聲招呼。他們互相招呼的話，橫波女俠竟不能全懂，僅僅聽出一點意思。好像是說，捉不住，最好綴住。綴不住，最好佯敗誘走，叫頭兒親自來對付。這兩個人講出這些閃閃爍爍的話，二女俠聽了，既疑更怒。說什麼佯敗誘敵，簡直是拿假話嚇人，教人別追他。橫波女俠忿忿警告澄光：「小心了，點子要逃，不要放走了！」

居然猜著，那小矮個甩不開夏澄光，湊不到夥伴跟前；那高身量大漢竟使出拚死命的毒招，向橫波連砍數刀。橫波女俠杜若英稍稍招架後退，這大漢突然一竄，跳上了近處的牆頭，立刻連連縱跳，奔到小矮個那邊。夏澄光急忙揮劍邀截，這大漢揚手發出一個飛蝗石子，夏澄光略略閃躲，這大漢和那小矮個同時噓唇作響，同時跳下房，逃入黑影中。

橫波女俠杜十一娘剛剛追上房來，見敵人雙雙竄落平地，忙與夏澄光分兩面也跳下來，不容敵人緩勁，緊緊的追截，這兩個夜行人物似已深深領略二女俠的劍技，有點怯敵，不肯再還手，雙雙展開陸地飛騰術，忽東忽西一路急奔；且奔且回頭，做出誘敵的模樣。二女俠起初不免顧慮，恐怕敵人有幫手的，也許潛伏在近處。但經緊緊跟追下來，頓覺敵人逃得很慌；而且他二人驀然投入大街，驀然沒入小巷，一味繞著圈跑，似要竭盡腳程，甩開了追兵，誘敵之計顯見是假。二女俠一發狠，越發的窮追不捨。

兩個夜行人亂鑽黑影，二女俠冒險追入黑影。陡然間，聽見梆鑼喤喤的響，前面有巡夜的更夫，將要來到，二女俠稍一游移，意欲停追，情又不甘。不料這兩個夜行人也怕驚動更夫，驟聞鑼聲，兩個人撥轉頭，突然改道橫逃。二女俠大喜，不言而喻，「追的是賊。」腳下加勁，越發不放鬆。

可是又作怪，追來奔去，足足夠二里路，兩個夜行人始終沒有離開原地方，一味戀戀不捨，打圈繞著跑。二女俠心生詫異：「這是什麼把戲？賊人有的是逃路，怎的不肯舍離這個地方？難道說找死還要認準窩？」便算他是誘敵，他們埋伏的人也該露頭了，何苦這麼掙命賽跑？老實講，橫波女俠和夏澄光都有闖江湖的經驗，此時全有點測不透。

且揣測，且奔追，二女俠啞默聲的緊盯，兩個夜行人啞默聲的緊逃。雙方腳下功夫都好，僅管奔馳如飛，腳步落地輕悄無聲。越大街，穿小巷，繞丁字路，鑽小巷，眨眼間如走馬燈一般，雙方又耗了一圈，橫波女俠杜十一娘驀地心一驚：「莫非敵人故意這麼耗我？哎呀，了因師太急等著我，我卻在這裡兜圈子，不好，不好，我上當了！」想到這末一句：「上當！」

不覺失聲說出口來。

夏澄光緊挨著橫波跑，聞聲忙問：「你說什麼？」

橫波女俠心中懊悔，正要講說；卻是這麼一來，二人腳下立刻透慢。兩個夜行人不住的跑，不住的回頭，此刻乘機腳下加緊，霎時奔出一箭路。橫波一愣神，一懈勁，夏澄光不知不覺，也跟著她放慢了腳，就在這一剎那間，驟聞近處發出一種輕嘯。

口嘯聲悠揚，聲低而長。橫波女俠又不覺失聲一呼：「哎呀！」夜靜聲清，這輕嘯出現在丁字路口，西北角，房頂之上。

兩個夜行人分明也聽見了，一齊扭頭尋望，腳底越發用力，唰！唰！把兩個女俠落在後頭，曲曲折折，逃奔東南方。

這嘯聲乃是嵩陽派的暗號。夏澄光抬頭一看，西北角屋頂上，忽忽站著一個瘦小的人影。連忙叫道：「是了因師太嗎？」

了因師太哼了一聲，她等急了，現在尋回來。她是大行家，登高一望，看見了兩人追，兩人跑，宛如走馬燈。黑影中辨不清面目，她先發了一聲哨，立即追問：「逃走的是什麼人？」

橫波女俠杜十一娘慚愧的說：「師太快截住，是兩個攔路行刺的賊，不曉得來歷！」

了因師太心路很快，不等著打聽明白，早就掠空一躍下來，仍穿著白灰的尼僧裝束，肥大的緇衣，高腰襪，僧鞋，赤手空拳，協助二女俠，從斜刺裡，兜拿那逃向東南方的兩個夜行人。

她們是一步放鬆，兩個夜行人已逃得沒了影。二女俠從平地追趕，一陣錯愕，連兩人影的去向，也沒有看準。了因師太登高下望，已辨認出兩個夜行人投奔的方向。立即展開迅疾的身法，指引二女俠，一個這邊堵，一個那邊截，先遮蔽兩人再逃走的出路，她自己搶先過去排搜。夏澄光追上來，忙遞給她兵刃，橫波女俠遞給她夜行衣。她只接了兵刃，衣服顧不得換，揮手道：「來不及了，快快，堵！」又道：「我先問問你二位，這兩個點子，值得追不？」

二女俠忙解說前情，了因師太不遑細聽，打斷了話頭，說道：「沒工夫細講，我只問你們：這兩人值得追，值不得追？」

二女俠道：「該追上他，捉住問他，為什麼攔路暗算我等！」了因師太匆匆問了這幾句，立刻張開搜尋網。了因師太目力既好，耳音也強，料定趕得緊，兩個夜行人不會逃開。她和二女俠，分三路包抄，把四五條小巷，兩道大街，一齊圈在內，仗著武功超絕，自信能把點子捉住。但經窮搜之下，竟沒有搜著。

了因師太撲了空，止步重問二女俠：「你二位不是緊盯著，沒容他們逃開嗎？」

二女俠確是很快的把住出入口，把得沒有漏空，齊聲答道：「沒有，沒有！」

了因師太矯若游龍一般，復又趕過去，躍上房頂。急急細細一望，慌忙又跳下來；恍惚在小巷中間，有所發現。她忙按自己猜測的地點，掠身竄過去。出巷入巷，穿院搜院，登房下房，苦苦的再搜了一遍，抽身回來。招呼二女俠，縮緊包圍，一個瞭高，一個守巷，把定了出路。指著小巷內一個大院落，對二女俠說：「兩個賊多半是藏在這個院子裡面了，我管保他沒有出來。只不知這個院子，是他們的巢穴還是臨時借他躲避。」

二女俠卻有點疑惑。也許一時不留神，二賊早已鑽胡同，溜到旁處逃躲。可是了因師太毅然決然，斷定二賊必未逃開。

橫波女俠和夏澄光，忙將二賊剛才繞圈子，不肯遠竄的話，告訴了因；了因越發堅信自己所猜不錯。於是她提著劍，又翻進小巷，竄入大院，重加細勘。儘管她躡足潛窺，竟驀地驚動了隔壁人家守夜的狗，登時起了一陣狂吠，望人影汪汪不休。了因師太忙抽身退出，把二女俠叫在一邊，躍登高處，二女俠忙問道：「怎麼樣？」了因師太一面仍在俯窺著，一面低聲說道：「雖沒有找著活人，可是他們的下落，總算教我掏著了。怪不得二賊一入此地，便沒了影；怨不得你們說，他倆總打圈繞，不肯離開地方；二位你猜怎的，原來這裡有祕密道地！」

二女俠一齊失聲道：「呀！」急問了因，「道地在哪裡？」了因師太道：「跟我來。」

這回不走平地，三個女俠就勢躥房越脊，撲到大院的隔巷。擇一小院屋頂，三人止步，貼房脊藏好身形，只探出半個頭，往上面察看。了因遙指著大院的後牆，一段空場，有三間矮屋，一間井亭，悄告二女俠道：「那矮屋就是道地的入口，這矮屋只看表面，像是公用的磨坊，其實有夾壁牆，直通地下隧道。」

橫波女俠問道：「隧道通到什麼地方呢？」

了因師太道：「大概通入這座大宅院。」

夏澄光道：「既有道地，必是賊窟，我們何不進去搜尋？」

了因看她一眼，黑影中自然也辨不出眼色，但是了因口氣中隱含笑意，說道：「剛才我過去一搜，居然搜出狗來，挨它一頓咬，卻也由這狗，我才敢斷定賊沒有跑，就窩藏在狗主家中。」

夏澄光恍然省悟道：「噢，據你老看，這狗是被人唆使出來的。」

了因師太道：「差不多是的吧。」

雖然這麼講，夏澄光還是想搜一搜，並且說：「我們三個人，一個人守住入口，兩個人進隧道去探險。」

橫波女俠杜十一娘說：「只怕使不得吧。那一來，我們身臨險地，敵暗我明，我們要遭暗算的。此刻我們不妨先認準了地方，趕到明天白晝，再訪這大宅院的屋主人，然後再看事做事。因為這件事，究竟是枝節之中，又橫生出來的枝節，我們還有更要緊的事，一步也不能放鬆。了因師太，你以為怎樣？」

了因師太說：「我也是這樣想，張青禾的下落沒有訪著，株州凶殺案，也沒有勘明，我們不能再滋生事做了。況且還有我們剛才盯的那件事，也不能丟開手。」

夏澄光忙道：「我就聽憑二位的吩咐，這裡的道地暫且擱在一邊。可是師太，你老人家釘的究竟是什麼事呢？天夕時，我到店房裡去，果然發現那兩個繩妓跟勸架的漢子是一夥的，我正要向二位報告，不想剛才我在飯館，橫波師姑匆匆的把我喚出來，說是師太已經抓著線索了，催我趕快來打下手。我們倆就一直的跑，連細情也沒顧得問明，到底你老訪的線索，怎麼樣了，還用我們幫手不呢？」

了因師太道：「還說線索呢，可不都教你二位給磨蹭丟了。」

橫波女俠憤然道：「真個耽誤了麼！咳，真是堵心，我和澄光妹一路緊跑，萬想不到跑到這裡，突然遇上這兩個萬惡的刺客，一聲不言語，藏在黑影裡，我們剛一直過，就挨了他們一暗箭。問他們是誰？何故行凶？他們全不說話，一味啞鬥，不住的打量我們。慪上我們的氣來，我們跟他倆打，他們居然很有兩手，多虧我和澄光妹展開連環劍，才把兩個東西追跑。若不是遇上他們，斷不會耽誤了！」

夏澄光也道：「這都怨我，過去的話不提了，只講現在吧。了因師太，到底你老盯的什麼事！我一點也不知道呢。是不是我們現在還趕了去，仍把線索找出頭緒來？」

了因師太道：「太遲了，去不得了。」

夏澄光道：「那怎麼講？」

於是了因師太把自己所訪的事，大致告訴了她。就在夏澄光分途暗綴二繩妓的時候，了因師太與橫波女俠杜若英，也信步往別處繞，暗中卻在查看那勸架的長身大漢的下落。見長身大漢從祥茂棧出來，轉投入一家騾馬行。二女俠認準了地方，剛剛相伴踱到別處；忽覺自己背後，也已有人暗綴。二女俠不動聲色，走到通衢，借轉彎之勢，回頭一看，這是個不到三十歲的少年，衣履平常，只二目透露英光，像是會武的漢子。

了因和橫波女俠沒把這人放在心上，照舊慢慢的化著緣，踱到約定的飯館茶肆前。不意這少年跟綴的太緊，二女俠頓生厭恨之心，竟又轉身出離飯鋪，穿大街，走小巷，一路遊蕩，這少年還是釘住不放。

二女俠含嗔看了少年一眼，竟把少年誘到一個冷僻地方，恰好是城隍廟，她二人假裝出家人進廟拜神，覷人不見，施展身法，一個躍上大殿橫匾，提一口氣，懸身檐下；一個豎登高閣，平躺在閣頂上。這少年稍為落後一點，等到目睹二尼進了廟，他急忙進去搜找，已經渺無蹤影。他細搜了兩遍，又繞著廟外尋了一圈，又在要路口，等了一會兒，還是不見二尼的行蹤。他以為二尼必是進山門，穿後門，當時就溜走了。打聽路人，也沒人看見，他這才失望而去。卻不料二女俠和他暗耗，他才一走，二女俠反而在後面，暗暗的綴上了他。

這時已經是萬家燈火的時光，二女俠藏在黑影中，並不追近了盯，只遠遠的逐後影暗綴。二女俠潛綴的法子很高，又是兩人綴一人，這少年竟好像不曾覺察，一直來到株州城西北角，到一處大院落，他回頭看了看，叩門進去了。二女俠立刻分開來，慢慢兜過去，潛藏暗處，觀察這大院落的究竟。

約莫盯了半個更次，便已發覺這大院落，一出一入的人物很多，而且很不平常。二女俠有些瞧科了，越加不肯放鬆。二女俠打算留一人，在此盯住；派一人去知會夏澄光，把她喚來。還沒容得分頭去辦，便又見大院中，匆匆走出兩個人，提著燈籠，火速的奔赴城廂。二女俠倉促定計，留橫波女俠在此暗暗看住出入的人物，由了因師太急急跟綴這兩個打燈籠夜行的人。

不意這打燈籠的人，竟一直出離城廂，徑奔城外白衣庵尼姑廟而走。這座白衣庵尼姑廟，正是三女俠夜來潛身之所。了因師太不覺大詫，尤其可怪的是，這兩個人剛出城外，便吹熄了燈籠，撲到尼庵前，環廟潛繞，躡手躡腳若有窺伺，並且低聲議論。

了因師太心中萬分納悶，暗想：「這兩個人不用說，是來思索我們三個人來的了，可是我們行動很慎密，怎的會惹起他們的監視來了？」

當下，眼看這兩個夜行人，圍著尼庵勘繞，伸頭探腦的，似要進去。一個人要登牆，一個又攔住，語聲太低，不知所云。看意思，兩個人既不敢貿然入庵，又不捨離去，只是徬徨窺伺。

了因師太實在按捺不住，躍登近處高樹，取出一塊蝗石，運足腕力，唰地拋過去，啪的一聲，落在尼庵屋頂，骨碌碌，滾落平地。這兩個夜行人，果似吃了一驚，抬頭四顧。了因趁此時，又取第二塊蝗石，用十二分力，更遠遠一拋，照樣啪的一響，骨碌碌墜地，地方比第一石更遠一點。兩個夜行人尋不見拋石之人，果然誤以為驚動了庵中的行家，就不敢留戀，轉身退走。了因師太暗暗跟綴，這兩人一霎時來到城根，翻城牆進去。了因也翻城牆跟進去。結果，一直把這兩人送回了西北城角大院落內。

這工夫，橫波女俠潛伏在大院鄰右，一家房脊後，巧借一棵大棗樹，隱蔽身形，在那裡凝神息慮，緊盯著大院內外的情形。耗過很久的時候，忽見一個夜行人，遠遠急馳而來，臨近大院止步，圍繞著院牆，蹚了一轉，然後飛身跳後牆，進入大院。院中共有三進房屋，燈火都不明亮，只前層院正房三間紙窗通明。這個夜行人如入無人之地，跳進後院牆，一直到前層院，不知怎的打了一個招呼，正房燈光一晃，出來兩三個人，把這夜行人迎接進屋了。

這一來，越發喚起橫波女俠的注目。了因師太再三囑咐她，一個人千萬不要輕敵，不要在自己未歸之前，先行過去冒險窺探；這自然是穩當主見。可是橫波女俠原很驍勇，又遭遇拂逆之事，心性暴烈，她有點忍耐不住了；竟要試探著，從鄰房高處，繞近大院，一觀究竟。她剛剛移動身形，突然發現大院屋頂上，有二個黑影，原來他們倒有瞭高的人物。橫波吃了一驚，趕緊欲避，這兩個人影，圍著院牆，繞了一圈，忽然又不見了，橫波這才明白，大院地上，原來是建有甬道的，多虧自己沒有冒失，她現在不敢輕舉妄動了。

足足耗了一個更次，那倆探尼庵的夜行人雙雙歸來，了因也跟了回來。二個夜行人重點亮燈籠，敲門進院，了因師太悄悄的落後，和橫波女俠湊到一塊。

橫波女俠告訴了因：「又有道裡的人出入。」

了因師太告訴橫波：「二個夜行人，剛才踩探你我三人潛身的尼庵去了。」

二女俠互換情報，心中驚動，這不用說，大院中的人物，縱與株州凶案無干，但必與嵩陽派正在作對尋仇。弄不好，怕就是張青禾、桑林武二個惡奴的潛身落腳之處。這必須根究。

了因師太立刻要奔尋夏澄光，橫波女俠杜若英悄然說：「我去吧。」了因師太笑道：「我並不累，還是我去。」

橫波女俠緊皺雙蛾道：「我在這裡鵠候已久了，耗著等人的滋味最不好受，師太你先歇歇，還是我去罷。」

了因師太這才說道：「好，你快去快來。」橫波道：「那當然。」

這件事至少也須三個人，才夠分派。三個人不能同時入探宅院，須留一個人在外巡風，二人先後入窯，可以互相策應，免遭暗算。了因師太也就登上房脊，藏在大棗樹枝葉茂密處，看住了鄰院。橫波女俠立刻出發，尋找夏澄光，並取兵刃衣裝。不料想橫波與夏澄光相會之後，急奔西北城角大院，走到鼓樓附近，半路上發生枝節，遭遇阻擊，現在三女俠會合到一處，可惜三更已過，轉瞬天將明亮，不是夜行人活躍的時辰了。

了因師太把自己所遇的事情，詳細告訴了一步來遲的夏澄光。夏澄光當然也認為出沒大院的夜行人物十分可疑，而且他們既已暗遣羽黨，窺伺尼庵，顯見居心叵測，要跟嵩陽派搗亂，比起在店房的二繩妓，逃入道地的二刺客，當然更要緊，更該提防的了。

夏澄光向了因、橫波一再要求，「你二位領我到那大院附近先看一看。」了因師太道：「看是可以，探不得了。」

三個女俠仰望天星，估計時候早晚，隨即跳下房來。先到那暗設道地的空場茅屋，打圍繞勘一過，認準地段，留下暗記，連那通道地的院子，也記準了門戶和左右鄰。然後三女俠施展開夜行術，往西北角疾馳。

三女俠忽然登房越脊，忽然腳履平地，一路飛奔，越過幾條大街，幾條小巷，正走間，忽聞背後又有夜行人奮步夜行之聲。

三女俠夜行的功夫，都很精深，立刻辨出方向來路，忙暗暗關照，各各張目四尋，很快的就近找了三個藏身匿跡之所。

三女俠分開了，兩個登高，一個伏低，都把身形藏好，露出眼路來，凝神窺察。

工夫不大，後面夜行人箭似的馳到。也是三個人，一色的黑衣短裝，背插兵刃，腰懸兜囊，上打包頭，下穿軟底鞋，一人當前，兩人並肩緊跟在後，貼著牆根，很快的走。卻是瞻前顧後，且行且提防暗隅黑影。這三個人夜行功夫也不一樣，當前開路的那個人，腳步眼神很好；後面隨行的兩人，其中一個走起來，腳步忽重忽輕，好像視力不強，腳也沒根，這三個人銜枚夜奔，全都不說話，眨眼間走過去了。

三女俠目送背影，容得相去已遠，一齊現身出來，聚在一處。猜想這三個夜行人物，天到這般時光，究竟他們竟欲何為？因為他們全是短裝，沒有背負大小包囊，可知他們不會是作案成功、飽載而歸的夥賊。因為他們擇道而馳，前途趨向有定，可知他們並不是結伴出來撞采的強盜，而且時候也不對。

女俠夏澄光是伏在地上暗窺，已看出後面走的兩人，至少有一個是女子。

夏澄光忙將自己所疑，對了因、橫波說了。二人也說，從腳步上看，後面並肩走的兩個人，很像是女的。三女俠商量著，有的要追躡這三個人，有的仍要奔西北城隅大院。了因師太登高一望，跳下來說：「快走吧，這三個夜行人也是往西北城根去的，我們正好跟他們一路。」

橫波女俠道：「莫非他們跟大院俱是一夥？」

了因師太道：「我看很像，不過……」

夏澄光道：「要追，快追吧！」

三個女俠立即重施夜行術，望影躡追下去。

追出不遠，便已綴上。原來前行這三個人，起初跑得快，越往前走，越把腳步放慢；等到西北城隅在望，這三個人更是萬分謹慎，幾乎是走一走，蹚一蹚，聽一聽，看一看，才肯往前挪動。這樣耽誤，耗過很大的時光，方才到達城隅。

了因師太料的一點不差，這三個夜行人將到大院，果然全都站住了。並不上前叩門，也不越牆而過，圍繞著院牆，把前後門、出入口，很仔細的踏看了一遍。立即退下來，留一人把風，兩個人悄悄躍到登高處，遠遠向大院內外凝望。他們登高的所在，正是女俠用過的舊地方，這就是行家做事，行家懂得，也就是英雄所見略同。兩個夜行人在棗樹上，過了兩杯茶時，輕輕跳下來一個，把那巡風的夥伴替換過來，照樣也去攀樹瞭望了一下。瞭望已畢，三人重聚到一處，斜對院門，伏在黑影中，喁喁私語，似乎要商量進止，頗有疑難之意。

這時斜月當空，樹影在地，橫波女俠杜若英和夏澄光，遠藏在隔巷高處，由高窺低。了因師太一個人，近藏在前街暗隅，是由暗窺明。卻是這三個夜行人，忽然登高，忽然伏低，三女俠不能同時畢覽無遺。只有夜行人遲疑之意，三女俠全都體會出來了，這絕不是院中人的黨羽，恐怕多一半是對頭。

夏澄光對橫波女俠說：「我們過去逗一逗他們，如何？反正他們是兩檔事。」

橫波女俠忙說：「使不得，我們還是看一看，看他們到底要做什麼？」

夏澄光道：「可惜我們不能全看見，影影綽綽的，這工夫打總全瞧不清了。」

橫波女俠微笑道：「你稍為耐煩一點，我猜他們必有動作，此刻天已很晚，再遲了，他們更展不開手腳了。」

夏澄光把身形移動了一下，再往那邊尋看，看了又看，忽然對橫波說道：「師姑，這三個夜行人，我看就是那繩妓和她的手下。我在這裡攏著眼神，看了這一會子了，三個人裡面有兩個，很像女人。你看這邊的這一個，你說像不像，你看她那腳底下？」

其實橫波女俠早就看出這一點，只是不肯任意判斷罷了。

橫波沒有回答，澄光悄聲催問：「您看，他們的來路，正跟長茂店一個方向；他們的步法，分明像穿著鐵尖鞋。十成有八成是她們，您看，這一個像紅桃，那一個像碧桃，那邊那個自然是她們的夥伴，必是那個長髯男子的了。我管保猜的不錯，我們應該設法挨過去，認一認她們的面目長相。您瞧，她們又上來了，哦，又下去了，索性一點也看不見了。怎麼樣，師姑，過去好嗎？」

橫波女俠杜若英，此刻也已望見那三個夜行人物，行止慌促，忽然登高，倏然落地，似乎自知身臨險地。這工夫，天已不早，三個人又都不見了。橫波正自驚疑，要跳下來，繞過去，一探真情。向夏澄光一說，澄光當然更願意。忽然，了因師太如飛的奔來，向二人發出嵩陽派的急嘯，催二人趕快過去，夏、杜二人應聲還了一嘯，雙雙跳下平地；了因已然匆匆尋過來，向二人連連點手，低呼：「快來，快來！」

這時三個夜行人已然蹤影不見，了因師太前驅，夏、杜二女俠緊隨，且跑且問：「怎麼樣？」了因道：「三個人全進去了，裡頭動靜很大，恐怕是交了手，二位跟我來！」

夏澄光忙道：「原來他們是對頭，我們快去幫幫他們。」

了因不答，當先開路，直繞到大院後門，鄰家小房之前，方才說道：「上！」橫波急問：「巡風嗎？」回答：「不要，三個人全上。」一俯腰，嗖的竄上去了，夏、杜二女俠也跳上房。了因師太急忙彎下腰，在房上蛇行而進。

找到適合的地段，了因止步，藏好身形。夏、杜二人也各覓好潛身之所，手按兵刃，留神下望。這時節，大院裡外空蕩蕩，黑乎乎，並無可詫之處。夏澄光沉不住氣，正要過去詢問了因；陡然間，聽嗤的一聲破空聲音，前後院更道上，歷落湧現出人影，前院上房，紙窗通明，房門開處，跳出來兩三個人。剎那間，中層院後層院，都有人影閃出來，都一齊的撲奔中院。

夏、杜二女俠設法窺看這中層院，剛才還空蕩蕩，此刻西廂房，陡然有兩個夜行人踢窗竄出，各院的人大批擁堵過來，這兩個夜行人身法很駿快，舞動明刀，且戰且走。院中人越聚越多，或登高，或擋門，把逃走的路口，都派人守住；單有四五個人，上前來圍攻這兩個夜行人。

這兩個夜行人，據橫波女俠、夏澄光二人猜測，就是剛才趕到的三個夜行人。卻是出現兩個，短少了一個，不知是被擒落網，還是留在外面巡風，尚未露面。

想到巡風這一層，橫波女俠和夏澄光，忙向院外尋眺，月影茫茫，倉促沒有發現，澄光急問了因師太，了因不肯多言，只囑她們盯住了，看個起落。

果然要看起落，轉眼間便已看明。兩個夜行人物，人單勢孤，被圍力戰，且戰且走，似乎兩個人武功都很強，院中人縱多，竟圍不住他倆。他倆迤邐而退，已然奔到後院，把後院門的人沒有截住，反而受傷，敗進了屋。

立刻院中起了一片喧譁，各處來了燈籠，增來援兵。有一個領袖模樣的人，由中層院現身，帶著兩個護衛，趕到後院，登階一望，指揮眾人四面包抄，他自己提了兵刃，一躍入場。

領袖應敵，默不出聲，那四個打手齊退，分四面監視著這兩個夜行人，趁此機會，要上房逃走，房上早發動埋伏，照二人亂投蝗石。兩個夜行人稍一遊動，院中領袖已經掄兵刃搶過來，並沒說話，只吆喝了一聲：「呔！」一揚手，隨手發出一道白光，兩個夜行人急急往外一跳，撲登的一聲，跌倒了一個，當下被擒，拖入屋中。

只剩了一個夜行人，只見他驚惶急奔，跑到這邊被阻，跑到那邊遇敵，到底教那領袖追上來，右手又一掄，又發出一道白光。這個夜行人不知施用何法，竟未立刻摔倒，竟狂呼一聲，拚命奪路一跳，跳出兩三丈，搖搖欲倒。只見他把手中刀，耍了一個夜戰八方式，狠命一掄，敵人全不能上前。這人百忙中，伸手探囊取出一物，也張手往上一掄，並非攻敵，只是探空上擲，登時有兩溜赤色火光，凌虛直上，飛躥天空，高有五六丈，恍如流星火彈。

這工夫，潛伏暗處，坐觀虎鬥的嵩陽女俠，卻看了個惶惑萬狀。看此光景，這不像江湖武林人物，簡直是邪術妖法了。

兩邊的人都會發放劍光，可怕之至。可是夜行人，儘管手擲赤焰，到底不敵對手的白光。院中人往上一包圍，他把刀又一揮，竟支持不住，被這人過去一腳，踢倒在地，立刻也被院中人捆上，抬入屋中。

三女俠不曉得這個夜行人揚手擲火的用意，忙向四面尋看究竟。果然在這赤火橫空一冒，院外對巷黑喁喁，突然跳出一個人，仰面一看，略一遲疑，側耳一聽，陡然的舉步狂奔，穿大街小巷，一陣風似的逃走。

了因師太催夏、杜二女俠，趕快綴了去；萬一這人不能脫身，可以相機助他一臂之力。夏、杜二女俠連忙答應，卻又問道：「這裡藏著這麼許多詭祕人物，我們必須看個透徹。」

了因師太道：「這件事，你交給我，你們二位快走吧。這院子裡少說也有五六十人，簡直是個不軌之徒的逋逃藪，必得小心應付……我只怕這個巡風的人逃不開，二位千萬搭救他一下，可是不要露面才好。」

夏澄光道：「怎見得這巡風人必有險事？」

了因不耐煩道：「怕的是院中人在半路安下埋伏。」

橫波女俠道：「快走吧！」

了因師太退後一點，仍盯住這院落。橫波女俠和夏澄光快去馳救那個巡風之人，並打算設法和他接近。夏、杜二女俠臨行先向大院瞥了一眼，果見院中收兵止燈，把所捉兩人，舁入內院廂房；並派出七八個人，趕奔外面，追搜那個巡風之人。

幸而巡風之人早逃走一步，院中人只是望風撲影的搜尋，並不知逃走的準方向，更不知道準是何人，共是幾位，他們七八個人開街門，出了院子，先繞著院外，轉了一圈，隨後就分兩路排搜下去。這兩路竟有一路，與巡風人逃走的方向相合；正是經過鼓樓，趨奔店房的那條路線。

橫波女俠杜若英和夏澄光，先一步跟隨這個逃跑的人，直奔鼓樓跑去，逃跑的人一面跑，一面不時回頭看；遙見兩條人影追來，只當是敵人不捨，越發腳下加快，極力奔竄，看看快奔到祥茂店房，二女俠再相知會；果然這夜行人和繩妓紅桃、碧桃是一夥，一路緊綴地逃回店房來了，現在且看他怎樣入窯。

按武林道的規矩，如果被強敵窮追，只可落荒而走，斷斷不可把敵人引到自己老巢的，就是住店，也不能把鷹爪引入進店。二女俠緊緊跟綴，只見這個人好像力盡技窮，奔到店前，似乎再不能支持，竟一直繞店後牆，回頭瞥了二女俠一眼，踴身跳到裡面去了。

夏、杜二女俠暗覺好笑，以為這個人大概是個雛兒，正要也趕進店內，忽見後面的追兵已然追到，橫波女俠立刻想起了因的話來了，向夏澄光悄悄說道：「我們快救他一下吧！」

夏澄光道：「怎麼救法？難道真替他禦敵？你瞧對面來了三四個，現在就要天亮，我們太犯不上。」

橫波女俠道：「倒不用動手，我們倆可以做出賊人膽虛的樣子，見了他們，立刻一跑，他們必追，我們豈不是把他們誘到歧途，就將逃人救了。」

夏澄光格格一笑，說：「好！您這招真有點損！」

容得大院遣出來的追兵將次趕到，二女俠做出害怕的樣子，失聲一叫，翻身就跑；這四個追兵果然大叫一聲，如飛的追過來了。

橫波女俠杜若英在前面跑，夏澄光跟隨在後，跑出一段路，夏澄光問：「我們不能總跑，我們可以抛開他們，再翻回店，找那個紅桃、碧桃，問一問真情吧。」

橫波女俠道：「使得，我們怎樣拋開這四個笨蛋呢？」

夏澄光道：「我們再往回跑，教他們猜不透。」

橫波女俠微微一笑，果然兩人折回來，又往西北城角大院那邊跑。

果然那四個追兵不勝詫異，大聲喊道：「前面的人站住，前面的人站住。」

二女俠回頭看了看，故意做出慌張之狀，腳下加快，努力往前飛躥。追兵大疑，越發緊追不捨。二女俠施展全身功夫，一直把追兵，重帶回西北城，距大院不遠方才突然匿跡。

二女俠的飛縱術很高，輕功尤為超絕；她二人全能用兩手扣住房椽，懸身橫貼在人家屋椽之下。這手功夫全靠指掌之力，把全身重量，都寄放在手指上，非有十分好的輕身術，絕不會懸空的。二女俠驟然擇一小巷，竄到裡面，分別找到藏身處，就用這法子，把身子懸掛起來。這時候，天還沒有大亮，追兵只顧窮追，眼看敵人鑽入小巷，再找蹤影不見。四個人搜了幾遍，亂了一陣，無可奈何，看天色將明，全回去了。二女俠這才翻下椽頭，悄悄跳入民宅，把白晝衣服換上，由民宅出離小巷，徑到大街。本要到店房查看二繩妓，因天將破曉，臨時變計，先去找了因師太。

杜十一娘、夏澄光，和了因師太會在一處，此時已然止更，三人倒為了難，欲回尼庵，轉瞬白晝，必被尼庵中人看破。欲就近投店，時候又太早，必惹起店家疑慮。三個女俠奔波了一通夜，人人俱有倦意；商量一回，一齊換了衣裝，悄悄穿斜巷，走著耗時候。挨到辰牌，徑往南關鏢局，面見鏢頭畢麟春，用嵩陽派的名義，請借一間靜室歇息。畢麟春鏢頭出外，剛剛回來，聞報慌忙迎出，歡然款待；就在鏢局後面，特給騰出一間房。

其實當三女俠初到株州時，曾經訪過畢麟春，畢鏢頭沒在鏢局，局中管事也曾代為招待，三女俠當時謝絕未去。此刻在株州城內沒有落腳處，只可再來麻煩。

畢麟春並不曉得了因等負有使命，只當是三位女俠結伴出遊，當下給預備茶水、素點，很殷勤的照應。了因師太說：「我們要借貴鏢局，等候一個人。」畢麟春連忙應允。了因師太又說：「自己一行三人，遠行疲勞，今天要代借靜室，午睡片刻。」

畢麟春忙說：「那好極了，我教他們迴避了。」說了幾句閒話，立刻代為預備靜室，把三人請過去，然後告辭回頭。

了因師太、杜十一娘、夏澄光這才掩上門，輪流歇息。床是很夠，三個人仍然按照住店辦法，兩個人睡，一個人坐守養神。直歇到午飯時，主人畢鏢頭親來送飯，三人起來漱口，向主人道謝，一齊吃飯，飯後，精神恢復，由了因師太發問，向畢麟春打聽西北城隅那戶人家。畢麟春並不曉得西北城隅，有什麼特異的人物在那裡居住。了因師太又將那三層院落，廣廈巨宅、格局很大的情形，說給畢麟春聽，畢鏢頭仍想不出來，遂命人把櫃上司帳和趟子手，共叫來四位，逐個向他們打聽。

司帳是本地人，低頭想了一回，說道：「西北城倒是有一所寬闊的大宅子，不過沒有人住，早散租出去了。那一帶並沒有了不起的人物，也沒聽說有何綠林人物出沒。」

畢麟春聽罷，又向三女俠：「是不是現在打發人再去訪一訪？」

了因師太稱謝道：「那好極了，就請畢鏢頭費心吧。」畢麟春便請司帳，帶一名趟子手前往西北城隅，司帳答應了，站起就走。了因忙說：「請你費心探聽，近日有沒有新客戶遷入，有沒有異人異聞。你可要假裝閒打聽，不要教人看出有意刺探來。」

司帳點頭笑道：「我理會得。」兩人搭伴出去了。

橫波女俠又道：「還有城裡祥茂店，住著兩個繩妓，也煩畢鏢頭費心，派個人去看一看，這兩個繩妓是否還在店中？今天照常出去鋪場了沒有？」

畢鏢頭道：「好，我也派個人去。」又煩一位鏢師前去查看。

兩撥人都出去了，畢麟春鏢頭這才請問三女俠：「三位這麼匆忙，究竟想根究什麼事情？」

了因師太道：「也沒有什麼要緊事，一來我們聽說你們這裡鮑家塘地方，出過凶殺案，相傳是女賊做的，我們要徹查一下。二來昨天我們訪聞西北城一帶，確有夜行人物出沒，我們猜想，也許跟鮑家凶殺案有關，我們不能袖手不問。」

畢麟春說道：「我，我明白了，三位是為洗刷疑謗來的。」

畢鏢頭也聽見女賊採花的惡謠了。

橫波女俠杜若英恨恨說道：「正是為了洗刷疑謗來的。畢鏢頭大概也聽見鮑家塘的淫殺案了。」

畢麟春道：「這個，我是昨天才聽說的，因為我昨天才押鏢回來，詳細情形我也說不上來。只聽說那個受害人鮑三公子，已經被他們家裡人，護送到株州來了，是我們株州有名外科瘍醫祝由科陸達三，給他治傷。這件血案，我一聽說，也很覺蹊蹺，我以為其中必有隱情，若說採花女賊行凶，我總覺不近情理。你們想……」說到這裡陡覺礙口，對方是三位女俠，而鮑三公子，據說是女淫賊圖奸不遂，強給閹割的。

而鮑三公子又是有名的花花公子，他並不是什麼貞男義夫；即使夜遇女賊，他未必有這種捨命拒奸的勇氣。只可惜嵩陽三女俠結伴北上，沒有把小俠肖珏帶著同來，一切事對答訪問，都有些不便當。

了因師太等很留神的聽，見畢鏢頭忽然住口，也不便深究，只問道：「這鮑三公子現在何處？他真是個花花公子嗎？」

畢鏢頭道：「鮑三公子家裡很有錢，他是個武秀才，可是弓馬很平常，他二哥是個文秀才，大概連名字都不會寫。他弟兄三人，老大早死了，只剩下他和他的二哥，這一對難兄難弟，是有名的浪子，不但都娶著妾，也全有外宅，實是很不安分的人物。現在他受了害，來在株州治傷養病，大概是住在他們自己的房子裡。他們在株州城，有兩三所房產，而且還有鋪子。三位如欲找他一探，我可以派人領三位去。不過這件事過於淫穢，我只怕三位去探問，多少有些不便；或者，由在下我去代訪如何？」

橫波女俠忙道：「這又勞動畢鏢頭了，就是這樣，現在我們打算到別的地方，蹚一蹚看。西北城和祥茂店兩處，還有鮑三那裡，統請畢鏢頭費心代訪吧。」

畢麟春欣然領諾，原來畢鏢頭和嵩陽派淵源很深，了因等托他事情，他是義不容辭的。

當下，三女俠看了看天色，夏澄光問道：「我們怎麼樣？是在這裡等著，還是也出去一趟？」橫波女俠心上焦煩，忙說：「出去看看吧，在此坐等，豈不徒耗時光？我們可以先看看那道地。」了因師太道：「也好。」

三人即忙更衣改扮，出離鏢店，逼奔鼓樓附近。

由鏢局往鼓樓走，必須經過那個長茂棧房。夏澄光向了因師太說：「那兩個繩妓凶多吉少，我猜想她準不在店房，我們何不進去問問？」了因師太道：「但是我們已經煩托畢鏢頭了，我們何必再在這裡露相？」

橫波女俠道：「那有什麼要緊？我們既然路過這裡，何妨進去看看？」

了因師太攔不住，三人一齊進店，到櫃房一問，店家說：「那個繩妓，今早被人邀走了。」三位女俠很詫異的說：「被什麼人邀走了？你們親眼看見個紅桃、碧桃沒有？她們倆不是由打昨晚，就趕堂會，沒有回店嗎？」

店家看了看三人，也很詫異。三女俠的打扮古怪，了因依然尼僧裝束，夏澄光扮作男子，杜若英又恢復了女子裝束，三人搭伴，不倫不類；橫波女俠杜若英的氣度更與尋常婦女不同，這店家是假高眼，以為她們三人也是走江湖的人物，定與紅桃、碧桃是一夥，遂笑道：「她們姐妹昨晚倒是應堂會去了，大概是回來了，今天一早又叫人邀出去了。」

橫波女俠忙問：「教誰邀出去的？」答道：「大概是鮑公館。」

鮑公館三字，三女俠聽了，各俱一怔。店家又說：「她們生意很好，今天就有兩三撥找她們的，她們簡直應了這家，落下那家。她們的玩藝大概很不壞，在我們株州紅極了。今天一清早，店門還沒開，就有人砸門邀她們。你們三位，莫非跟她們是同行嗎？」

橫波女俠含糊應道：「不錯，我請問你，這鮑公館在城裡什麼地方？」

店家道：「這個我們倒說不上來。」

了因師太插言道：「這鮑公館不是在你們株州很出名嗎？」

店家搖頭道：「我可不曉得，我只知這城外三十里，鮑家塘地方，有好多姓鮑的，很有財勢，城裡姓鮑的倒沒有什麼人物。」

三女俠問罷，覺得毫無所得，便對店家說，要到繩妓紅桃、碧桃住的那個房間去看看。店夥很不高興，拒絕道：「她們早把行頭、行李帶走，店錢算清了，房子退了，房裡一乾二淨。任什麼也沒有了。」

了因師太取出一錠銀子，遞給店家，說道：「那房間既然沒人住，你可以賃給我們，我們多給你酒錢。」

店夥面露駭怪，卻是見錢眼開，登時換出笑臉，反替客人講出解釋的話來，說道：「你們三位一定跟她們一路，你三位大概要住在這裡，候她們幾位回來。好在她們住的那房間，剛才倒有人要賃，可是沒交定錢，我就給你們三位留下吧。」笑嘻嘻的引領三女俠，來到繩妓原住的那房間門前，開了房門鎖，把三人讓進去。

這是三間廂房，一明兩暗，屋小檐低，由店夥看來，屋中空空洞洞，人已走絕，任什麼痕跡也沒有留下。三女俠先把店夥遣走，教他去給泡茶；三人立刻分開來，留心驗看三間屋，床上地上桌椅門窗，都細細驗過。居然發現一扇窗和堂屋門楣，已全豁開，顯見二繩妓曾經行不由戶，跳上窗洞，鑽橫楣出入過，又細驗隱僻處，橫波女俠在暗間門扇後，粉牆上，發現數行炭畫的細字。唯恐被店夥看破，忙把門仍舊拉開，遮上字跡，悄悄告訴了因師太和夏澄光。

夏澄光立刻要去看，被了因攔住道：「等一等。」容得店夥泡來茶，又要給打洗臉水，了因忙道：「不用了。」店夥又拿來店簿，了因忙揑造了假姓名、假來路、假去向，很耐心的把店夥應付完了，打發走開，然後掩上門，一同去看。

這是寫在門後很隱僻的地方，不細留神，不會發現。一共三行，每行八個字，夏澄光低聲唸誦道：

遷則遲見相可來九

十川平避秋援待陷

失冬甘山探夜七十

夏澄光不由愣了，翻來覆去的唸，竟唸不成句。可是字跡很新；又有「遲見」字，「陷失」字，「探夜」字，不能不猜這是夜行人留下的暗記，只不知「九十」、「七十」這兩個數目，含著什麼意思。

了因師太皺眉道：「別管什麼意思，我們先抄下來，再仔細思索。」橫波女俠道：「我來抄。」喊店家借來紙筆，區區二十四個字，一揮而就。

夏澄光道：「抄完了，把牆上的字給塗掉了吧？」

橫波忙道：「使不得，人家留這暗記，也許有很重大的用意，我們不可給人消滅。」了因師太道：「對了，我們不要破壞人家的祕信。這大概是那兩個繩妓，通知同伴的暗語。我們不懂，人家一定懂得。」說著，拿那抄本，正著看，倒著看，忽然若有所悟，向橫波說道：「今天不是十八嗎？」

夏澄光道：「今天是十八，明天是十九了。」

了因道：「昨天就是十七，對不對？」

橫波、澄光一齊笑道：「不錯。」

了因師太精神一振，一手拿著抄本，一手指點說道：「我可猜出來了，這二十四個字原來是倒著念的。你二位過來。你聽我念，看看對不對？」

倒著念這二十四個字，恰好唸成：

十七夜探山甘冬失

陷待援秋避平川十

九來可相見遲則遷

把這二十四個字，斷向循讀，便是說：「十七夜，探山，甘冬失陷待援，秋避平川，十九來，可相見，遲則遷。」了因向二人問道：「你二位再看一看，這大概是說，十七日這一天，就是說昨天夜間，她們前去探山，探山好比探窯的意思，自然不是真山。下面緊跟著說，甘冬失陷了，甘冬一定是人名，姓甘名冬。這人既然失陷，當然待人援救，下面又說：秋避平川，秋一定是人名，平川大概是地名，……」橫波道：「也許是人名。」

了因道：「對對，那就是說：秋這個人逃到平川那裡躲避去了，救兵若是十九日趕到，他們還可以相見，若是遲了，那個名叫秋的人，就要遷移到別處去了。我猜是這個意思，正好與繩妓昨夜窺探西北城隅大院，兩人被擒，一人逃走的情形相合。」

橫波女俠、夏澄光俱都恍然道：「很有理，很近情。照樣看來，甘冬多半是兩個人的名字了，甘和冬二人被擒，秋一個人逃避平川，情形很對！……」

第四章　訪道地忽遇妖賊

三女俠都看著這二十四個字，細細揣度，越想越覺沒猜錯，可是到底他們為什麼「探山」，就猜不出來了。三女俠依然是滿腹疑團，沒法子揭穿。僅僅從店家口中，探知繩妓紅桃、碧桃，在店簿上寫的是姓王，是姐妹二人，同伴只有一父一弟，父名王大山，弟名王玉龍，都不像真實姓名。

夏澄光忽然含笑說：「我這可是胡猜，我以為那『冬』字和『秋』字，就是兩個繩妓的真名，『甘』字恐怕是那長身大漢。」

橫波女俠點頭道：「也許是的。」

夏澄光道：「我們不能在這裡坐耗，我們還是親去看看鼓樓附近那個道地吧。西北城隅那座大院，縱然託人查勘，究其實，還該自己去一趟的好。」

了因師太道：「那是當然的了，不過我們人少，我們要小心點才好，可不要遭人暗算。」遂叫來店夥，預付了五天的店錢，命店夥代鎖房門，三女俠一同出店。

三個人徑奔鼓樓，到了那暗通道地的院子附近，繞著圈查看了一遍。那院子前門緊閉，靜悄悄無人出入。橫波女俠認準門戶，自去到鄰巷打聽。院子後面那三間草房，也緊緊關著門，當由了因師太和夏澄光湊過去窺看。不過草房前，空場樹蔭下，坐著一個中年男子，一見二女俠在附近徘徊，他就直著眼盯住了，此刻連忙走過來，到草房前，當門一站，很嚴厲的詰問夏澄光：「你們要做什麼？」

夏澄光看著這個人，微微一笑道：「我是路過這裡的，怎麼著，你們這裡還禁止行人嗎？」

了因師太接聲道：「你這位老丈，我向你打聽打聽吧，你們這裡可有磨坊沒有？」中年男子看了看了因道：「你問磨坊做什麼？」

了因道：「問磨坊，自然是我有幾石糧食，要借地方磨一磨。」

中年男子道：「這裡沒有磨坊，你可以上城外找去。」了因道：「但是，這三間草房不就是磨坊嗎？剛才有人指引我們，說這草房裡有一磨坊，還有碾子。你們不願白借，那也不要緊，我可以出錢。」

中年男子很厭煩的說：「不對不對，沒有沒有，我們是住家，不是開磨坊的。」

了因衝夏澄光一笑，說道：「不借就罷。」慢慢的離開空場後院門，繞奔院前門，這中年男子竟跟隨過來。不知怎麼一來，院中人也驚動出來了。了因和夏澄光剛剛繞到院子前門，前門陡然打開，出來兩個人，堵著門在臺階上一站，眼睛像剪刀似的，盯著二女俠，一言不發，面露詭異疑怒。夏澄光還想上前，設辭探問。了因師太看出他們滿含敵意，料到問也問不出什麼來，反倒打草驚蛇。遂向夏澄光暗暗關照了一下，轉身走向別巷去了，夏澄光邁步跟隨。

這時橫波女俠杜若英，正在鄰巷，向人鉤稽這院主人的姓名、來歷。這鄰巷轉角處，恰是一道橫街，街上很有著幾家商舖和一些攤販。橫波女俠見攤販中，有一個老頭子，看守果攤。老年人向來好嘮叨，她便挨過去，買了一堆果子，慢慢向老年人探問這院子的住戶。擺果攤的老頭子，果然很饒舌，略略一問，他便扯開了話簍子。據說這院子當年是有名的凶宅，已經空了十好幾年，去年正月剛剛租出去。又說房東姓沈，是株州城的財主，新進搬到長沙去了。承賃租戶姓董，是由長沙遷來的，大概在長沙、衡陽都有買賣，租這房子，想必是用作貨棧。因為現時這院子裡，只住著男子，沒有家眷；可是常常由長沙開來車輛，一來車，便卸下不少箱子，箱子貼著董記的封條，故此曉得這裡是姓董的貨棧。橫波女俠又問他是什麼貨，這老頭子可就說不出來，反正不像搬家，一準是卸貨。

正說著，了因師太和夏澄光都從隔巷繞過來了。橫波女俠潛向二人點手；二人湊過來，也買了一點果子，站在一旁，假做吃果子，實在是潛聽老頭子的話。但只聽了幾句，便見那院中出來兩個人，綴了過來。擺攤老頭子立刻不再講究了，反而站起來，向來人打招呼道：「二位吃過飯了？可照顧點果子嗎？」

兩人道：「好好，早想照顧你。」遂挑了幾隻鮮果，立在攤前，拿著大嚼起來，一面吃，一面向老頭子忽東忽西閒扯；可是兩個人四隻眼，惡狠狠盯著了因師太和夏澄光，了因和夏澄光漫不在意，偏向老頭子胡亂刺探。獨有橫波女俠，了因不曾跟她說話，這兩個人就也曉得她們是一夥。

雙方眼瞪瞪的對耗著，經過很久的時候，橫波女俠看這樣子，再也刺探不出什麼來，打算暗中招呼了因和夏澄光，離開這裡。忽然間，聽見一陣輪蹄響，由鼓樓大街，開過來兩輛轎車。那兩個男子急忙迎過去，了因和橫波女俠互相知會，三個人分做兩起，也忙跟過去查看。

轎車到沈家宅大院門前停住，下來一個中年男子，一個少婦，好像是夫婦倆，一直進入大院。那兩個男子也忙走進院子，把車門開了，引導轎車，開進院內。

橫波女俠站在大院對面影壁旁觀看，了因和夏澄光卻躲在巷口，三人全都看見車中人的面貌，了因師太愕然失聲道：「唔！」順手一扯夏澄光，慌忙避開，離開很遠，方才站住。夏澄光問她躲什麼？了因搖頭皺眉道：「不好，想不到這大院竟與海砂幫有關，你不曉得海砂幫嗎？」

夏澄光當然曉得，這海砂幫便是聲名赫赫的三江五湖船幫，是個祕密會社，勢派很大，一向和嵩陽派互相推重，各不相擾，可是暗中有點茬口，止於沒有翻臉罷了。了因師太道：「怎麼這回事，又和他們海砂幫有關聯了？昨夜那兩個夜行人，不用說，定是海砂幫的門徒了。我們最好檢點形跡，不要叫他們看出來才好。這不是我們怕他，是我們犯不上惹事，所謂井水不犯河水。」

夏澄光點頭道：「是的。」

這時橫波女俠也跟過來了。三個人扭頭回顧，後面無人潛綴她們，她們這才通話，都認為這院子太可疑。橫波女俠說出住戶姓董，了因說出看見車中人是海砂幫。

橫波忙問：「那少婦是誰？」

了因道：「不曉得，我只認得那個跨車沿的中年男子是海砂幫。」

三人仰望天色，已漸黃昏，西北城隅此刻不便再去，就一齊奔鏢局去聽信。剛一進鏢局，畢鏢頭就在裡面嚷道：「來了，三位全來了。」

橫波女俠搶先進去一看，畢鏢頭打發出去的人，俱已回來。而且櫃房內，更有嵩陽派小俠肖珏和靈修道長、沅江徐鶴。三女俠精神一振，自己的人既已趕到，這可以大舉窺探西城隅和鼓樓大院了。

畢麟春鏢頭仍將三女俠讓到鏢局後面，徐鶴和靈修道長是剛剛繞道搜訪，到達長沙，經小俠肖珏送信，才又翻回株州的。他二人本來是嵩陽派的名手，一聽說鮑家塘的淫殺案，牽涉到嵩陽派女俠的名聲，二人就怒不可遏，趕緊丟下尋訪惡徒的事，先來根究這淫殺案。

靈修道長問了因師太：「究竟鮑家塘凶案是怎麼的一回事？」

了因師太當著橫波，只略略說了個大概，反問靈修道：「你們也得著叛徒張青禾的下落沒有？」

徐鶴回答道：「沒有，師太你們三位訪的怎樣？」

了因師太道：「我們做錯了一步，我們不該把肖珏遣回送信。他走之後，有許多事，我們都感到不便。」

徐鶴道：「這怎麼講？」

夏澄光道：「還不是因為我們三人全是女子，打聽什麼，都有些礙口。」

徐鶴笑了，說道：「不要緊，我給三位打下手。」

了因師太仍問徐鶴和靈修：「你們到底也訪著一點消息沒有？」

徐鶴咳了一聲道：「倒訪著一件很驚人的消息，不過跟我們嵩陽派追捕叛徒的事，略不相干，卻很相類。」

夏澄光道：「什麼驚人消息？」

徐鶴眼望靈修道長，環顧眾人，因有鏢局的人在座，想說又怕不便，面上帶出遲疑來。

靈修道人手捏長髯，微微衝他一點頭，徐鶴這才說道：

「諸位大概沒聽說吧，海砂幫也跟我們一樣，近日正在大舉派人，往各處搜尋一個名叫宋代英的逃人。」

三女俠一齊驚異道：「這宋代英，莫非也是一個叛徒嗎？」

徐鶴道：「那倒不是，聽說是他們海砂幫保藏著一部祕笈，內容關係重大，竟被這宋代英勾結外間的夜行人物，用陰謀毒死了奉命看守祕笈的同門，把這書盜走。還有他們海砂幫別的機要，以及一箱子珍寶，都被這宋代英偷竊了，悄悄地逃走。

這事也是最近才破露，海砂幫的大頭子吳長江吳老舵主，為此震怒異常，聽說前後派出二十多個精幹門人，四出訪拿這個宋代英，一來要追回祕笈，二來還要正門規，誅戮這個敗類呢。」

眾人聽了，俱各驚奇，這可說是無獨有偶。橫波女俠杜若英勾起心事，更是切齒痛恨道：「現在收徒太不容易，許多少年人都是狼子野心，忘恩負義，真教人寒心！」

了因師太皺著眉，想了一回，卻問道：「到底這宋代英盜去的，是什麼祕笈呢？可聽說內容沒有？」

沅江徐鶴目光閃動，欲語不語。靈修道人浩嘆一聲，接言道：「究竟是什麼祕笈，倒說不清楚，猜想許是他們本幫中的祕密圖譜符籙之類。」

三女俠見狀，也就不再追問。畢鏢頭道：「這個宋代英究竟多大年紀？他逃到哪裡去了？他受什麼人的蠱惑？」

徐鶴道：「他逃走的去向，人人全說不清，只聽說引誘他的，內中還有女子。他這人大概二十八九，三十來歲，人是很精明的。」

了因師太哼了一聲道：「錯非是精明人，才肯做這出色的事呢。」

夏澄光道：「可不是！」說著這話，不覺偷偷瞥了橫波女俠一眼。她們都想起張青禾來。張青禾這個少年，在嵩陽派，是後起之秀，為人非常的聰明，結果竟受壞人引誘，做出逆倫叛黨的惡行來了。

當下嵩陽三女俠，和隨趕到的靈修道長、沅江徐鶴、小俠肖珏，互換消息，知道嵩陽南派兩領袖不日也要下山。還有嵩陽第三代能手第六人、第七人喬亮工、喬亮才昆仲，今明日也要趕到株州。其餘別的人，都撲奔長沙勘訪去了；因據各方的祕報，張青禾和他的淫朋桑林武等，大概是由衡陽，往北逃竄，多半要到長沙落腳的。隨後嵩陽群俠又向畢麟春鏢頭道勞，並問他代訪的事情如何。畢麟春忙把那司帳和趟子手喚來，教他們倆人，當著嵩陽南派到場的六位，述說今日查訪的結果。

據那司帳說，西北城隅那所三層三進的大院，乃是株州有名紳士賀廷紳的舊宅，賀廷紳在朝為官，富有田產，在六十年前，可說是株州的首戶。不幸賀廷紳逝世以後，子弟不肖，析產涉訟，內訌不休，家道漸致消乏，這三進的巨宅，終於賣給姓杜的了。姓杜的也是株州的鄉紳，因為宅主攜眷在外省宦遊，歷時二三十年，沒有回籍，這宅子空閒起來，大概是讓給本家遠族住著了。不過又有人說，是杜家的遠族，把這空閒的全院轉賃給姓田的住戶，現在便是姓田的住著。三進的大院，足有四五十間房，姓田的人口較少，房子多半曠廢著，並沒有分租出去，但因年久失修，幾成荒舍了。鏢局司帳前去探訪時，只訪出姓田的是外省人，大概很有錢，和近鄰都不通來往；近月來，確有生人投到田家，但不知是否武林人物。

照這樣，鏢局司帳所訪西北城隅大宅的情形，仍然是模糊不清。倒是鮑三公子的事，卻訪出許多離奇的情節來。據聞這鮑三公子受了閹割的重傷，鮑二公子僱人把他抬進府城，現在住在鼓樓東自己的房子裡，確是把本地外科有名的瘍醫陸達三，延請到他的宅內，天天給敷藥包治。

更經輾轉煩人打聽，這鮑三公子卻有點奇怪，他受了這大害，按理說，絕不會甘心，應該到官府控告，催求早日勒限破案緝凶，以雪奇辱。實際上，這鮑三公子倒有點不願追究，不敢追究，好像情願吃啞巴虧似的。這與他素日的為人，大不相同。因此接近他的人，都疑心案情曖昧，恐有不可告人的詭祕在內，官府中人要想見他，訊問案情，他也是極力迴避著，以傷重怕風為辭，不願跟官府人見面。

可是他家又重金禮聘，祕密的邀請名震三湘、久已洗手的長沙老捕快馮金泉，到株州來。聽說名捕馮金泉，已經攜帶一個徒弟，外約一個鏢客，悄悄改裝來到鮑家塘了！竟不知道是給他保鏢護院，還是尋仇訪盜。這鮑三公子，此時正在株州養傷，可是誰也見不著他的面，如此又有人疑心他早已偷偷的搬到長沙，活藏起來了。

司帳和趟子手，這樣一五一十對嵩陽群俠說了。了因師太和靈修道人都緊皺眉峰，默默思忖。橫波女俠胸中另有見解，對這些話滿不介意，只詢問這鮑三公子，到底現在何處？藏在長沙還是在株州？趟子手說：「若是在株州，那就住在鼓樓東，板井巷，路南第二大門。」

橫波女俠道：「哦，這豈不是……」

了因師太、夏澄光也道：「唔！大概是……」

徐鶴、畢麟春齊問：「是什麼？」

夏澄光道：「本城鼓樓東，有一戶人家，我們剛剛蹚過，覺得那裡一出一入的人物，很是詭異。現在這麼一印證，恐怕就是鮑三公子養傷的地方了。」

了因師太向趟子手道：「這鮑三公子的住處，可是一個四合房小院，有前後門，後門挨著空場，有三間磨坊嗎？」

趟子手道：「有沒有磨坊，我倒沒理會。可是鮑三公子住的是自己的房，那房確是有後門，後門確是空場，而且還有一口井。」

三女俠互相顧盼道：「多一半是咱們剛才勘過的那地方了。」隨後，仍向司帳和趟子手很客氣的詢問：「二位還打聽著什麼消息沒有？」

二人道：「還有祥茂店，我們也去過了。三位說的那兩個賣解的繩妓，一個叫紅桃，一個叫碧桃，都姓王，是姐妹倆，今天早上應了鮑公館的特邀，前去獻技，已經離開祥茂店，今天也沒有在市上鋪場子。」

三女俠忙道：「哪個鮑公館？可是鮑三公子的公館嗎？」

司帳道：「他們所說的鮑公館，多半是指著鮑三公子的住家。」三女俠忙又問：「這公館可就是鼓樓東那個板井巷嗎？」

趟子手接應道：「不是，剛才我們倒仔細打聽了，他們店家聽來的那個鮑公館，大概就是城外三十里地的鮑家塘。」

三女俠矍然道：「這卻跟我們打聽的不同。」

司帳和趟子手又道：「三位如想仔細查勘，可以親到祥茂店去一趟。因為我們去的時候，聽店家說，那兩個繩妓雖走了，她們的夥伴當天又來了三個，也住在祥茂店房內西廂裡面，我們沒敢打草驚蛇，只向店家問了問，那西三房屋門已鎖，今天才來的繩妓幾個夥伴，已經結伴出去了。我們只聽說是二女一男。」

夏澄光不由嗤的笑出聲來，因為這所謂繩妓的三個夥伴，正是了因師太、夏澄光和橫波女俠三位。她們三位女俠為了查看繩妓的房間，就把繩妓住過的西廂房承租下來了。那店家把她們三個人，也看作賣藝之人，居然也告訴了鏢局的司帳和趟子手。

當下，嵩陽三女俠向司帳和趟子手殷殷稱謝道：「有勞二位費心，給我們打聽來不少有用的消息，我們今後下手勘查，不至於茫無頭緒了。」

沅江徐鶴道：「你三位說什麼？今晚上我們打算勘查哪裡呢？」

了因師太道：「此地有好幾個地方，都該窺察一下，起初我們人單勢孤，不敢冒險；現在你們三位來了，我們已有六個人，足夠調遣的了。我的意思，今晚上，第一步要探探西北城隅，第二步要訪訪鼓樓東鮑三公子的真情。還有那兩個繩妓的下落，和祥茂店牆上炭字寫的什麼甘呀、冬呀、秋呀、平川呀，我們都該徹底撈摸一下。」遂把四合店西廂房門後寫的那二十四個字的抄本拿出來，請畢麟春、靈修、徐鶴等參觀。

沅江徐鶴、小俠肖珏看罷那二十四個字的抄本，又聽解說了一遍，一齊說：「我們靜聽師太的分派。」

靈修道人也道：「了因師兄，你只管吩咐，我們現在只有六個人，可是不出今明天，我們嵩陽南派第三代第六人喬亮工、第七人喬亮才，必要結伴趕到。我們的人越來越多，越容易下手。萬一我們的人仍不夠使，還有馳往長沙的同道，我們也可以設法把他們尋回來。還有我們嵩陽南派的兩位領袖夏金峰、羅靖南二位，也許不出六七日，聯袂下山。我們現在只辦兩件事，一件是叛徒張青禾，我們要根究他的下落捉來正法。

一件便是鮑家塘這件凶殺案。我們必須把真凶訪明捉住。我們嵩陽南派和北派，在江湖上，都負盛名，從沒有遺羞於民間。

現在北派同仁，聽見株州凶案的謠言，已然派出黃震中、蔡石錚、姜涵清等好幾位，出頭查究，我們南派更要加緊辦理，才不致被我們北派同仁所笑。」

他又道：「這件事，在這株州地方，我們就公推了因師兄，作為臨時的主腦人。了因師兄，就請你不要客氣，趕快發號施令吧。」

了因師太連忙謙辭，橫波女俠杜若英道：「師太不用客氣了，快分派吧。」

沅江徐鶴道：「我們還要謝謝畢麟春鏢頭，他竟丟開自己的正事，給我們做了居停主人，又替我們訪查一切，他真是我們嵩陽派大家的好朋友，我願代表大家，向畢鏢頭致謝！」

嵩陽派的一共六個人，一齊站起來，向畢麟春拜謝。畢麟春再三遜謝道：「我不說客氣話，我這春麟記鏢局，能夠在南方行得開，不致被海砂幫、茅山幫等祕密會社扳倒，那全靠你們嵩陽派南、北兩支的領袖，出力支持我、援助我，我這小小鏢局方得立住。所謂飲水思源，我怎能忘了嵩陽派的隆情厚誼呢？三位女俠乍到株州時，正值我在下押鏢出外，失於款待，我正在抱歉。現在我不過稍稍的替諸位跑跑腿。諸位竟再三的稱謝，沒的教我慚愧不安。我畢麟春再說一句不見外的話，諸位有事，只管交派給我。我們武林人物，肝膽相照，推誠相交，一切請從直吧。」

畢麟春很慷慨的一說，嵩陽男女六俠莫不歡然稱許。

當下嵩陽群雄公推了因師太發號施令。了因師太義不容辭，遂與靈修道長合計著，把六個人劃為兩路，一路夜探鼓樓大院鮑三公子養傷的住所，要訪查鮑某受害的原因，和嵩陽本派女俠被誣為女淫賊逼姦行凶的真相。這是頂要緊的。又一路，便是往探西北城隅夜行人出沒巨宅的實況，和繩妓紅、碧二桃的下落、安危。這兩路本打算每路各派三人，但靈修、徐鶴全是剛來到，對株州事情不接頭，一切都推重了因師太和橫波女俠。了因、橫波都認為鮑三公子被閹割一案，關係重大，故此只請夏澄光和靈修道長二位，去上西北城隅。其餘的人，都派赴鼓樓大院，以便人數多，查得細。

還有長茂棧，三女俠剛賃定的那三間廂房，既有二繩妓留下的粉牆題字，又有「失盼援」的話，那麼那地方，或敵或友，定要有人踵繼而來。那也該預留妥人，去到那裡坐等觀變，並截留情報。可是嵩陽派自己的人數太少，分派不開；了因師太仍然拜託畢麟春鏢頭幫忙。畢鏢頭立刻派一位鏢客，名叫顧夢桐，一名趟子手，名叫何六，前往祥茂店坐候。

夏澄光道：「既然如此，我們應該把房門鑰匙交給顧師傅。」

了因師太搖頭道：「那不好，我們賃下的那三間廂房，就讓它空著好了。顧檀越還是挨著我們賃的那房間，另外單租一個房間的好。」說時目視夏澄光、橫波女俠道：「你要曉得，那裡本是兩繩妓的原住處，如果空著沒人住，繩妓的夥伴或仇敵，定要偷著進去窺探，倘若顧檀越住在那裡，豈不打斷了他們前來刺探的路子？」

橫波點頭道：「這話有理。」

了因轉臉來，仍對顧夢桐說道：「我記得那三間廂房是第十六號房間，顧檀越最好在十五號或十七號附近住下，或者在十六號對門住，也很合適。請你仔細一些，夜間更要多多戒備。」

顧鏢師諾諾應承，帶趟子手何六，徑往祥茂店去了。

這裡，預定前往鼓樓大院，偵察鮑三公子養傷處的，共有了因師太、橫波女俠、沅江徐鶴、小俠肖珏，計四個嵩陽派人物，另外還加上畢麟春鏢頭。這都是靈修道長面煩的，說是此去自然是暗訪，但是碰得不對，也許鬧翻了，變成明面對抗。

畢鏢頭人傑地靈，有他相伴，萬一反顏成仇，他便可以出頭化解，做一個排難解紛的魯仲連。

靈修道長一說，群俠譁然讚揚，道：「還是靈修道長年紀大見識高，做事有伸有縮。」

了因師太笑著唸了一聲：「阿彌陀佛，靈修師兄樣樣都比貧尼我強。」

靈修道人忙說：「師兄恕我多話。」

了因道：「什麼多話，你這主意本來好，顧檀越沒有說的，請你再多辛苦一趟吧。萬一我們跟鮑三公子爪牙衝突起來，你可以拿出和事佬的面目，給我們雙方勸架。鮑三公子的黨羽都有什麼人，我們全弄不清楚，這也請檀越替我們辨認一下。」

畢麟春鏢頭謙遜了幾句，很慷慨的答應了。只不過他在株州乃是鏢頭，總算正經商人，不能無故夜入民宅；故此預先說明，他要改容化裝，而且除非萬不得已，他也不便出頭。這一節，嵩陽群俠都很諒解他，齊向他申謝。

分派已定，用過了午飯，大家分別去歇息養神。直等到二更以後，大家方才起來，打點夜行用具。到鼓打三更，靈修道長和女俠夏澄光，一個蒼髯黃冠，一個紅粉少女，都換了夜行衣，跳後牆出離鏢局，徑奔西北城隅而來。女俠夏澄光在前引路；靈修道人在後面跟隨。另外跟了個鏢局趟子手，作為帶路、巡風、傳信的人，於是眨眼間到了地方，開始夜行人的窺察。

同時，了因師太這一路，和橫波女俠杜若英、沅江徐鶴、小俠肖珏、鏢頭畢麟春共湊成六個人，散漫開，分為三撥。橫波女俠和小俠肖珏搭伴，了因師太和沅江徐鶴搭伴，出離鏢局。他們也由鏢局，派給一位趟子手，作為眼線，走盤送信。

畢麟春鏢頭，另攜帶鏢局新收的一個門徒，名叫朱榮啟的，化裝幕面，佩刀帶鏢，各穿一身青夜行衣，跟隨嵩陽南派群俠，也往鼓樓馳去。

橫波女俠杜若英最心急，走的最快，帶著小俠肖珏，踏夜影疾走，居然一路無阻，轉瞬間來到鼓樓附近。小俠肖珏，要等候人到齊了，再開始入探，橫波女俠回頭一看，把那趟子手落在後面，看不見影了，又見了因、畢麟春兩撥繞走別巷，也還未到；她卻等不及了。她記得那潛通道地的沈家大院，是在鼓樓東邊，遂悄告小俠肖珏：「這地方，我白天已經查勘過，用不著那趟子手帶道了，你跟我入窺窯吧。」

小俠肖珏並不曉得底細，又年輕不識輕重；橫波女俠既心急，他就謹遵臺命，說走就走，兩人一徑向鼓樓東尋去。卻不料忙中出錯，她們查勘的沈家大院，並不是鮑三公子本人的養傷處所。然而雖不是養傷處，卻是鮑三公子祕密款待武林賓朋的客館。橫波女俠誤打誤撞，竟錯訪到鮑三公子最近收容的江湖豪客和長沙祕密的名捕的那個地方來了。

當下橫波女俠杜若英，引領小俠肖珏，徑奔沈家大院。悄悄的貼壁循牆潛進。剛剛繞近板井巷，驀地見人影一閃。橫波急往暗隅斂避，小俠肖珏忽然看出一點形跡；忙噓唇作響，發出嵩陽派的暗號來。對面人影果然應聲一噓。小俠肖珏知道是自己人到了，忙轉身通知橫波女俠。黑影中，彼此互打手勢，一齊到旁巷，迫近了相認。橫波心想，這定是了因師太、沅江徐鶴到了，哪知不是；這個影子竟是嵩陽南派第三代第六人喬亮工。喬亮工既到，那麼他的胞弟嵩陽南派第七人喬亮才，也必到場了。小俠肖珏迎頭低叫道：「喬師兄，你是剛到麼，喬亮才師兄來了沒有？」

這喬亮工是個短小精幹的人物，且不答小俠肖珏的問話，忙向橫波女俠施禮，叫了一聲：「師姑！」

橫波女俠道：「你可是剛打麟記鏢局趕來的嗎？你聽說我們現在訪的事情嗎？」

喬亮工悄悄答道：「不是，不是，我和舍弟亮才，乃是緊綴著兩個夜行人物，一直跟到這裡。」

橫波女俠詫異道：「唔，可是這夜行人物進入這座大院了嗎？」

喬亮工道：「慚愧，我和舍弟竟沒有看清，我們由打長沙得信，遵命翻回來，連夜趕到株州。就在株州城外，發現腳程很快的兩個人影，一前一後，似乎一個緊跑，一個緊追。我們越城牆綴到這裡，再找人影，驟然不見了。舍弟剛才由那邊繞著找，我由這邊兜著找，自信沒有漏空；可是這兩個夜行人，竟神出鬼沒，一轉眼沒了影，好像會地遁隱身法一樣。」

小俠肖珏覺得奇怪，橫波女俠卻明白了，對二人說道：「這又是道地作怪，這兩個人影一準是又鑽了道地。」四面看了看，對喬亮工道：「你把令弟喚來，要找這兩個人影，你跟我來。」

不過喬亮工還是很惶惑，手指那一片片房舍，說道：「這兩個夜行人影，夜行的本領太大，我怕中了他們的圈套。」

橫波女俠皺眉道：「你不必怯敵，我告訴你吧，這裡是有隧道的，所以他們才會突然不見，他們是狡兔鑽窟，並不是妖魔施展隱身法。」

喬亮工聽這樣解說，方才放了心，趕緊奔向各處，噓唇作響。橫波女俠、小俠肖珏也幫著尋喚；是在沈家大院附近橫街，把喬亮才嘯出來。

喬亮才也是個小矮個，穿一身夜行衣，潛著鹿皮囊，帶著青鋒劍，和胞兄喬亮工打扮一樣，他們昆仲二人很像孿生子，武功也差不多，是嵩陽南派第三代的能手。四位俠客彼此見了面，橫波女俠很匆遽的把此行要刺探的，究為何事、何人、何故，大致告訴了二喬，然後就教喬亮才在外巡風，橫波身率肖珏、喬亮工，進入沈家大院鄰巷。三個人悄悄的躍登鄰院鄰房，慢慢的往沈家大院進窺。

這沈家大院是一所四合房，旁有小跨院，後有小後院。各屋多半沒有燈火，料想時過三更，人多入睡。唯有西跨院南北房，燈光通明，照透紙窗；就連院中，也還有一盞小小壁燈。

橫波女俠杜若英和小俠肖珏、喬亮工，由東鄰攀垣而進，先藏在房脊後，隱藏全身，探出半面，把全院構造的格局，出入路口，大致看明。然後，喬亮工與肖珏二人，先撲奔正院無燈光處，再由暗影中推進，最後便去窺探跨院燈光輝煌處。橫波女俠心中惦記著那潛通院內外的道地，所以她直奔後院，要察看明白，這道地怎樣通入宅內。

橫波女俠蛇行鶴伏，由屋頂進至後院，不用問路石子，輕輕的一溜而下，由後山牆降落平地，立刻奔這後院的後罩房。

後罩房北房一連五間，在正房後，罩房左右有耳房，旁有夾道角門，可通正院，房舍較正房矮的很多，全部閉門掩著，昏暗無燈。橫波女俠用輕靈的手法，很快的查看一下，目窺、鼻嗅、耳聽、手觸、腳點，已試出這後院罩房大概是廚房、下房和堆積什物的空舍。因為有兩間房，嗅出油煙氣，故知是廚房。又看見平房兩間，屋門倒鎖，紙窗上的窗紙七零八落，便知是貯藏室，必無居人在內。還有兩間屋，雖然也沒有燈光，可是門戶很嚴密，窗紙很完整，側耳附窗聽，微聞內有鼾聲，曉得大概是奴僕的下房了；而且聽動靜很小，屋中至多有兩個人。

橫波女俠所要找的，還是道地。她很快的挨門察看了一週，見這後院的一角，平地上搭著一座花房菜窖模樣的低矮棚，以為這個地方，很可以做成道地出入口。橫波女俠回頭看了這夾道和角門，角門虛掩，並沒有門。她很快的躡足走到角門邊，往門裡察看。這角門穿過夾道，可以直通正院。正院有走廊，黑乎乎，寂然無聲，似乎正房主人已睡，不會半夜起來。她立刻轉身退出，把角門關好頂上，一個箭步，躍到茅棚前，俯拾碎磚，往棚中試投了一下，竟無反響。她立刻回手掣劍，把袖箭也預備好了，於是她鑽進了這座花房菜窖。用腳一試地面，伸手一觸牆壁，覺得不像菜窖。忙取出火摺，晃著了亮，向四面一照；才看出四壁空空，地面積塵甚厚，只在當中，堆著許多大油簍和空草筐。橫波女俠不覺失望，這裡絕不像是道地的出入口，趕緊拭去地面印上的腳跡，自己輕輕退出來。正要破鎖進窺那座貯藏室，小俠肖珏如飛的尋來。

橫波女俠連忙迎上去，雙方抵面，小俠肖珏低聲道：「師姑快跟我來。」話中很有聳異驚駭的聲音。

橫波忙問：「遇見什麼了？」

肖珏答道：「您快來，遇見事了，遲了，點子就走了。」

橫波女俠連忙丟下這裡，跟隨小俠肖珏；小俠肖珏一直把她引到跨院後窗前。後窗前，由喬亮工在那裡，施展捲簾式，攀窗往內探視。一見橫波女俠，忽忙招手，橫波女俠猜想屋中必有岔事，即躡足繞到前窗，也探窗往裡查看。

屋中明燈輝煌，有桌椅，有床榻，有一個穿夜行衣的壯士，一個穿短打扮的男子，全都在屋中燈前打晃。那穿夜行衣的壯士，好像剛剛裝束停當，正在插刀，佩囊，換鞋。

那穿短打扮的男子，立在床前，打開一個包裹，也從包中取出夜行衣，正要更換。卻在床上，另放著一個衣裳包，裡面的衣物散擺在床上。那夜行壯士和短衣男子，正在說話，話聲並不低，卻是外鄉口音！橫波女俠聽不甚懂，只聞得嘩笑聲直傳出窗外。

橫波女俠莫名其妙，因為屋中人也是行家，所以她在窗外很小心，只把一隻眼就窗隙往裡瞥看。這邊看不清，忙躡足轉到那邊，把紙窗輕輕的點破一洞，仔細的窺望。

屋中的兩個人都衝著床上的包裹說笑，忽然聽出一句來，夜行壯士道：「你打扮一下，讓我開開眼，行不行？」

短衣男子笑道：「我可不行，瞧我這臉子，太不像樣了。」

一面說一面更衣，把床上另一包裹的夜行衣取出，自己給自己上裝。

橫波女俠見這人要換夜行褲，便不肯再看，扭過頭去，退出數步，悄悄向肖珏道：「這是兩個夜行人，你們把我喚來，是要我認認這兩人嗎？但是這兩人，並不像那夜行刺的。」

肖珏道：「不只是這一點，你老還是貼窗再看看，這裡有三個人呢。你老看這三人，是不是你老說的叛徒張青禾的那三個淫朋？」

橫波女俠一聽這話，秀眉一挑，咬牙道：「哦！」立刻轉身，重施身法，窺窗往裡看。這一看，方看出蹊蹺來。

那個短衣男子，此時已將夜行褲換好，一面結束，一面和夜行壯士互相打趣，夜行壯士只催他快穿衣服。他們把兵刃和暗器都收拾出來，似乎他們就要出去作案。在前院窺察的喬亮工，也繞過來，通知橫波女俠，注意那床上另一個衣裳包，然後又溜回後窗。橫波女俠已知這兩人定有把戲。鮑三公子乃是受害人，可是在他家竟有夜行人停留，而且多至兩三個，這事太可值得注意了。於是橫波女俠緊將身形，貼著窗子，不放鬆的凝目注視。

只見那夜行壯士向短衣男子，露出開玩笑的神情，把床上那一個包裹的東西，抖摟出來，帶笑道：「喂！喂！你夠漂亮的，你不要拿捏，你打扮上，教我瞧瞧，像女人不像？」信手一抖，身形一轉，橫波女俠和小俠肖珏全都瞥見了，原來是一身女子的服裝，錦衣、繡褲、青披風和一套假髮髻，青包頭，還有一雙纏足女子的便足，和戲場上旦角的木蹺竟然一樣，只是比較稍大，也就越發逼肖女子真正的纏足。

這工夫，後窗的喬亮工早瞥見了。嵩陽三俠一齊驚異，心中都產生一種疑問：「這是做什麼的？」

只聽那夜行壯士說：「來來來，別拿捏人，你穿穿試試。」手拿著那一對「木蹺」，蹺上拖著很長的纏足巾，硬教那短衣男子試穿。短衣男子這時正坐在床上換鞋。

短衣男子笑拒道：「我這臉子，決計不像，這是小武兒的行頭，還是叫小武兒來吧。」臉向內間，叫了一聲道：「喂，小武兒，你快出來吧，你還沒有睡夠嗎？」又向夜行壯士說：「回頭咱們倆攛綴他。」

夜行壯士道，「我和他很生疏，怕他著惱。」

短衣男子鄙夷的笑道：「你可不曉得小武兒的脾氣，他最願裝女人，他恨不得變成一個漂亮的女娘，你不見他平常說話走路，扭扭捏捏的，和女人一樣嗎？誰要誇他長的俊俏，比女人還好看，他反倒抿著嘴笑，好像很愛聽似的。」

夜行壯士道：「天生的下流種子，他準是個私坊出身，唱旦角兒的……」

短衣男子道：「噤聲，你可別這麼說，若教他聽見了，宰不了你！那傢伙可是一皺眉，一噘嘴唇，小眼珠兒一翻，可就要下辣手了。他真是個錯投男胎的人妖，你別看他長的俊，他的手底下又狠又辣，真跟謀害親夫的後婚娘一樣的歹毒。」

夜行壯士哼了一聲道：「你不用拿他嚇唬人，他也不過是夜行術比人麻利，他的刀法稀鬆平常，他全仗著他那缺八輩德的暗器，來欺負人。若沒有他那暗器，誰還怕他？」

短衣男子搖手道：「就是這話，你明白，我也明白，你還搗什麼鬼？回頭教他聽見，說不定哪一句說挑了眼，他又翻盤子，不肯去了。」說著，把女裝衣裙收拾起來，只留下那假髮髻和木蹺，信手擺弄著玩，夜行壯士就奪過木蹺來，往自己腳上比。短衣男子就把假髮和包頭，戴在自己的頭上試，又往夥伴頭上放。

這時嵩陽三俠客，先是詫異，旋又恍然，這屋中人，不用說，絕非善類。

夜行壯士比試著假纏足，笑了起來，又把裙子抖開，往自己腰上繫，且鼓搗且說：「你叫小武兒一聲吧，打扮一個給我看看，我真沒有見過。」

短衣男子又衝暗間叫了一聲：「喂，小武兒，武大相公，還沒睡醒嗎？是時候了！」

橫波女俠順著屋中人的呼聲，也要挪到暗間窗前窺看；可是這時候暗間屋的人已然答了話。一個很清脆的聲口，說道：「你們兩個討厭鬼，又背地嚼念我了，看我劈不了你們嗎？」門簾一挑，出來一個睡眼惺忪，杏眼桃腮的少年美男子。

小俠肖珏方在注視，喬亮工也正凝神細看，驀然間，橫波女俠杜若英神色大變，突然把肖珏扯到一邊，低聲的然而很忿激的說：「這就是那惡賊，我在這裡，想不到，真會碰見他！你快去通知了因師太、靈修道長他們……」

肖珏大駭，忙問，「是誰？」因為這人並不是惡徒張青禾，大概是張青禾的淫朋了，卻不知究竟是哪一個？於是他又重問一句：「他到底是誰？」

橫波女俠道：「桑林武！」咬得牙亂響，立刻把袖箭裝好，利劍抽出來。

小俠肖珏抽身急走，跑出去勾兵，橫波女俠立刻要活捉這桑林武。她恨透這個桑林武，她的義子兼門徒的張青禾，便是被這人引誘壞的。逆倫的罪行，也必是這東西主謀，橫波女俠追拿叛徒時，僅僅刺傷另外那姓賈姓趙的兩個淫朋；這桑林武本領既較高，心思又乖覺，竟沒有追上他，被他繞林溜走，把張青禾也帶跑了。

橫波女俠惱恨已極，反而澄心寧慮，把怒氣勉強按住。桑林武這東西有一身很好的夜行術，神出鬼沒，稍不留心，眨眼就溜沒了影，這一回務必圈住了他，不要教他再溜脫了韁。務要把他活擒住，從他口中，訊出叛徒張青禾的蹤跡，審出叛徒的罪行詳情。

橫波女俠捫心站了一站，心神略定；忙飛繞到前院。悄悄告訴喬亮工，千萬堵住了門窗，勿令屋中人逃出。然後自己奔回後院後窗，輕輕把窗紙弄破，露出較大的破孔，側著臉，往裡盯著桑林武的舉動。橫波女俠暗想：惡賊桑林武既在這屋中露面，逆子張青禾勢必也藏在這宅裡面，只不知在哪屋。哼，也許就在暗間睡覺呢。於是橫波女俠杜若英又抽身往暗間窺看。

暗間燈光雖亮，內中除陳設外，西壁立著大櫃，北面放著一床，垂著帳子，屋中並沒有人，床帳之內看不出還有人沒有，因為腳榻上沒有放著鞋。可是這床是容兩人睡的，帳內也許有人，也許沒有，隔窗內窺，竟斷不透。

橫波女俠又轉身挪到那明間窗前，這工夫桑林武走到外間，打著呵欠，坐在椅子上，問那兩個人：「什麼時候了？你們倆鬧哄什麼？」那兩個人都湊到他面前，笑嘻嘻對他說：「不早了，該動身了，我們是催你快打扮。」

桑林武還是有點睡不醒的樣子，端起茶壺來喝水。忽一眼看見床下的包裹和包中的女裝，他雙眉一皺，面露不悅道：「你們又翻動我的東西了。」站起來，走到床前，坐下來，要把女衣裙重新包好。

夜行壯士和短衣男子，一齊跟過來攔阻道：「小武，你別包了，你還不打扮上，教我們看看？況且也該走了。」夜行壯士就拿起假髮，往桑林武頭上按，短衣男子拿起木蹺女鞋，就往桑林武腳上比，兩人都帶出笑謔的樣子。

桑林武半惱半笑說道：「幹什麼？幹什麼？」

夜行壯士笑著道：「早上不是大家商量好了嗎，煩你跟我們一塊去，為了誘騙他們，一定要請你扮好女裝。現在正是時候，你就裝扮吧，打扮成標標緻緻的一個女娘的模樣，我們暗中保著你，看一看海砂幫到底要怎麼辦，就可以推測出傷害鮑三公子的人，究竟跟他們有沒有干連了。」

桑林武笑了笑，推開他們倆人。兩人依去強嬲他，他說：「要扮就扮，不過就這樣扮不行，還有胭脂、粉、眉黛、耳墜子、鐲子等物……」

夜行壯士忙說：「你平常怎麼打扮來著？這工夫不要拿捏人，快來吧。」

桑林武笑著不動，還在打呵欠，伸懶腰，意態慵慵，頗帶女腔。

短衣男子望著他，說了一聲：「要命！」抽身挑簾，進了暗間，由打床帳裡，把桑林武的兵刃和鹿皮萬寶蹺、暗器囊，通通抱出來。伸手從那萬寶囊中，掏出來小小一個錦盒，掀開盒蓋，內中有小鏡子、梳子，有胭脂錠、宮粉盒，又有一隻小錦袋，內中包的是碧玉簪、金耳環、釧鐲，女人用的首飾無一不備。

夜行壯士一見這些東西，哈哈大笑起來。短衣男子就好像獻寶似的，都給掏出來，放在桌上，然後說：「桑姑娘，我把您家的閨房首飾全找出來，快著裝扮吧，可要我們替你當梳頭媽媽不？」

桑林武微露忸怩之態，兩個人一個勁的慫恿，他好像願意打扮了。短衣男子又問：「你是先穿衣裙換鞋腳，還是先梳頭擦粉？」

夜行壯士道：「你真是外行，沒聽人說過麼，大姑娘上轎，先裹腳，後梳頭，末了才洗臉擦粉點胭脂。」

短衣男子道：「那是真姑娘，才那麼打扮，他這個二刈子……」

桑林武忽一整盤，眉目之間透出嗔意，嚇得短衣男子不敢說了。夜行壯士忙說好話哄他，好半晌，這桑林武方才釋然，站起來，對燈執鏡，用眉黛畫眉。畫成了彎彎月形，又拿起胭脂，把自己的嘴唇，點成一點櫻桃小口，然後包起這些東西，直到床前，拿起假髮，自己往頭上包束好了，立刻他的頭面變成一個時裝的年輕俊俏女郎。

夜行壯士和短衣男子都直勾勾看著，到了這時忙問：「你不擦粉嗎？」

桑林武道：「夜晚用不著擦粉了。」

短衣男子道：「其實你不擦粉，清水臉更顯著俏。」

桑林武睨視他一眼，嚇得他一吐舌頭，退後一步，好像怕桑林武翻臉揍他。

然後桑林武戴好了假髻，又束上包發的絹帕，只看前面，真個很像女子了，他又學著女人走路，姍姍趨向床前。坐在床邊，脫去足下快靴，換上女人的褲子，然後把木蹺縛好，站起來走了幾步。夜行壯士、短衣男子都看直了眼，嘖嘖的誇獎：「真像，真像！」卻又互做鬼臉，露出輕薄鄙視之態。

桑林武卻不理會，反而很以為美似的，用腳尖著地，踩著木蹺，蹺上穿著繡花女鞋，又走了幾步，改用鼻音，學著女子的腔口，向兩個人道：「你們瞧準像吧？」然後蓮步纖行的又走到床前，就要脫去上衣，換穿女褲，並要繫上女裙……還沒容他打扮好，外面的嵩陽南派橫波女俠杜若英，認為機會正好，「噓」的發了一聲輕嘯。

這時候，嵩陽群俠的靈修道長、沅江徐鶴還沒有撤回趕到，卻是在外面巡風的喬亮才，和局外助拳的畢麟春鏢頭，已被小俠肖珏找來。橫渡女俠再忍不住，向眾人一做手勢，眾人會意，埋伏起來。橫波女俠把袖箭筒，對準屋中的玉蜻蜓桑林武。女俠認為桑林武斷乎不是好人，一定是淫賊。按嵩陽派門規，發暗器須打招呼，不能用暗器施暗算。女俠負怒已久，不肯這樣寬容，遂剛剛的噓唇作響，立刻把袖箭打出去。

袖箭直奔玉蜻蜓桑林武上三路咽喉要害。突然間，屋中燈光驟滅，恍惚看見桑林武一晃身。屋中發了一聲喊：「不好，有人！抄傢伙！」

嵩陽群俠一齊發動。橫波女俠一聳身，登上後窗臺，身形側避，伸手抓窗格，微微用力，只一扯，嘩啦的一響，把窗扇扯落；利劍一晃，飛身撲入，肖珏跟縱也竄進去。二喬兄弟埋伏在前院門窗前，畢麟春藏伏在屋頂上，手中也托著一隻暗器。

只聽得屋中黑影裡，叮噹亂響，夾雜著怪叫聲，突然有一條人影，首先奪門，闖出前院；卻是兩手空空，沒有兵刃。喬亮工橫劍急擋，把這人盯住，一逃一追，繞著院子亂跑。又有一個人影，破前窗竄出來，喬亮才揮劍邀戰，狠狠一劈。那人身形好生麻利，往橫處一閃身，陡然一揚手道：

「呔，看鏢！」

喬亮才微微側身，用劍一撥，是一件軟軟的東西，撥落地上，竟不是鏢。喬又順手一劍，這人手中有刀，卻不想抵敵，猛然一翻身斜奔竄上短牆。畢麟春忙打了一鏢，這人撲地栽到牆那邊，跳起來跑了。並沒有驚動宅中人，連躥帶跳，如飛的越牆逃向街巷。

這逃走的，便是那個夜行壯士。他是賊人膽虛，身上背著幾條命案，女俠剛剛破窗襲入，他連看都沒看清，就疑心是捕快拿他來了。他卻是個猾賊，喊了一聲：「抄傢伙，有人！」往黑隅一躥，把身子貼牆蹲下來。摸著一把刀，急急的定神，攏眼光。屋中一片交鬥聲，聽得那突門逃出的夥伴，似乎沒有被擒，他這才踢窗復逃出來。果然被他逃掉了。

那個短衣男子，是頭一個逃出來的，已被二喬弟兄圈住。

他只有兩把匕首，插在綁腿上，此刻拔出來，苦苦與敵相持。

同時喝問：「你們是幹什麼的？是挑梁子的，是鷹爪辦案的？」

二喬沒有好話答對，說道：「拿淫賊的！」兩把劍狠攻不休。

最落後的桑林武，卻被橫波女俠、小俠肖珏狠狠盯住，閃躲不得。燈光已滅，屋中漆黑，橫波女俠揮動利劍，嗖嗖橫劈斜掃。小俠肖珏緊挨著橫波女俠，一面掩護師姑，一面向外揮劍。桑林武趁手的兵刃，已來不及拿，左手只舉起一把椅子來抵抗。右手抓了一把，拿起一隻豹皮囊，椅子立刻被女俠奪住，他忙要奪門外逃，門外已起了鬥聲，橫波的劍又刺到。他伏身一竄，竄到暗間。

暗間還點著燈亮，桌上放著那短衣男子的兵器，是兩把很笨重的板斧，百忙中他先撈了一把，居然撈取到手，急急奔床帳，去拿自己的要件，橫波女俠早唰的一劍，削落門簾，追了進來。

桑林武一回頭，哎呀一聲驚叫，他認出橫波的面貌來了。

現在他已然換穿著女裝，腳下還是一對纏足。橫波又一劍劈到，他揮斧一架，翻身急逃。小俠肖珏跟進屋來，持劍堵住了門，桑林武逃路被阻，猛然一躍，竄上窗臺，這一隻腳剛剛登著窗臺邊，那隻腳狠狠一踢，踢碎了窗櫺。被他不要命往外一鑽，居然鑽出去了，卻是窗格斷木，碴口鋒利，把他的後背衣裳劃破一長條，血淋淋傷著脊肉。然而他倒是掙命逃出去了。

橫波女俠寸步不肯放鬆，也躍上窗臺，卻用手抓住窗扇，扯下來，拋出去。偏身一躍，緊追出去。同時喊了一聲：「淫賊，哪裡跑，你們來截住他！」

這時候，豔妝女扮的桑林武，狼狽不堪。一手拿著板斧，一手提著豹皮囊，可惜別的行頭全都沒顧得拿，頂要命的是那暗器，被同伴罵為缺八輩德的暗器，竟遺在屋中床上了，卻已落在小俠肖珏的手中了。

當下，女裝的桑林武腳上踏著三寸金蓮，如喪家之狗，拚命狂逃，橫波女俠噓唇作響，仗劍急追。小俠肖珏搜檢屋內，把桑林武的東西一點不剩，全給沒收，然後提劍也追出來。

橫波女俠忙回頭喝喊：「你快去幫二喬，搜尋逆子去吧。逆子張青禾一定在院內藏著。」小俠肖珏依言翻回，只剩下橫波女俠杜若英一個人，拚命的趕下去。一口氣追出半裡地，把個桑林武追得走投無路。不由止步回頭叫道：「我和你無冤無仇，何苦這麼趕盡殺絕！」

橫波女俠罵道：「好惡賊，我問你，好好一個男子，你喬裝女人做什麼？你快快把逆子張青禾獻出來，我就饒你。」

桑林武忙說：「你原來是要找尋張青禾的，你不要動手。我領你找他去，我知道他的下落。」

桑林武且說且喘，橫波女俠如飛趕到，喝問：「逆子在哪裡？」

桑林武道：「他現在長沙，女英雄請息怒，我可以陪了你去！」

橫波女俠聽了他這話，勃然激怒道：「逆子在此地嗎？」

桑林武道：「沒有，他昨天剛離開。」

說話時，桑林武一面橫斧提防橫波，一面將那豹皮囊往腰間繫，正要騰出空來，伸手去掏皮囊，尋暗器。哪知橫波女俠目光極銳，她盤詰桑林武，早就盯著他的兩隻手。以為桑林武此時一面說好話，一面又要掏取那刻毒的暗器，要來暗算自己。登時間一朵紅雲遮面，咬牙道：「好惡賊，你還在我眼前弄詭。」往前一躥，唰的一劍，其疾如電光石火，奔桑林武肩胛劈來，斜切藕式，連肩帶臂，下及肋部。

桑林武急忙招架，不想女俠劍招很快，唰唰唰，一連氣三四劍，把個桑林武砍得手忙腳亂，到底沒把豹皮囊中的東西掏出來（因為這個囊中並不是那個暗器），撥轉頭他又覓路狂逃。

橫波女俠杜若英毫不遲疑，一個人仗劍繼續追趕。一口氣又繞城奔出一條路，桑林武好像支持不住，竟鑽小巷，投黑影，跳到一戶人家屋內，躲藏起來。

這一藏，又藏出枝節來，因為他是女裝，被院中人先把他當了狐魅，又當了貴家逃妾，於是這院中人方以為鮑遇白天飛來，哪知吃了一個大虧，和鮑三公子遭的事，前後一轍。

那鮑三公子，其實並不是被什麼女採花賊閹割的，正如這一夜的事一樣，忽然有一個美人兒奔來，鮑三公子為美色所惑，起了別樣心腸。哪曉得這個美人兒如蛇蠍一般，不真是女子，而且手段非常毒辣。

那鮑三公子家住鮑家塘，很有財勢，又做著當地的保正，鄉鄰都惹不起他。他這人只是錢財上稍為吝嗇，平素待承舊鄰，也還沒有恃強倚勢，過分欺凌的舉動。有時鄰居們出了糾葛，倒邀他出來，給排難解紛，他總算是鮑家塘出頭露臉的紳士了。然而鮑三公子有一個很大的短處，就是為人好色，仗著有錢，家中已有兩個小妾，他還是在外面惹草拈花，正因為他有這「寡人好色」的毛病，才害得自己成為殘廢。

現在，橫波女俠追捕逆子，和桑林武避敵逃藏的事，暫且擱下，轉回來，先追溯鮑三公子的豔福和閹割。

第五章　鬼畫符鄉婦求巫

鮑家塘有一戶外姓人家，是個姓何的老寡婦，原也有兒子兒媳，不幸兒子死了，只遺下一個小孫兒，和這老少兩個寡婦度日。

鮑家塘的居民，有的務農耕稻，有的往湖中捕魚。何老頭父子，便是捕魚為業，現在兩個當家人死了，孫兒幼小，沒法重操舊業，每日生活漸漸艱難起來。

何老婆婆的孀媳何崔氏，年紀不過二十幾歲，覺得受窮守寡全都不易，趁著自己年紀還不大，就跟婆婆鬧著要改嫁。何老婆婆一聽這話，又急又悲，再三哄慰兒媳，又抱著小孫子，給寡媳下了一跪。這何崔氏也哭了，當時沒有走，可是改嫁的意思並沒更改，只是孩子太小，一時不忍罷了。

可是她們婆媳倆僅靠給人家洗衣做活，賺錢餬口實在來不及。日子越過越窮，何崔氏改嫁的心思又發動了，天天說閒話，甩腔，何老婆婆只好裝聾容讓著她。

忽有一日，鮑家塘來了一個年輕道姑，生得長身玉立，眉目如畫，是本鄉鮑金娘由城中請來，給女兒治臌症的。這個道姑其實是祝由科巫婆，會頂香治病，又會按摩推拿，自稱是茅山師傅的女弟子，本領很大，據說還有相宅捉妖的能耐。鮑金娘進城逛廟，親眼看見這茅山道姑法術精奇，就請來給女兒治病。不想鮑金娘的丈夫鮑金榜是書呆子，深念朱柏蘆治家格言之誡，三姑六婆不准進門，兩口子吵了一場架。鮑金娘本來潑悍，這一回卻被丈夫說服了，緣因她家窄房淺屋，請醫治病，是可以的，卻將一個年輕道姑留在自家住，自家的兒子也不小了，多有不便。病女兒又沒有獨間閨房，被書呆子再三嘮叨，鮑金娘讓步了。

然而道姑已然不遠的請到，當天打發回去嗎？也豈有此理，事實上也辦不到，總該試著讓她瞧瞧，才算告一段落。於是乎鮑金娘氣哼哼的出來，找親戚，問街坊，打算替道姑找個借宿地方。帶領道姑，連問數家，不是人家不能借，就是巫婆不願住。最後找到何寡婦家了。是由孀媳何崔氏應門，鮑金娘徑引道姑，升堂入室，何家僅僅有三間北房、兩間南房。地方比較狹陋，屋裡也顯著骯髒。然而這道姑一打量這情形，居停主人不過是寡婦婆婆和寡婦兒媳，人口如此孤單，她竟欣然中意了。

何崔氏見這道姑年輕貌美，衣履整潔，說話兒甜淨，經鮑金娘一提，她就沒跟婆母商量，脫口答應。何姑老奶奶也就說不上不算，好在只住一兩天，就對鮑金娘講：「這位師傅沒地方住，好罷，若是不嫌髒，就住在我們這兒罷。不怕金娘笑話，我們可供不起飯。」鮑金娘忙說：「老奶奶放心，師傅是我們請來的怯（契也切，客也），自然是我們家管飯，教師傅天天到我們家吃飯去，只到晚上，上你們這裡尋宿。」對道姑說：「這是怎麼說的，教師傅多抱委屈。我們當家的太死心眼，犯起他那牛性來，教人急不得惱不得，若不是我們丫頭有病，怕吵，今天我饒不了他。」又向何氏婆媳說：「我原和這位師傅講妥的，十天包好，人家是行善，不在乎馬錢的。金榜他好像把女兒的病，一點不放在心上。好容易大遠的把師傅請來，人家一半行好，一半施捨，一半也是我們娘家那裡，有些光棍們，淨跟人家師傅搗亂，師傅要躲躲他們，才肯上咱們這小地方來。誰想他嘮嘮叨叨，翻盤子不肯信。你說多麼可惡！」跟著又把道姑神醫妙技、仙法靈符，形容給何氏婆媳聽。

鮑金娘是在株州親眼看見這年輕道姑給人家畫符治病的。

也是在一戶農人家行法，屋裡屋外，圍了好多人看熱鬧。道姑口誦神咒，點一對紅燭，火焚黃表，祝告仙靈，火光一閃，黃表紙直飄上空中，無形中似有神靈臨降。又剪紙作成判官小鬼模樣，也焚化了，教這判官小鬼給病人捕捉病魔。她做出許多奇異舉動，使觀眾見狀聳然，她的法術和兩湖祝由科迥乎不同，人們很不了解，也就越驚異，也就越信服了。她畫一道符，火燒成灰，和藥泡酒，給病人服下去，病人出了汗，不再發囈語了。病人有時候忽然驚喊見神見怪的鬧，經道姑一般做作，用銀針灸指甲心，只三針，便把附體作怪的野鬼給扎走了。有這麼許多的奇蹟，鮑金娘對何家婆媳，說了又說，真是五體投地的信服。嘮叨一陣走了，言明明早來接，放下幾弔錢，姑且給道姑預備晚飯。這年輕道姑，就留在何寡婦家。

何家孀媳招待道姑，把她讓到正房，上炕頭裡頭坐。這道姑一上炕，露出窄窄金蓮，崔氏瞥見了，說道：「呦，師傅是出家人，倒裹了腳，別是半路出家的吧？」

原來這年輕道姑是作道姑打扮的，蓄髮纏足，和尋常道姑截然不同。這道姑回答道：「我是從小就出家的，我原是道門。」何崔氏道：「你從小出家，是誰給你裹腳的？」道姑臉一紅道：「我七歲出家，那時候腳早纏好了。」何老寡婦言道：「師傅是七歲出家的，在哪座廟修行啊？貴姓？大號？」

道姑微微一笑，露出雪白的牙齒，淡淡的說道：「貧道姓高，道號是青岩，我是奉師命，下山行道來的。一面化緣修廟，一面施醫捉妖。」何老奶奶問道：「師傅年輕輕的，就出來行道，可真不容易。你還會捉妖，也是畫符唸咒嗎？」道姑道：「對了。」又問道：「鮑家姑娘得的臌症，好些郎中治不好，師傅也能給治，那麼不論什麼病，師傅都能治嗎？」

道姑道：「沒有治不了的病，男婦老幼，不拘什麼疑難大症，只要『誠則靈』，心不誠，是不會靈的。」何崔氏道：「哦，誠則靈，對啦，我也聽人說過。師傅，你的馬錢要多少？可有現成的藥嗎？」

道姑笑道：「什麼馬錢？我不是郎中，一向不要馬錢的。我是奉師命下山行道，圖錢不為道，用藥不為道。我們是只靠仙方、符水、推拿、按摩，給人調治百病，輕易不肯用草藥的。貧戶人家，我是分文不要，杯水不沾；富家也只隨他們的意布施。治好了病，教他們給菩薩仙姑上供許願，點長明燈，我們是行好，不為賺錢。」

這無知的少年孤孀，聞言大悅，忙向道姑斂衽道：「師傅，你這人太好了，我就有一股病，對人說不得，窮家苦業的，也沒法子請郎中。今天遇上你老，該著我免災了，沒什麼說的，看在菩薩份上，你老給我調治調治吧。」

這道姑微微一凝眉，旋又笑了，說：「好吧，……你是什麼病呢？」

何崔氏低聲說道：「每逢『來』的時候，就肚子疼。從前本來沒有這個病，由打我們當家的死後，窩住了一口氣，我們這位老婆婆也太那個，年月又不好，又沒有富裕錢治病，如今歷歷拉拉，鬧了快一年了，一到經期，準疼得直不起腰來。師傅，您說這個病，該怎麼治呢？」

道姑道：「哦，這病嗎？」她先不接下去，定住了眼神，一個勁的端詳這個少年孤孀。這個少年孤孀才二十四歲，雖然是村婦，衣履舊敝，妝飾不美，卻也是曲眉，秀目，直鼻，小口，臉蛋兒滾圓，頭髮漆黑挺長。所差的是清水臉，未加脂粉，膚色微黃，透出寡婦相來，手腳卻粗糙，做慣了莊稼活，當然不會有粉嫩的手，更不會有纖小的弓彎。大體看來，人材不惡；當她在娘家做姑娘的時候，原有豔名的；可惜生在小戶人家，只嫁了一個少年漁夫。她的丈夫本來很強壯，也正因娶了漂亮媳婦，過於貪戀房幃，又做著捕魚的生涯，整年泡在水裡，不過二十二三，便夭亡了，據說是冬天撈魚，傷寒致命。

丈夫已死，當地很有些光棍，想算這個小孤孀；只是何崔氏縱然家貧守不住，到底不是野草閒花。在她守寡這幾年中，並沒有鬧笑話，只是和婆婆抓碴吵架罷了。道姑胡筠仙將她頭上腳下，盡量打量，倒把個何崔氏看得很不好意思，笑說：「師傅，怎麼了？我的病能給治不？」

素道姑竟不回答她這話，反而吆了一聲，用調笑的口吻說：「原來大娘子年輕輕兒的，已經守了寡？看你的相貌，可不像個苦命的，是怎的老早沒了當家人？莫非你過門時，衝撞了什麼？還是你們兩口子屬相上克著了？你過來，我給你瞧瞧，到底哪一點下，命犯孤鸞？」伸出手來，要拽何崔氏的手。

何崔氏笑著縮手道：「我沒求你相面，我是求你治病啊。」

道姑道：「治病容易……」少年孤孀道：「師傅別淨說容易，沒有錢，不肯給治吧？」道姑格格的笑起來，說：「大娘子把我看成什麼人了？我可不是那些跑江湖的人，淨說不練，我是出家人，慈悲為本。你的病請只管放心，我一定好生在意，給你診治。」

少年孀婦一聽「診治」二字，忙問：「可是扎針嗎？我可暈針，怎麼辦呢？要不價，你就把那符水給我一點喝。」道姑笑道：「符水香灰，得看什麼病，該喝才給喝呢。」何崔氏道：「你那符水治什麼樣的病呢？」答道：「但凡是中邪、中祟、衝撞了鬼神，這都得畫符看香，念了逐邪咒，燒化了，服下去，自然靈效。大娘子的病，不怕你怪罪，你分明是年輕居孀，氣鬱傷肝，思慮過度，五臟裡面有了痞積，方才得這種經期肚子疼的毛病。我再說句該打的話罷，想當年大娘子跟你們當家的，兩口子一定感情挺好，如今他伸腿去世了，只剩下大娘子你一個人，整天思念舊情，心裡頭免不了難過。白天還好，一到夜晚，獨守空房，大娘子一準折騰睡不著。白天該著做什麼，還得照樣做，夜晚失眠，日久天長，陰盛陽衰，自然就得了個少陽之病。我說的病源可對嗎？」

何崔氏聽著，臉皮一紅，要承認，又不肯承認。年輕孀婦患失眠，乃是人之常情，這個道姑可就自詡斷症奇驗，跟手說出治療的方法。用一種調笑的口吻，說道：「大娘子，你這病，要說好治，卻又不好治。常言說，心病還須心醫。你若是能夠不守空房，你的病一準好的了……」

此話一出，少年孀婦不禁含嗔道：「師傅，你說的這是什麼話？」

少年道姑笑嘻嘻答道：「呦，大娘子可別往邪處想，我說的是實話。我照你們這大炕，你一定是帶著孩子，一個人獨睡，那就免不了一個人折餅子，睡不熟了。你若能邀個女伴，跟你同床，晚上說話答理，不知不覺就睡著了。」道姑的話轉彎了，說道：「說是說，笑是笑，你的病，我能治。這病必得吃藥推拿，兩下都來著。等到今天晚上，子午之交，沒人的時候，我給你好好治一下。不過有一節，你可不要告訴旁人，連你婆母也不要說，我偷偷的給你治。」

何崔氏道：「這怎麼講？治病還瞞著人嗎？」道姑道：「你不明白呀，你想我給人瞧病，哪能一文不要？真個一文不要，我吃什麼？這回鮑奶奶請我來，我多少總得思索她幾文。我給你治，卻是真不要錢，你得替我瞞著點。你明白了？」何崔氏很高興的說道：「我明白了。」其實她是很糊塗。

道姑見何老奶奶已領著孫兒出去，屋中只剩了崔氏一人，她就笑嘻嘻的，湊到崔氏身邊，問長問短，打聽鮑家塘的風土人情，誰家最闊，誰家有錢，誰家男子多，誰家淨是老弱。崔氏是少年村婦，並不理會問者有何用意，她居然有問必答，竟是知無不言，言無不盡。問得太試盡了，崔氏也覺出奇怪，就反詰道姑：「你打聽這些話，做什麼！」道姑道：「無非是閒扯罷了，若不慣，你我白瞪眼坐著，多麼悶的慌？」

說著，忽一曳崔氏的手腕道：「左右也是閒著，大娘子你伸出手來，我給你看看相。」崔氏道：「好麼打眼的，看什麼相？反正我是苦瓜星罷了。」少年道姑一定要看她的手，笑說道：「大娘子，你又不明白了，你年輕輕的守寡，一定相法上哪一點犯了克，把你們當家剋死了。我看相最有拿手，我給你斷斷，到底哪一點有毛病，看出來，也可以破解破解。」

何崔氏被道姑花言巧語一說，也就活了心，乖乖的伸出她的手來。這手當然粗糙，微微發紫。少年道姑拿著崔氏的手掌，看了又看，不禁點頭咂嘴，嘆息有聲道：「莫怪你年輕守寡了，原來你命犯桃花星！」

何崔氏驀地臉一紅道：「什麼叫桃花星？」這個年輕俊俏的道姑，一雙手握著崔氏的手掌，不錯眼珠，看著崔氏的眼，低笑道：「大娘子連桃花運都不懂嗎？」崔氏半嗔半笑的說：「我們鄉下人，就不懂什麼叫桃花運。你一定懂了？」

道姑看出崔氏有著惱的意思，便懇懇切切的說：「大娘子可別惱我，桃花運就是妨夫命。你的命太強，克著丈夫，若按相理上講，大娘子恐怕這輩子要穿三回白裙子。我可是直言無隱，大娘子若是不怪罪，我可以細對你說，我還有破解的法子呢。」

道姑信口妄言，少年孀婦何崔氏不覺得雙頰緋紅，由耳根子直紅到脖頸。道姑有言在先，她是直言無隱，使得崔氏急不得惱不得，半晌向地下啐了一口道：「嚼舌根，胡說八道，人家教你看病，誰教你相面來？」道姑笑道，「你的病是命裡注定的，因為你命毒，所以才剋夫。剋死丈夫，所以你才得這樣的病。記得去年，我就給一位命犯孤鸞的闊家大奶奶相過面，我也是斷定她命運不好，人們都不信。本來那時那位大奶奶，夫婦雙全，兒女成群，誰不說她是個有造化的堂客？哪曉得等到今年秋天，兒子患癆病死了，丈夫得了癱瘓。所以說，相命不能不信。」

一陣妄談，說得崔氏也犯疑，看看自己的手掌，又取過鏡子，自己照著面容道：「你說我的相哪裡不好？」道姑道：「你的手相和麵相，都有犯克的地方。你的手指縫很漏，掌心很敞，足見存不住錢，要抓撓一輩子，自掙自吃。你的臉帶著苦相，眉毛太低，眉心很窄，到中年運免不了為難受窄……」

何崔氏窺鏡端詳，回頭問道姑道：「我的命苦，不用你算破我也知道。但是，你說你能破解，你可用什麼法兒，給我破解破解呢？」道姑道：「法子多的很，只看你信不信。」崔氏道：「比如我信呢？」道姑笑道：「你口說信不行，你得真信。常言說，誠則靈，你只打點一片誠心，我就能給你想法。」崔氏道：「誰願意受窮呢？你能把我這窮命扳過來，別說發了財，但凡不再愁日月，我就唸佛了，我還有不信的嗎？」道姑道：「好罷，我就給你破解。」

崔氏站起來，湊到道姑跟前，說道：「你就來一下子罷。」

道姑嗤的笑了，說：「哪有這麼容易的事？這還得布置鎮物呢，得要買香燭、黃表，擺五穀，上供，先祭黃仙姑，再祭本命星，很得費一回事呢。好在我在鮑家塘，要有幾天耽擱。

我先給鮑家的姑娘治病，騰出空來，再給你祭星破命。你不要忙，連治病帶消災求福，我一定全給你辦，一文錢也不要你的。」

何崔氏到底是個鄉下女子，容易受人蒙哄，被這個青年道姑花言巧語，一陣說法，她真就把道姑禮如上賓，敬如神明。

閒談到吃飯的時候，何老奶奶同了孫兒回家，催兒媳做飯。又問道姑，「鮑家可給師傅送飯來沒有？」道姑說道：「還沒有送來呢。」老孀婦把眉峰一皺，露出不悅，道姑立刻說道：「咱們何必吃他們送的飯？來，讓我做東，現買點東西，請你們婆媳三口吃好了。」

遂搶了一個籃子，問明近處街市所在，立刻走出去，買來許多饅頭、大餅、肉食、鹹蛋，又沽了一瓶酒。拿回何家，請何家婆媳和孫兒小毛同享。鄉下人飯食苦，見了肉食，祖孫婆媳眉開眼笑，連說：「做什麼，倒教師傅花錢？」說著客氣話，何老奶奶先拿了兩個包子，給自己孫兒，孫兒小毛早就抓起熟肉來了。這個五歲的小孩，兩隻手像黑老鴰爪子一樣，抓在饅頭包子上，立時四五個黑印。青年道姑不禁皺眉，卻也無法攔阻。何氏婆媳兩個也就卻之不恭，受之有愧起來了。道姑又把酒篩了，拿茶杯當酒杯，堅讓婆媳兩個，何家婆媳兩個全不會吃酒，禁不住道姑堅讓，老孀婦像服藥一般呷了一杯，小孀婦被灌了兩杯，婆媳全都招抵不上，登時醉了。匆匆吃完，何老婆婆回房倒著去，竟睡著了。崔氏強撐著，收拾了食具，直鬧頭昏，也要睡去。屋中只剩下道姑一人，自己坐柴鍋，燒水沏茶，院中便是五歲的小毛，一個人玩耍。

飯剛吃過，鮑金娘來邀巫婆到她家用膳。道姑笑道：「我們剛吃完。」鮑金娘道：「哎呀，我們邀晚了，倒教何大嬸替我做了東。」遂拉道姑道：「師傅上我家喝酒去吧，就手給我們閨女看看。」道姑跟鮑金娘去了。

直到申牌，道姑一個人回來，提著一瓶酒、一包吃食，回到何家。照例又請何家婆媳吃飯喝酒，說這酒肉鮑家送的。何老奶奶很饞，又好占小便宜，自然一讓就吃，酒卻不敢喝了。

卻是這道姑讓酒更勤，再三的勸，簡直這婆媳不喝不行；何老婆子看在肉的份上，只可喝點，於是又被灌了兩杯，兒媳被灌了三杯。小毛子自然是飽啖一頓，一家皆大歡喜。不過這一頓晚飯，比午飯醉的更厲害，何老奶奶頭一個上炕，兒媳崔氏連鍋碗都沒有收拾，醉眼迷離的點上燈，給道姑收拾了一個臥處，她就帶小毛上了床，頭剛挨枕頭，做起夢來了。

何崔氏先夢見她丈夫，向她解說桃花運，又夢見道姑駕雲上天，忽然間，又落在堂屋，請她吃酒，酒杯比海碗還大，她不肯喝，恍惚又看見她的丈夫和道姑說笑，她不覺發怒，和丈夫吵鬧起來。不知怎麼一來，忽覺丈夫把自己推倒在土炕上，似乎要跟自己打架。她一著急，喊出聲來，把自己嚇醒了。桌上殘燈早滅，月光入窗，身邊小毛睡得正美。她迷迷糊忽想起了道姑請酒的事，覺得夢境離奇。打了個呵欠，正要入睡，忽又聽窗外沙沙作響，似乎起了風。她立刻想起一件事，院中的兩隻老母雞恐怕忘了入籠。於是她坐了起來，穿起衣服，揉著眼睛下地，趁月光開門出屋，果然院中的雞沒有入籠，籠蓋蓋著呢，兩隻雞棲在雞籠外。何崔氏便輕輕走過去，把雞捉住，放入籠中，重新掩門上門。

何崔氏被這風一吹，頭腦清醒過來，摸索著來到床前正要寬衣脫鞋，登炕覓睡。驟然間，她記起一件事，登時精神聳動。是的，她想起了白天道姑來借宿事，因為吃醉了酒，迷迷糊忽把這借宿的女客讓到明間炕上。而現在月光影裡，恍惚只看見婆婆睡在那裡。那個道姑卻不見了，她往哪裡去了？

何崔氏很吃驚，忙叫了一聲：「師傅！」又連叫了幾聲，只叫得婆婆喃喃發囈語，不聞道姑應聲。

她想，也許道姑睡沉了？卻是無形中起了恐怖，她連叫數聲，終於忍不住下了地。摸索到明間炕上，往睡人處摸了一把：「沒有人。」

何崔氏心中亂跳，忙又摸了一把，任什麼沒有，不由得心慌起來。終於她取火點燈，火種又滅了，費了很大事，敲火種取火，才把那盞燈點亮。舉著燈一照，屋中只有她，她婆婆，她兒子小毛，那個青年道姑不見了，而且是門閂著。

何崔氏呆呆的立在外間屋，旋又各處尋找，連茅廁看過了，裡裡外外沒有這個道姑的蹤影。而且這道姑又會法術，又自稱是仙門之徒，村婦的何崔氏越想越怕，不禁出聲了，她的婆婆也被驚醒。何老奶奶披衣坐在土炕上，冷得發抖。塞外天氣冷，這時已是夜深。何老奶奶很不高興的抱怨兒媳：「你鬧騰什麼？外頭下雨了嗎？」兒媳婦驚驚惶惶挨到婆母身旁，指著空炕說：「你老瞧那位師傅黑更半夜的，沒有了！」

何老奶奶懶得動彈，咳嗽了一大聲，方才說：「她一定上茅房去了。」兒媳說：「茅房沒有，屋裡院裡全沒有。」何老奶奶吃了一驚道：「怎麼尋宿的人會丟了？屋門街門開著沒有？」兒媳說：「奇怪的就是屋門沒有開，你老瞧，還是這麼閂著。」又問：「街門看了沒有？」何崔氏又去看街門，街門關的更嚴密，上著插管，加著橫閂。更探頭往外看了看，回轉來，向婆母搖頭道：「街門也沒開。」

這個老孀婦也嚇醒了，婆媳倆目瞪口呆，疑鬼疑神，十分震駭。老婆婆終於無可歸咎，抱怨起兒媳來：「我不教你留怯，你偏留怯。你忘了咱娘們寡婦失業的，沒個頂頭人，好麼打眼留下這麼一個妖精，誰知道她是幹什麼的呀！人家鮑秀才請來的瞧病的，人家自己家不肯收留，你倒收留！」嘮叨不休，兒媳也怒了，說道：「你老是一家之主，你不願收留，怎麼不早說話？如今晚出了差錯，你老又賣後悔藥了！」

老寡婦怒道：「我倒早說，你也得肯聽我的話呀。我沒對鮑家說嘛，窄房淺屋的，太骯髒，不方便，怕委屈了怯。」兒媳不禁發急道：「媽媽越老越糊塗了，你多咱說這話來著？你就一聲兒沒言語。」老婆婆說：「你聽聽，我就說了，你也聽不到耳朵裡去，你這些日子，簡直封了王啦，肯聽媽媽的話嗎？」

兒媳道：「你老說好話，我自然聽，你老總是這麼黏黏纏纏，埋怨起人，死兒沒完！」

婆媳拌嘴，反而把借宿丟客人的正題目抛到一邊。越吵越支離，末了，連小孩子毛兒也吵醒了。毛兒一醒，立刻找媽，媽不在床頭，立刻大哭。何崔氏恨恨的離開婆母，重複上床，拍哄兒子，老奶奶也含怒上床，口中依然嘮嘮叨叨，卻是聲音很大，被兒媳聽見了。老寡婦不合說出幾句刺心的話，說是，「兒媳婦死了丈夫，就在家裡橫行霸道，要想嫁人，不要拿捏我苦老婆子。黑更半夜，借事生風，分明是晚上睡不熟想漢子了，也不知是想死漢子，還是想野漢子。」偏偏這惡罵又被兒媳聽見，一個婆婆，一個兒媳，就隔著屋子，躺在床上，互相詆鬧。不但把丟客人的話放去一邊，甚至連房門也不管，燈也吹滅了，彼此打疊起精神，互吵不休。越吵越急，少年寡婦哭起丈夫來，嚇得小孩子號啕不已。到了這時，婆婆的氣焰頓挫，依然喃喃暗罵，兒媳的聲音反而高起來了。

正哭吵得熱鬧，忽然間，暗影中發出種勸架的聲吻，說道：「老奶奶，小娘子，少說一句，睡覺吧，都是我這個尋宿的客，給你們婆媳惹出麻煩來，得了，全瞧我吧。」

婆婆兒媳一齊大驚，尋聲看去，黑影中恍惚有人。那個失蹤的道姑，不知什麼時候，又在屋中坐著呢。

兒媳在內間，婆婆在外間，都嚇得失聲叫喚。婆婆頂沉不住氣，喊道：「毛兒娘，毛兒娘，你出來看看，你看看那黑影裡坐的是誰？是那個師傅嗎？」兒媳不敢出來，反而越發摟緊了孩子，往床裡頭鑽。婆母又叫兒媳點燈，兒媳說：「你……你老點吧，我怕……」又道：「那個人影，許是那個師傅。師傅，是你嗎？」

黑影中的人影格格的笑了，用安靜的語調，慢慢說道：

「老奶奶，大娘子，只顧拌嘴，連我這個尋宿的客人也忘了。我就在這裡呢，你們娘倆鬧什麼？」

婆媳兩個聽出道姑的口音來，漸漸神定，不甚害怕了，跟著又起了疑怪。婆婆藉著月影看了看，質問兒媳：「你不是說這位師傅不見了嗎？人家這不是在屋角落椅子上坐著呢。」道姑笑道：「是呀，我老早老早就在這兒呢。」

於是乎婆婆越發不高興，認為兒媳婦黑更半夜瞎炸屍。尋宿的本來在屋呢，她想是睡迷糊了，或者眼離了，反而把那麼大的一個大活人看不見，硬說門沒開，人沒影了。老婆子摸著心口說：「儘管你這麼一瞎詐屍，嚇得我這工夫心還跳呢。」

但是兒媳婦心裡很明白，她清清楚楚記得道姑沒在屋。她把孩子抱著了，重新點亮了燈，走出來看。她很不悅的質問道姑：「剛才你到底在哪裡了？你是在椅子上坐著嗎？我可是屋裡床上全搜了一遍，我就沒看見你。」道姑賠笑道：「剛才我是出去解溲來著，等到我回來，你們娘倆就拌起嘴來了。」兒媳崔氏仍然不肯信，含嗔道：「不對，就是茅房，我也找到了，你沒在茅房。到底剛才你到哪兒了？」道姑笑道：「我實在是上茅房了，不過沒在院裡。我太對不住你們了，教你們娘倆為我生氣，為我受驚。得啦，大娘子，我給你賠不是了。」再三說好話，想把這事岔開。

可是兒媳不比婆母，她年輕明白，不易矇混。她記得清清楚楚，剛才屋裡床上椅子上並沒有人。就是廁所，她看過了，她心中起了很大的疑團，對道姑很不滿意。

這一晚上，勉強敷衍過去，第二天，由兒媳婦發起，要趕逐這個道姑。兒媳對婆母說，這個道姑簡直像妖怪似的，忽然失蹤，忽然又來了，簡直太嚇人，「我們家孤寡無依，又沒有男的，趁早教她搬出去吧。」婆母含慍道：「本不是我收留的，你能夠把她趕走，你就趕吧。」於是兒媳婦向道姑發話，立刻請她走。然而這道姑很世故，不容兒媳說話，她自己就講開了：「明天準走，今晚只再借住一宿。」

像這樣就沒有問題了。卻是這天，道姑跟何崔氏偷偷嘀咕一陣，把自己手腕上的一雙鐲子褪下來，親自給何崔氏帶上。

又買了許多食物果品，請何家三口同吃。轉眼到了第二天，道姑並不走，兒媳婦何崔氏也沒好意思趕逐。這樣，馬馬虎虎又留下了。不過半夜失蹤的事，卻沒有再發現了。

就在這天，道姑在鮑金娘家，開始診病了。

鮑金娘的女兒，剛剛十七八歲，還沒有出閣。近些日子，忽然病了，面黃肌瘦，肚皮很大，精神也似乎很疲怠。她自己不承認有病，她母親卻看出她神情不對。鮑家塘這地方，本沒有醫師，也就沒得治療。這病鬧了好幾個月，總不見輕減，反形沉重。有些閒人說，大概不是臌症，恐怕是胎。鮑金娘聽了大怒，背人問女兒，女兒矢口不認。鮑金娘細想女兒為人，覺得她沒有走錯步，因此她仍以為女兒的肚子大，必然是病不是胎。現在，幸得請來這麼一個道姑，鮑金娘就把女兒得病的原由，仔細對道姑說了，這病乃是夜守瓜田，偶受風寒得來的，也許是衝犯了什麼邪祟，人很懶，肚子很大，到如今五六個月，百醫罔效。鮑金娘懇懇的詢問道姑，她到底是什麼病呢？好不好治呢？又特別提示出來，「我們這孩子是個姑娘，還沒出閣。」青年道姑聽了，很有把握的說：「不要緊，不管什麼病，臨到我手裡，準保手到病除，請把病人請出來，待我看看。」

當下，青年道姑由鮑金娘陪伴，來到了病房外間。病人鮑姑娘雖然害病很重，卻還沒有病倒不能起床。道姑進門時，她衣裳齊楚的，正在裡間屋枯坐著，只覺得氣短，精神恍惚。不過臉上氣色太壞，蓬頭垢面，不曾梳洗，兩眼發直，向空凝視不語，鮑金娘叫了一聲：「換姑！」這是病人的小名，「換姑，媽媽給你陪來一位瞧病的師傅，你出來看看哇！」

裡間屋懶懶的答道：「媽媽，又是什麼郎中，我沒有病，我不瞧。」鮑金娘忙說：「孩子，媽媽為你，跟你糊塗爹吵了一場架，大遠的把師傅請來，哪能不瞧？這不是男郎中，是一位女師傅。你不用出來了，我陪師傅進去吧。」她還當是女兒臥床沒下地呢。

鮑金娘一掀門簾，把青年道姑讓進去。病人鮑換姑打量道姑，想不到這個裝神弄鬼的道姑，會如此俊俏漂亮，尤其是衣履入時，是鮑家塘少見的；細高挑，粉面朱唇，修發漆亮，雙手白嫩，不像鄉下人那麼粗莽，腳下弓彎纖瘦，更是少有的。

換姑娘不由看呆了，卻又不知不覺，雙眉一皺，帶出不耐煩來。

道姑也掃量病人，小小破瓜年紀，容顏如此寂寞，雙眸凝滯，雙蛾緊鎖，似乎病容中隱現幽怨。道姑來了，她倒不高興似的。卻又強抑心情，臉上泛出客氣的笑貌，慢慢站起來，叫了一聲：

「嗎！」跟著吁了一口氣，果然呼吸重濁。肚皮緊勒著，果然看著不小，怨不得說是臌症，真的凸出來了。道姑坐下來，請病人和她對面坐著，款款的打聽病情，無非是看病照例的規矩。問罷症候，又問生辰八字，低頭掐著手指頭，口中唸唸著辭，半晌抬起頭來，摸摸病人的肚子，教病人張開口，看看舌苔。又索過換姑娘的右手來，卻不診脈，只捏住中指中節，嘴裡依然默唸咒語。過了一會兒，做出恍然大悟的樣子，對鮑金娘說：「鮑奶奶，姑娘這個病，若據我看，不是看瓜田得的。若據我看，這病跟這房子有干連。鮑奶奶，你領我到院子裡看看去。」鮑金娘道：「師傅還會相宅嗎？」道姑笑道：「不是相宅，是看病。我要看看這兒的房子，是不是跟姑娘的身體犯著沖？」

於是鮑金娘陪道姑，來到庭院，東張西望了一陣，面對南牆，直望到牆外天空，南山在望，映日泛丹，山峰如火。道姑伸纖纖玉手，遙指山峰道：「哦，天門鬼戶，山精臨門，你們這正房門楣子，應該掛個『太公在此』的牌子。」又到前後院各處看了一圈，又問後院有沒有井？病家問她：有井該如何？

無井該怎樣？道姑她做出匆忙的樣，凝目看人的嘴，微笑不肯答，反而提出許多別的問題來，反詰病家。問的這些話，竟都是鮑金娘這種鄉下婦女想不到答不出的怪話。因為怪，鮑金娘越覺著不懂，越覺著神奇，也就越發的信服心折。

道姑驗完鮑家全宅，返回病房，她坐下來，眉峰緊皺，好像了不得似的，肚子裡揣著很大的「疑難」。把個鮑金娘鬧得毛毛骨骨，連問：「怎麼樣？我們姑娘這病可好治嗎？我們這院子可蓋的平安嗎？」

青年道姑衝鮑金娘擺手示意，禁止她說話；道姑雙手合十，口中照舊唸唸有詞，卻是神氣與剛才不同，此刻好像有了把握，找出邪祟，但只一個人搗鬼，不對病家說。——總而言之，女巫舉動詭異，鮑家母女十分惶惑，猜不透女巫鬧什麼把戲。

跟著道姑奮然站起來，挨到病人鮑換姑身旁，再摸驗她的患處，就是那個不平常的大肚子，跟著發話，向宅主人討要方桌一張、椅子一把，法物種種：紙碼，香燭，無根水，黃表紙，硃筆，硯瓦，一個銅鏡，一雙膽瓶，一個盛米的斗，盛上五穀，就作為香爐用。道姑又把自己帶來的錦囊打開了，取出一柄短劍，長才一尺八寸，也放在桌上。此外又要了些黃布、紅繩，一起散放在桌上。道姑便用黃表紙，疊了一個牌位的樣子，卻不寫字，就這樣白白的供在桌上。將一對紅燭點著，燃起九根線香。地上鋪了拜氈，這青年道姑立刻整肅面容，三跪九叩，拜倒在地，口中唸唸有詞：「九天玄女娘娘，上洞金鼎真人在上，弟子胡筠仙，今因得信女鮑換兒姑娘，身染重病，不知主何吉凶，不知犯何邪祟，叩求上真仙靈，指點迷津，驅除病魔，阿彌陀佛，永保福康！阿南多羅葉，葉多羅，訶摩柯，阿遮蜜梭佛羅多，……元始天尊，太上老君，儒童菩薩，觀世音，天靈靈，地靈靈，一切法，一切經，一切無量神靈上真，多保佑，開福蔭，一切災星化為塵……」

道姑雙手合十，低聲默念，有聲無詞，越念越低。好久，好久，突然立起來，把九根香拔起，念一遍咒語，又插在米斗中，右手將桌上小寶劍抓起來，雙眸怒視，左手取過鏡子來，連吹三口氣，叫做布罡。然後揮劍舞鏡，向空照看，當此時，道姑手忙腳亂，鮑家母女十分詫異，要問不敢。道姑雖然把銅鏡一轉，照到病人身上，對準了鮑換姑的膨脹的肚皮，一照，再照，三照，口中不斷唸咒。又將鏡子一轉，青年道姑這才凝眸持劍，對鏡一看，面色一變，厲聲發詫異的喝斥聲音來道：「咦！哦，原來是你作怪，好孽畜，我不用五雷天心正法劈死你，你竟敢戀戀不走嗎？」

鮑氏母女見這番舉動，不覺大駭，忙問道：「師傅，你說的是什麼？是什麼東西作怪？」道姑驟然一回首，惡狠狠瞪她母女一眼，不許亂問，鮑金娘立刻噤住了。

道姑越發慌忙緊張，右手持寶劍，對準病人的病肚皮，虛揮，直照；她自己叩齒，噓氣，注目，唸咒，吹法氣，噴法氣，幾乎五官並用，手亂腳忙。突然間，誦咒聲加緊，猝將鏡子一照，再照，三照，突然扣放在桌上。騰出左手來，對準病人的額門，掐真武訣，好像往下一抓，抓到肚子那裡停住；卻又很慌忙的丟下這個，抄起那個，將那個銅鏡又撿起來，照病人的肚皮，又慢慢的移動，移到額門，送到瓶口，可是瓶口上已然捆上紅布了；道姑便持鏡子在瓶口上面照晃。連晃七七四十九下，打住；又復手忙腳亂的，坐在椅子上，口唸咒，手持筆畫符。共畫了三道符，很著急，很吃力的唸著咒，焚化了這符，親自騰出手來，用一條黃繩，把膽瓶口重新封固了。

此時鮑金娘和女兒換姑，也都有點理會了。張嘴要問，仍被道姑拿眼神禁止住。道姑依舊很緊張，很振奮，把瓶子供在神牌前，她一手持劍，一手舉銅鏡，口中加緊唸咒，往屋內外照了又照，旋又跪倒禱告。站起來，跑到院中，揮劍舉鏡，照了一大圈。然後返回病房，跪倒拜氈上，持咒良久，用剪刀剪了五個小紙人，就燭火焚化了，這才喘吁吁的停住了捉妖詛邪的舉動。看她神氣，與妖魔鬥法，彷彿是筋疲力盡。鮑家母女愣愣的看著，不敢多問。

約莫過了半頓飯的時候，道姑振奮的神色逐漸歇過來似的，拿出手巾來拭面。又討了一杯水，漱口噴出，這才笑吟吟的說：「得了，不要緊了。」指著那緊封的膽瓶，告誡鮑氏母女，「我已經把你姑娘的妖氣拘了來，裝在瓶子裡面了。這瓶子你們不要忽略，這是我拿符箓封住了，妖氣在裡頭儘管掙扎迸跳，絕不會逃出來的。但是這妖精很厲害，饒這麼唸咒，我竟制不死它，照這樣，必得我天天來唸咒，天天運神火燒煉它。須經過快者三天，多者七天，才能把妖氣化為劫灰，永不復活。你們可要小心了，不可把妖氣放跑。」

跟著，道姑站起來，就要告辭，回歸借寓之所。卻是金娘和病人換姑，每人肚子裡愁悶著很大的一個悶葫蘆，道姑不給解說，她們娘倆全不能瞑目。姑娘直張嘴，不敢過問，怕道姑說出別的來。母親忍耐不住，滿臉賠笑，輕問道姑：「我說，師傅，到底我們姑娘這病，是什麼病呢？你說是捉住了妖氣，到底是什麼妖氣呢？怎麼得的呢？」

青年道姑側睨著鮑金娘，停了一會兒，又轉眼瞧著鮑換姑道：「姑娘這個病，可教我怎麼說呢？」臉上似乎流露出疑難的神氣，彷彿一說明病症，未免礙口。鮑換兒姑娘驀的臉紅了，帶出怒容，瞪著道姑，低聲說：「你說我有病？我有什麼病？」

青年道姑微微笑了。按照世故人情說，人們的確有「諱病諱醫」的。道姑措辭故意遲徊，果然鮑家母女全帶出顧忌的意思來。病人看著自己的肚皮，仍要說自己沒病；病人的母親也不覺像輸了理似的，口頭不再盯問，只拿眼神叩問道姑。末後竟湊到道姑身旁，用懇求的口氣，低聲問道：「師傅，你老是有道行的人，我求求你，到底我們姑娘這病……要緊不要緊？是什麼妖精附著她呢？」

究其實這青年道姑，的確她有疑難的地方。因為她乃是巫師，不是醫師。病人的肚子大，到底是怎麼一回事，在道姑診斷，好像她並沒有確切的把握，而且病人是十七八歲的處女，有些話，有些病，真不好說，不宜於說。

可是這道姑就利用這不好說，不宜說，作為反攻偵窺的巧招。當下，她請鮑金娘出來，到外間屋，屏人低議病情。她連講了幾段邪祟害人、妖氣附體的故事，甚至於美貌少女，被鬼男子所纏，為雄妖狐所魅，以至於結下鬼胎，生下妖孩，帶狐狸尾巴的胎兒。她講今比古說了好些，自然全是別家的事，卻將鮑金娘說得毛骨悚然，而且老臉通紅。鮑金娘不能說道姑這是指桑罵槐。反得承認，這乃是人家口下留德。

道姑是如此的伶牙俐齒，措辭很乖巧，善於避責，鮑金娘繞著圈子問，她繞著圈子答。這頭一天的作法，只算是先除妖氣；病人身上有邪祟，那是無疑的了。不過夜守瓜園，也是得病的緣由，病原不打一處來的。這房子蓋的也不對付，女巫勸宅主，趕快在正房門楣上，釘一塊「八卦」，或寫一個「太公在此」。因為這房子不合開門見山；而湘東多山，要教它開門不見山，房子就不好蓋。

跟著道姑便告辭，「明天見！」

鮑金娘可有點發慌，請道姑原是她一個人堅決的主張，曾因此和丈夫家主翁鮑金榜抬過槓。而現在，空跳了一回神，「疲裡瓜唧」的，問不出確切症候來，鮑金榜是要鬧脾氣的，鮑金娘攔住了道姑，「他們若問我，瞧的怎麼樣了，我可對他們說啥話呀？」

道姑笑了，「你就告訴他們，就說我說的，這是邪祟。大概是個女妖狐附著病體，今天先清妖氣，明天接著治，明天我帶法器來，用不了七天，你們姑娘的肚子，我準給治小了，平復如初，大娘子，你放心！」

說完，道姑就這樣走了。

鮑金娘不禁發怒，她原是個潑婦，是個雌虎，而且和她丈夫吵慣了架，抓慣了臉的。這個道姑，當她初請來時，不啻視若神明，此刻一回味，又覺得道姑，巫術「不過如此」。況且道姑的嘴，似乎刻薄一點，老實說，鮑金娘起了反感。病人換姑更是臉紅紅的，暗恨女巫；以為這個娘兒們裝神弄鬼的，嘴太損了！

娘兒兩個都不樂意，嘮叨著，一面撤去桌上的香燭，一面議論剛才種種舉動。鮑金娘忽又遷怒到女兒身上，喃喃的說：「我也不知是哪一輩子缺德，積修這麼一個閨女，冤孽病，活現世！饒好禮好面的請來，耍了半天，也不肯告訴一句實情，到底是什麼病，看出來，沒有看出來呢？」前一句抱怨女兒，後一句自然是怨恨女巫，病人聽不下去，哭起來了！鮑金娘最愛她這女兒，女兒一啼哭，她就收住了怨言。女兒卻又接了聲，喃喃的說：「誰說不是冤孽！我知道嗎？無緣無故的，像我樂意害病似的，倒不如拿把剪子，自己個兒開了膛，省得教這個作踐一頓，教那個抱怨一頓。」

這工夫，鮑換姑正拿起那個銅鏡和膽瓶。母親說：「你要小心了，剛才師傅還說，瓶子裡攝著妖氣，你把它供在菩薩佛龕前邊吧。」鮑換姑沒有好氣，心中又納悶，她放下鏡子，不聽母親的告誡，反把膽瓶拿在手中端詳。瓶口用黃布紅繩紮裹著，她信手搖了搖，瓶裡似乎沒有什麼東西。她舉到窗前，就著陽光查看，又側耳聽了聽，忽覺瓶內微有響聲。她說道：「這瓶子裡頭，我就不信，會裝著什麼妖氣。」要打開看一看，卻又不敢。她的母親嚇了一跳，慌忙過來攔阻說：「這可不是鬧著玩的，你你你放下！」

鮑換姑放下了。

鮑金娘慌忙雙手捧著這膽瓶，放在佛龕前面。說道：「ㄚ頭，你要作死！這豈是看著玩的。」鮑換姑雖然十七八歲，到底有點女孩子嬌痴意態的，她只是比畫著玩，她母親就不攔，她也沒有膽量打開看。女巫的造作，終竟帶著許多神祕詭異的氣派，是有些嚇人的。

於是裝著妖氣的膽瓶，被供在鮑家祖先牌前面了；有鮑家祖先監管著，又有一個白瓷的小型觀音菩薩，在旁幫忙，妖怪是不會逃走的了。

鮑家的輿論對這女巫卻不大很好。頭一個的是鮑金榜，老古板，書呆子，大罵「怪力亂神」，他很想「辭而辟之」，蓋巫鬼之害更甚於揚墨，但是，孔子乃是聖之時也，時不可，則不能瞎駁，鮑大奶奶的雌威，連鮑金榜所崇信的聖人，也恐怕惹她不得。孔子云：「彼婦之口，可以出走。」當鮑氏母女招待神巫，在家中大做法事的時候，鮑大爺真格的出走了，沒在家中，跑到街坊老頭子那裡，談了半天「今古奇觀」。家務事只好交給「女人治內」了，他不敢解，他怕鮑大娘子的尖聲吵叫。

第六章　雄娘子邪術殺人

道姑在行法之後，也沒有返回借宿的何寡婦家，她一個人，圍著鮑家塘這小地方，閒轉了一圈。因為她有點奇裝異服，又不是湘東口音，她長身玉立，而又纏足，鮑家塘全傳遍了。戶口既少，老鄰舊居如同一家人，鮑家的近鄰，全曉得她是鮑金娘請來的漂亮道姑。

這卻是道姑的疏忽。

有人打聽道姑的姓名，據說出家人沒有俗家姓名的，她的法名是叫胡筠仙，筠仙師傅是由江南雲遊來的，法術很高。這成了鮑家近鄰的談柄。

道姑筠仙在鮑家塘徘徊，忽然覺得注意她的人太多，她也似乎有了戒心，她趕緊的到小酒館，沽酒買肉，麵食饅首，又買了茶葉，慢慢的踱回借宿的何寡婦家去了。

何家的老孀婦攜帶孫兒子小毛，出去串門子，家中只剩著年輕的孀婦何崔氏，一個人在床上坐著趕外活。道姑笑嘻嘻的把酒肉交給何崔氏，何崔氏一看，肉食很多，滿心歡喜，試探著問道：「師傅一個人買這些東西，吃得了嗎？」道姑筠仙說道：「我這是買的四個人的吃喝，今天晚飯還是我請客。你們娘兒三個，加上我一個，一共四個人，這三斤麵食夠不夠？」

道姑想像不到鄉下人飯食苦，飯量大，她以己之量度人之量。娘兒三口至少要差兩斤。何崔氏臉上紅紅的說著謝謝的話，「哪有這個理呀，師傅是客人，怎的教師傅破費？買這些東西做什麼？其實我們飯量都不大，再有三斤，就差不多夠了，等我添錢，再買上點。」

青年道姑笑了笑，忙又出去，依言添買了三斤，又加了些酒。何家婆媳對這道姑，本來由懷疑而生厭惡，卻被這區區幾斤肉食，把惡感全化解了。少時婆婆帶孫兒回來，乍見道姑的面，剛把臉一沉，轉眼看見桌上的饅頭肉包，老奶奶欣然笑了，小孩子更直率，爬上椅子，先抓了兩個包子。老奶奶說：「怎麼的又教師傅破費？」區區肉包，能夠化除惡感，昨夜的猜疑一掃而空了。

於是主客之間，歡然飽食，飯罷沖茶，茶後吹燈睡覺。一宿無話，次日天明。少年道姑又提了錦囊，到鮑金娘家看病。

一切和頭天的排場差不多，焚香，畫符，唸咒，清妖氣，驅妖魔，如法辦理。不過，道姑另從錦囊中取出一小包丸藥來，擇取三粒，命病人換姑服下。這丸藥是紅的，如梧桐子大，到口有辛辣之香，好像有肉桂和冰片。然後又施手法，命病人躺在床上，道姑親自給按摩推拿，一面推拿，一面唸咒。

然後，又用寶劍銅鏡，對著病人臌症的肚子，照攝妖氣，把妖氣二次收攝在膽瓶中。

這道姑把膽瓶才取在手，立刻發出疑訝之聲道：「唔？這瓶子，你們動了吧？」

鮑家母女面面相覷，齊說：「沒有，沒有。」

道姑說：「不能，不能，這瓶子裡頭裝的妖氣，分明逃走了，怎說沒動？你們一定偷看了？說實話，動了沒有？」

鮑金娘見女巫說得有鼻有眼，不禁衝著女兒，瞪著責備的眼，說道：「不教你動，你要動……」轉臉對道姑說：「我們沒敢打開，只是我們姑娘，她拿著瓶子，對著太陽看了看，上面的封布捆繩全沒敢動……」

道姑道：「如何？你們不動，妖精不會跑！」信手把銅鏡寶劍放下，拿著瓶子走到屋門口向陽地方，把鮑氏母女都叫過來，當眾拆封驗看。先解開紅繩，再撤下黃布，突然有一物從瓶中飛出來。鮑家母女正在精神查看，覺得這像是個小小飛蟲。不意，青年道姑忽然怪叫了一聲，嚇得母女一抖摟，「怎麼的，怎麼的？」再看飛出來的東西，已然衝出屋外，飛向院中看不見了。

道姑做出驚懼的神氣，連說：「跑了，跑了，五個妖精全跑了！」立刻不容人尋視，瞻頌，回味，她再開始作法，把昨天的造作重新表演了一遍，把鮑氏母女狠狠的抱怨了一大頓，「你們既想治病除妖，你們就該聽我的話。這不是別的，這是仙法。常言說，誠則靈，你們若是不相信我的話，這病可怎能治的好？」

鮑家母女全都被她震住了，諾諾的答應著：「師傅，教我們怎麼著，我們一定怎麼著。我們不是不信，是我們沒有見過，一時失神罷了。」

再度行法既畢，道姑只吃了一杯茶，又諄諄囑告了一頓，真是寸草不沾，站起來走了。

鮑金娘問女兒換姑，「病可見輕？」回答的話是：「還是那樣。」雖不敢堅決的說治療無效，可是折騰得病人越發氣促，精神不寧。母女兩個人全不敢斷言巫術無靈，因為這才行法兩天。

那道姑照樣買了酒食，回轉何寡婦家。共食之後，照樣吹燈借宿。在夜間，年輕的寡婦留了神，藉著月光，不時偷看那道姑的宿處。一連兩三天，道姑沒有再失蹤。

光陰荏苒，道姑天天到鮑家唸咒治病，作法完畢，便回何家借宿。一晃過了五六天，鮑家塘的人幾乎都曉得了，可是病人病情毫無顯效。鮑換姑首先發出不滿意的話，家主人鮑金榜更是嗔著妻子濫信三姑六婆。鮑金娘到了這時，也起了疑心，對這少年巫婆，發出諷刺的話：「她光說她的仙方多麼好，我們姑娘的肚子還是這麼大，她到底治得了治不了啊！」怨言漸次傳到道姑耳邊，而且鮑家的禮貌更是表露出冷淡來。道姑再不露一手，在這鮑家塘便沒法立足了。

道姑胡筠仙是個機靈鬼，這天，她對病人母女宣布：「姑娘身上的妖氣，算教我的法術，給除沒有了。現在可真該紮裹這妖了。姑娘肚子裡生著痞積，光唸咒不行，還得吃藥扎針。」

鮑換姑臥在床上，女巫親施手法，給她按摩，並背著病人的母親，偷偷向病人低聲私語。女巫的嘴很能說的，一席話把換姑哄得順了心，兩個人嘀嘀咕咕，很透著親密了，於是道姑向鮑金娘出主意，如果肯緩治，可以吃符水，加藥物，慢慢把肚中痞積消化了，只是這得八十一天的耐心。如果等不得，要立刻見效，必須吃藥扎針，那麼病人反不見受苦，然而這也得三七二十一天。問病家究竟打算著怎麼辦？

病家對道姑已生疑心，鮑家裡的親眷便有人說，她想吃定我們了！莫說八十一天，二十一天也太長，簡直問她，十天之內，能夠手到病除不？

話僵到這裡，道姑胡筠仙冷笑道：「莫道十天，七天也成，只不過病人要多吃苦受罪，拿藥硬治，拿針硬扎罷了。」於是女巫很不高興的說出來：「明天就動手。」便悄然走回借寓之所去了。偏巧她回到何家，也只剩少年孀婦何崔氏一人，何崔氏也不知想起什麼來，也向她追問治病的事：「師傅許了願，得還願哪。我的這病，這兩天又不好，今兒個怎麼樣，師傅給我扎裹扎裹吧？」

道姑雙眸凝視著少年孀婦，心中暗想：「她們一齊衝我來了；治，我一定給她們治。」雙眉一挑，看著這村裡俏的何崔氏說：「好極了，今晚上我就給你治病，你可不許告訴人。」

說罷出去，照例的買肉食，另外多沽了許多酒。何崔氏忙著做菜，做飯，燙酒。飯熟時，恰好何老奶奶同著孫兒也回來了。坐下來一同吃飯，這回當然又是道姑做東道，斟了熱燒酒，勸何家婆媳喝幾杯。這老少兩個孀婦都是鄉下人，都不會吃酒，禁不住道姑一死兒苦讓，老寡婦像吃毒藥的喝了兩杯，小寡婦呷了三杯，婆媳又登時醉了，忽忽吃了飯，婆婆首先支持不住，回屋上床睡了。

這時天還沒很黑，鄉下人本來飯早，何崔氏強支醉態，刷鍋洗碗。等到剛掌上燈，她就帶著小毛上大床睡去，向道姑說了幾句客氣話，屋中的事全不能管了。道姑笑道：「大娘子，你不是還要治病嗎？」答道：「不行了，我只要吐，明天再說罷。師傅你還不睡嗎？」道姑笑道：「我在城裡住慣，吃完飯，還得喝點茶。」何催氏道：「啊呀，我們可沒有茶葉。」道姑笑道：「我早買來了。」

道姑自己要生火燒水泡茶。少年孀婦醉眼迷離，不大工夫，就睡熟了。道姑臉上忽然帶出奇異的神色，走到床邊，低頭打量沉醉的少年孀婦，臉泛赤霞，頗露嬌態。道姑在床邊立了一會，轉身出去，抱柴火，坐鍋，燒水，泡茶。喝了半壺茶，走出屋外，到院中轉了一圈，關上街門。這時候夜風沙沙，比白晝涼多了。

道姑轉身進屋，掩門上閂，悄悄的吹熄燈，悄悄的上床，脫去長身躺下了。

這一夜，夜色清明，天空微起風圈，環著一輪圓月。何崔氏孀婦屋中，早已止了燈，從窗隙透過淡淡的月光，屋中，床上，沉沉黑暗。……忽然間，聽床上，哎呀一聲，旋即發出驚叫聲：「誰呀？」

床上微微發出繁亂的響動，何家的青年孀婦，從睡夢迷離中，驟然驚起。一手緊扯著被，掩蓋身體，而且掙扎；暗影中，卻被一雙手按住了。耳畔有個人悄悄告訴她：「娘子，是我，我給你治病，你不是有肚子疼的病，要教我給你治嗎？」

何崔氏早忘了白晝的話，此時只有吃驚。她雙手掩被，怔怔的說：「什麼，什麼，你要幹啥？治病？漆黑的天，我都睡了，你你你怎麼亂摸我！」……突然間，她喊起來了。陡然間，她頭頂上被手巴掌一拍，她耳輪轟的發響，她鼻孔中嗅著一種迷人的異香，漸漸地昏迷不省人事了。

好久，好久，她又甦醒過來。那個年輕貌美的道姑胡筠仙，偎在她的身旁，作出手藝來，給她按摩。她此時只有驚詫，糊塗，極力的支拒。道姑低低在她耳畔說話，說了許多話。

年輕孀婦何崔氏大睜眼，驚惶失措。她不由得要嚷，嘴便被堵住；她要起，身子便被按住，漸漸地喪失了支拒的勇氣，道姑整個身子壓迫著她，她的眼淚流出來了。

最可怕的一句是：「好心好意給你治病，你倒亂動！你敢聲張，先殺死你的孩子，再殺死你！」

孀婦害怕，她叫了一聲婆母，婆母就在隔屋，她又不敢叫了。她改為央告，她說饒命，她說：「你你你，到底是什麼人？」

黑影中，少年道姑詭譎的答道：「我是仙姑。」話聲雜著匿笑：「給你治病。」一番掙扎，少年孤孀何崔氏終於完全屈服了。戶外寒風陣陣襲窗，一丸冷月懸空，屋中一片黑影，籠罩住農舍的木榻長枕。少年孀婦活活的夢見了她死去的丈夫，而且比她死去的丈夫還力強。

次日天明，主客起來，青年孀婦何崔氏竟沒有抬起頭來的勇氣。她周身懶怠，如抽了筋似的慵軟，而且精神恍惚，躲避著道姑，她又忍不住偷眼看道姑。

道姑揚揚如平時，滿不介意似的。

何老婆婆一夜沉醉，最後起來的，一見道姑，便說：「哎呀，師傅，這酒怎的這麼厲害？比上次的力量更大，醉得我睡了一整夜，連身都沒有翻。還是我們毛兒的娘，年紀輕，擔得住酒，你倒喝了像沒事人似的。」末了一句話衝兒媳說，兒媳何崔氏驀地滿臉通紅，直紅徹後頸，低下了頭，只看自己的腳。道姑筠仙在旁微微一笑，老婆婆依然懵懵懂懂問道姑許多話。

燒水洗臉之後，道姑又買來許多點心，給大家吃，又湊著找這何氏兒媳說話，何崔氏總是躲著發愣。到了辰牌以後，鮑金娘來接巫婆給女兒看病了，巫婆離開了何家。

何家少年寡婦，眼圈紅紅的，怔了半晌，忽對婆婆說要帶著兒子，住兩天娘家。何老婆婆不以為然，趁著這兩天，有道姑借寓，供給好饅頭好肉，好點心吃，何必帶著孩子住娘家去呢？卻是她自從兒子死後，待承兒媳十分客氣，不敢太攔，何況前天還吵過嘴。此刻只說道：「毛兒的娘，你再等兩天，等這師傅去了，你再回娘家不好嗎？」少年寡婦咬著嘴唇道：

「不，我不，我現在就要走。」婆婆皺眉道：「你一定要去。要不然，把小毛子留在家裡，你一個人回去，也罷了。」

青年孤孀含著淚，臉扭到別處，她還是堅持著，定要帶孩子住娘家。婆母再想不到兒媳的苦心，以為這個年輕女人又無事生非，想著也生氣了。住娘家有何好處？不過回娘家吃粗米、咬菜根，哪比得這借寓的道姑，天天給買肉，還有白面饅頭。她固然不敢惹這孤媳，她只好藹聲央告著：「你要走，你自己個兒去吧！教小毛兒在家，也可以吃這道姑買的肉。」婆媳兩個，為了孩子吃不花錢的肉，堅持不下。到底婆婆有點發急，這孀媳才委委屈屈，自己收拾，單獨住娘家去了。

然而少年孀婦何崔氏，夾了小包袱，一個人踽踽涼涼的走，半路上突然被人截住。那個道姑筠仙如飛的追上來了。

道姑不知用什麼方法，把何崔氏逼到無人處，又不知說了什麼話，竟把何崔氏住娘家的心思打消。何崔氏很沮喪的夾著包裹，低頭重新返回婆家。道姑緊跟著她，低言悄語，說了好些好聽的話，也便是不便告訴人的話。何崔氏一聲不哼，眼看著腳，腳走路，進了鮑家塘村莊。這時道姑落在後頭了。街坊們看見了何崔氏，有的就問：「小毛的娘，你不是住娘家去的，怎麼又回來了？」何崔氏道：「是的，又回來了。」低垂眼睫，進了自己的家。婆母也很詫異。問道：「你不是要住家，沒去嗎？」何崔氏放下包袱，答然說道：「我不去了，我們小毛呢？」

婆母道：「那不是，剛才還在這裡玩，唔，他跟後巷的三寶一塊玩去了。」

青年孤孀何崔氏嘆了一口氣，出去尋找小毛，在後巷尋著了，拉手領回，攬在懷中，很親熱的樣子。婆母冷眼看著，很高興的點頭著：「她是想住娘家，又捨不得離開小毛。」婆母想著，又有點傷感。然而，她驀地看見兒媳婦摟著孫子小毛，默默落淚，豆大淚珠簌簌直流。婆母越發詫異，要問，又沒有勇氣，老婆子也愣了。

兒媳婦愣愣地枯坐在裡屋床邊上，小毛跳著出去了。她就擦了擦眼睛，拿起活計，爬到床裡，倚窗做活。捻著針，比畫著，其實一針也沒做，只是怔怔的發呆，精神似乎失常。

她左思右想，打不定主意，「這個小毛實在是我的要命鬼，萬一有個好歹……」她的眼淚又流下來了。忽然她想到自殺，「倒也乾淨」，上吊之念一動，她還是捨不得兒子小毛。她由此又想到死去的丈夫，忽又想到塵世間的可愛可戀，蒼白的臉驀地泛出淺紅來了。昨天晚上的事，教她想起來，無地自容。而且這道姑，說她不是女子罷，她又蓄髮纏足，說她是男子罷，她又女氣十足，比自己還漂亮。到底這道姑是什麼人呢？……她正想入非非，那個道姑翩若驚鴻，矯若游龍，悄沒聲的進來了。這時小毛和何老奶奶全出去了！道姑輕輕的上了床，很親熱的偎在少年孀婦的身旁，唧唧噥噥，又笑又說，由自己手腕上又褪下一隻金釧，給何崔氏帶，並且笑說：「這樣，我就給你配成一對了。」

少年孀婦似乎不願鐲子配成一對，再三支拒，又不敢強拒。被道姑一半用強，一半情央，硬給帶在腕上。何崔氏偷眼看這黃澄澄的金鐲，是她沒有帶過的，她心中止不住怦怦跳動，低垂眼簾，偷偷瞥了道姑一眼，四面無人，悄聲問說：「你，你到底是什麼人呢？」

青年道姑筠仙笑說：「我不是告訴你了，我是仙門之徒。大娘子，你好好的聽從我，我把法術全傳給你。你就再不用辛辛苦苦的過鄉下日子了，你可以坐在家裡享福，你可以跟我修成長生不老。

你想要什麼，就能有什麼，吃的，穿的，使的，用的，想什麼有什麼，你說夠多美？」

道姑花言巧語，哄，慰，誘，嚇，少年孀婦何崔氏依然疑駭，沮喪，莫名其妙。她雖是個鄉村女子，卻也想得到，這道姑儘管花說柳說，她胸中必抱有令人難測的企圖。究竟是何企圖，崔氏卻又想像不出來。卻有一節，崔氏低頭問道：「你是活神仙，是仙門之徒，你何必光顧到我們這窮鄉野地來？你到底是怎麼個講究？為什麼單單照顧到我們一個窮苦的年輕孀婦身上？」

道姑嘻嘻的笑說：「那就是緣法，我也沒有害你呀，而且我還給你治病！」「這是治病呢，」何崔氏吶吶的說：「這叫什麼緣法，我們本來是個山溝子裡的醜陋女人……我且問你，你到底是衝著我來的，還是衝著鮑換姑來的？你跟人家那個有病的姑娘，莫非也……」道姑笑著伸手來掩她的嘴道：「你不要亂說，告訴你，我實在是衝你來的，你和我前世有緣。你不要小看你自己，你是個大有來歷的人。我這回到鮑家塘來，明面說是由鮑家請來看病，實在專心一意，就是為找尋你的下落。你從前來是我的師妹，因你修道思凡，才被貶下塵世，教你老早的守寡。我是奉師命，特來尋你，把法術傳給你，免得你再墜落。師妹，你也是仙門之徒啊。」

何崔氏一聽這話，很吃了一嚇。她到底是個村女，苦想半天，想不出所以然來。因又訥訥的問道：「你說我是什麼？我也是仙女嗎？」道姑道：「你不是仙女，誰是仙女呀？」崔氏道：「你別胡說了，仙女還有像我這樣苦命的？」道姑笑道：「你又不懂了，孟姜女也是仙女，她可是苦瓜星，哭倒萬里長城。」

崔氏道：「我也是個苦瓜星。」道姑笑道：「對了，你是苦瓜，我卻能教你嘗著甜蜜的味道！」

這個少年孀婦竟測不透道姑的話，是正經話還是調皮話，茫茫的又問道：「你為什麼這樣打扮？你到底是怎麼一回事？」青年道姑笑道：「我的打扮不壞呀。我就是為了行道，才這樣打扮。」說著伸手來摸崔氏，崔氏要躲，沒有躲開。不覺的帶出一種無可奈何的神色，低聲訴苦道：「不知道有多少人上了你們的當，吃了你們的虧。你們這叫行什麼道？男不男，女不女，活活是妖精。我問問你，你得說實話，到底她們鮑家娘兒兩個，也知道你的底細不？」

青年道姑說：「你猜她們知道不？」何崔氏懊惱的說：「我猜不出來，反正，哼，鮑家那個病丫頭，免不了也要吃你的虧。」

道姑道：「什麼叫吃虧？左不過開玩笑，湊趣罷了。老實說，你們的病，我一定行法給你們治好。」崔氏搖頭道：「去吧，去吧，我不教你治了。我的病不要緊，你還是給鮑換姑治去吧。她那個肚子那麼大，你何不掏出你的本領來，把大肚子化小，小肚子化大？」說時也不禁笑了。

道姑也笑了，說道：「你這個鄉下人，嘴也夠刻薄的。我們不但能把大肚子化小，還能把小肚子化大。」說著一指崔氏，格格的笑起來。崔氏被指得一哆嗦，道：「你不要害我出醜。我可是個寡婦。」道姑笑道：「你放心，我不但能夠變老變幼，化男化女，我又能給你種瓜摘瓜，我絕不會害你。」

道姑就在這鮑家塘，敷衍搪塞，一面向崔氏打聽當地的富戶，混了幾天，漸漸的敷衍到「不掏真格的」便站不住腳了。

於是，在第五天頭上，道姑要給換姑施行大法術，捉膏二小鬼，除臌症，消滅肚中過多的腎水。

道姑自己首先預備法物，預備針砭。到了這天早晨，照常提了一個錦囊，來到鮑金娘家。對鮑金娘說，照上次那樣，供上神牌、紅燭、五穀、香斗，命病人給神牌跪下。先禱告了一遍，叫病人的母親也跪拜行禮，禮畢，由道姑自己跪在香案前，低聲持誦咒語。然後化符，焚香，仍用膽瓶，向病人身上，吸取邪氣。然後命病人躺在床上，由道姑加緊持法。行法，扎針，吃藥，三方面並進，道姑從錦囊中取出一包紅色藥粉，命病人鮑換姑，用無根水服下。這藥粉異常辛辣，入口螫舌頭，病人不肯服，被道姑和病人的母親，強給灌下去。

這藥一入肚，鮑換姑幾次作嘔，連喊不好受。道姑教鮑金娘按住病人，不許她亂動。換姑只可好好的躺在床上，漸漸覺著頭腦昏昏，她卻不知道，這是藥力行開了。

道姑凝視著病人的神色，病人連說不好受，末後抓住了她母親的手，哭道：「媽媽，媽媽，這藥不好，我受不了……」

嘶聲掙扎，忽然間，好像沉迷過去了。鮑金娘大駭，請問道姑，道姑笑道：「別害怕，這是藥力行開了。」鮑金娘道：「她怎麼說不出話來呢？」道姑笑答道：「再過一會兒，她還不能動彈呢。你不要虛驚，我把病人麻醉過去，才好給她扎治呢。」

於是，病人躺在大木床上，道姑胡筠仙運用仙方、藥力，再加上針法，三方面並進，給活人治病。從錦囊中取出三寸長帶綵線穗的三枝銀針。先叩齒三通，掐訣唸咒，隨運一口罡氣，照這第一枝銀針噴了一口法氣。然後命鮑金娘給病人解衣袒腹，露出肚臍來。道姑雙手捧針，到神牌桌案前，趕緊行三跪九叩禮。又捻著三根針，向神牌上一照，這樣就領到仙氣。

然後趕緊來到病人身旁，教病人的母親按著病人，道姑她左手捻針，右手捫腹找病。找著了病人病根的所在，道姑把這第一針扎下去。

病人已經被藥迷昏過去，仰面躺在床上，恍惚睡著了似的；這針照肚臍旁刺入很深，病人突然一動，似乎覺到疼痛，兩隻手不覺的掩上來護疼。道姑忙叫鮑金娘趕緊按住病人的手，要用力按住。鮑金娘依言辦理，抓住了女兒的雙手。道姑忙又行法，預備扎這第二針。

鮑家塘原是湘東荒僻之區，鄉下地方向來缺少醫師。像用符水針灸治病，在鄉下原本盛行，在湘東更流行著祝由科跳神、扎針、放血和一些符水語咒的療病治法。道姑給換姑扎針，鮑家塘的人本已見慣不驚的了。但是醫與巫本來異途，「扎針」和「跳神」，以一個人而兼行兩術的，卻是少有罕見。

這道姑筠仙居然三方並用，第一針扎下去，恰中穴道，只扎得病人動了一動，旋即安靜下去，好像不很疼痛了，病家鮑金娘也就放下了心。

但等到道姑重新施法，捻著第二枝銀針，照這換姑的肚臍再刺下去，昏迷不醒的病人，忽然尖叫了一聲。鮑金娘大吃一驚，不禁一疏神，衝著道姑一張嘴，要問，她那按著病人雙手的兩隻手，也不覺的鬆了把。……病人護疼，她的兩隻手一齊伸向肚皮亂抓，要抓那針。鮑金娘大駭，道姑也一驚，忙喊道：「快按住她的手，別教她抓！」

鮑金娘登時手忙腳亂，病人嘶出聲來，不住的唉喲，兩手亂抓，身子也蠕動。道姑手中的第三枝針竟未及紮下去，病人已然受不住了！

「這是麻藥力量小！」

「別是扎的不好吧，扎的太深了吧？」

病人這時在大木榻上打滾，道姑和鮑金娘全都按不住病人，病人狠命的掙扎。

病人竟疼醒了，兩隻眼直瞪著，似昏迷，似清醒，一迭聲喊肚子疼。鮑金娘張皇失措，道姑也很驚慌。但是她旋即鎮定心神，教鮑金娘不要害怕：「這不要緊，扎針焉有不疼的？你不該鬆手，你瞧，你這一鬆手，教病人一陣亂抓，估摸碰著針，針動了地方了。」又申斥病人：「治病不許害怕，不要怕疼，千萬別亂動彈。」鮑金娘很著急的說：「師傅，你瞧瞧我們孩子，頭上都出了虛汗，你還不給設法子止一止疼？」又說：「要不就，……你先給把針起下來罷！」

道姑不悅道：「起下針來，豈不是白受疼了？你要明白，紮了針，必得病人躺在床上，一點也不要動，行一行針才能有效。我不是囑咐過你了，教你按住了她，你不聽話，你說這怨誰？」又抱怨病人：「你怎麼亂打滾？」

但是無論怎樣責備，第三針是不能紮了。那第一針和第二針現在仍在病人鮑換姑的肚臍旁，病人咬牙咧嘴，呻吟呼痛。

這時候的病人，已被她母親和道姑，一邊一個人，強給按在床上，仰面朝天，肚皮外露。三寸長的銀針，深深刺入，不許動一動。

病人呻吟。

病家驚慌。

道姑皺眉，心中也打了鼓。

病人本來服了蒙藥，蒙藥竟似乎失了效驗，病人竟疼得這麼厲害。這也許是沒有扎準了穴道，以致誤傷要害，疼得這樣，再不然別是蒙藥不好。但是不管怎樣，道姑應該想法子下臺。不幸道姑又迷信自己那點藝業，她確是懂得一點針法，她自己心裡明白，病人肚子裡的臌症，簡直像是胎；把胎給扎下來，豈不顯得自己道法無邊？無奈這胎太堅實了，第二針又扎的不對。病人又亂掙，結果壞了。

最後道姑向病家說著大話，唸著咒語，開始起針。拔第一針時，鮑換姑肚皮上汪著一點血，似乎無礙。等到拔第二針，順著針眼，冒出鮮血來，病人疼得捧腹嘶喚，滿頭是汗，臉變黃了。鮑金娘越發著急，瞪著眼詰問少年道姑，道姑仍說不要緊，用很快的手法，先給病人患處敷上了一種藥。血液直冒，藥粉阻不住；道姑忙又由錦囊中取出一方細棉，倒上許多藥末，往針眼上一按，趕緊拿一條長帶子，給病人緊緊紮裹上，道姑噓了一口氣，說：「好了，不礙的了。」

病人還是疼，鮑金娘大睜著眼，盯住道姑，催她給設法止疼。道姑想了想，忙又取出紅藥粉，仍用無根水化了，教鮑換姑服下，說這是寧神補氣的藥，吃下去，睡一覺，趕明天，病人的臌症管保好了。

果然再吃下這大量的紅粉，鮑換姑就雙眼迷離，支持不住，躺在床上，昏昏睡了，或者說，是蒙過去了。道姑親自給病人蓋上一床棉被，對病家說：「治這種大症，疼是免不了的。不疼，怎麼治得好病？但是，疼一陣過去，這針力一行開，肚子裡的痞積就慢慢的化了。今晚上好好的睡，趕到明天，病人一定要解洩，那病就跟著紮下來了。也許到不了明天，今晚下半夜，病人也許要走動，那就是痞積淤血塊，要打下來。」向鮑金娘說：「大嫂子放心，這一來，姑娘的病管保好了。」啜了一杯茶，她便收拾了針、錦囊，告辭要走。

鮑金娘上床，捫了捫病人，心中打鼓，向道姑說：「師傅，你別走，你得留在這裡……」道姑笑道：「你是有點害怕，你只管望安，今晚上病人一準很安靜，決沒有閃錯。萬一病人到了夜裡，還覺著有點疼，你就打發人到何家找我去，我一定全始全終，給你姑娘治好了這個病。」

鮑金娘變臉道：「那不成，你不能走！我們姑娘讓你扎的直喊，你要躲，可不成！」

道姑大笑道：「我憑什麼走，我往哪裡走啊？你還怕我溜了不成？」

鮑金娘想了想，料想道姑也逃不到哪裡去，就很不滿意的說：「今晚上，我們姑娘要是情形不對，我可找你，你可準來。」

道姑說：「那當然的了，你什麼時候叫我，我準什麼時候來。你瞧，等著把你姑娘的病打下來之後，我還得給她補一補氣呢，我絕不會半途而廢的。」

鮑金娘到底不放心，再看了看病人，似乎睡得很熟，她就暫且釋念，親自把道姑送回借宿之所，又背著道姑，向何家二孀婦，祕密囑咐了許多話：「萬一她要溜走，你們娘倆千萬給我們送一個信。」

鮑金娘自恃在當地，是有頭有臉的人家，料想道姑一個纏足的女子，不會偷跑；就逃跑也跑不開。她就萬分懊惱的轉回自家，索性搬到女兒房中，小心看守著。

因為她曾經為了這事，跟丈夫吵過一頓架，丈夫責備他，不該崇信三姑六婆；她此刻怕丈夫抓住了理，定要抱怨她，索性瞞起來了，對丈夫鮑金榜一字未提。扎針時，病人疼得直喊，鮑金娘提心吊膽，反倒怕教丈夫聽見。恰巧鮑金榜出去下棋，鬧得最凶的時候沒有在家；等他回家之後，一時疏忽，也沒有打聽，鮑金娘也就樂得揭過去這一篇。現在見女兒安穩多了，她稍稍鬆心，仍沒把實話告訴丈夫。她躺在女兒身旁，小心廝守著，工夫不大，她倒打起鼾聲，居然睡熟了。

忽然間，她又警醒，聽見女兒的呻吟聲。幸而她沒有脫衣裳，忙欠身起來，將燈火點著，就光亮一看。鮑換姑仍然沉睡未醒，呻吟聲是從睡夢中不自覺發出來的，臉上神氣十分難看。對著這慘淡的燈光，夜靜無聲，漸覺景象很不吉利，鮑金娘止不住心頭驚悸，悄悄的下了地，索姓把燈火移到床邊，她輕輕伸手，把病人身上的棉被，掀開了一點。病人和衣側臥著，呼吸聲重濁，時時夾雜著哎喲呼疼的聲音。鮑金娘又怕又悔，輕輕伸手，把女兒的衣裳撩起來，驗看患處。哎呀，那細棉白布束裹著的地方，竟涔涔的滲出血來。雖然不多，可是針眼能有多大？患處隆起，隨著病人的喘氣，忽扇忽扇的動著，鮑金娘不禁皺眉咧嘴。

鮑金娘愣了一會兒，把燈挪到桌上，她想把病人喚醒，問她一問；旋又想病人好容易睡熟，不要叫她了。鮑金娘此時悔懼交迸，不能入睡；重新給女兒蓋好了被，悄悄的躺在女兒身旁，翻來覆去，只覺心神不寧，好像有大禍將臨似的。

耗過了一刻，鮑金娘雙眼迷離，漸漸又要睡過去，猛又聽見女兒哀叫。她又吃了一驚，睜開了眼，換姑在旁連叫娘。鮑金娘忙問病人：「孩子，怎麼樣，好點了不？」鮑換姑哭聲說：「娘啊，我疼的太厲害了，爹爹在家沒有？」

鮑金娘道：「你問他做什麼？他，沒在家。你現在還疼嗎？好孩子，你告訴娘。」

鮑換姑垂淚道：「娘啊，我不敢說啊，我怕爹爹不饒我，我怕娘罵我。」

鮑金娘大睜兩眼，坐了起來，鮑換姑伸出一雙手，來拉她的娘。鮑金娘趕緊扶住女兒的手，用好言語安慰道：「孩子，不要緊的，你爹沒在家，在家也不要緊，有話只管對娘說，娘給你做主！」

鮑換姑長嘆一聲道：「娘啊，我太對不起娘了，娘這樣疼愛我，我，咳，我受了二表哥的騙。娘，我一步走錯了！我後悔也來不及了。」

鮑金娘駭然，聽直了眼。鮑換姑側臉，盯著她娘的臉，說道；「娘，娘，你生氣了，我不敢說了！」

鮑金娘趕緊遏住心情，向女兒說：「我不生氣，好孩子，你快說罷。我問過你多少次，你總瞞著我，現在你，你，你……還不快告訴我？」

鮑換姑道：「娘，咳，什麼露臉的事，我早告訴娘了。無奈，我怕，可是，現在，娘啊，我教這個師傅扎治壞了。她扎傷了裡邊，我恐怕我活不了了。那一天，她嚇唬我，她說我這是胎，若不扎治，再過兩三月，一準生養下來。她偷偷的問我，逼我說實話。她告訴我，你只承認一準是胎，我就有打胎的藥，也有扎胎的針。我一時害羞，她又引我，好像我的事，她全曉得了，我也沒法子瞞她了。我就衝她點了點頭，央告她救我。她笑了，她說頭一次見我，就看出是胎，她答應給我扎治，她說服了她的藥，不會疼痛。我知道她這針這麼厲害，扎下去，疼的我受不住，我又不敢喊。

現在我覺著一陣比一陣疼的厲害，我覺著我這條小命保不住了。……這也怨我不識羞恥啊，做下這錯事，我死了，娘也別難過，就算你沒有生下這麼一個無恥的女兒……」說著嗚咽起來，鮑金娘聽了這話，耳中響了一個焦雷，氣壞了，嚇傻了。

鮑金娘的脾氣是非常暴烈的，他的丈夫都怕她。但是她雖不是賢妻，卻是慈母。她乍一聽，固然惱怒，當不得女兒緊緊拉著她的手，央告她，連聲叫娘：「娘，我是活不長久的人，娘不要生氣了，娘饒恕我吧。娘，娘，你給我一個好臉吧！」

淚隨聲下，欠身要起來叩頭。鮑金娘面對這怯怯的病女，不由得一陣陣心如刀扎，眼淚簌簌的流下來了。可憐天下父母心，她忍不住抱住了女兒，連叫：「換兒，換兒，你，你你！」

母女兩個，抱頭痛哭，而病人的病狀急轉直下！鮑換姑感覺肚皮越發絞疼，突然爬起，突然倒下，哀嘶不已。母女已經彼訴衷情，用不著隱瞞強撐了，她忍痛對鮑金娘說：「娘，我這陣子越發不好，肚子裡頭好像要……」腹內的壘塊似乎要墜地，她吞吞吐吐的告訴她的娘，已經覺痛了。

鮑金娘慌了手腳，急忙動手，掀起了床上的被縟，預備臨時的東西。鮑換姑已然迫不及待，要斷氣似的呻吟，疼得撕東西。折騰了好久的工夫，終於把肚中的「痞積」打將下來，卻是血淋淋的肉塊，已是具嬰兒之形。血行不止，鮑換姑暈死過去了。

鮑家男婦老幼全都驚起，這件事已經無法隱瞞。鮑金榜披起衣來，懵懵懂懂問。鮑金娘吞聲嗚咽著，把實情告訴她的丈夫。女兒這是胎，教道姑用藥物和針法，生生給整治下來了。

只是手法太凶，胎固然打掉，人也受了重傷。若在尋常的產婦，胎兒已離母體，產婦便當止疼，至少也該緩過一口氣來。

現在不然，血反而越下得多，人更劇痛難忍，剛剛還醒過來，又疼暈了過去。發潑的鮑金娘此刻沒了主意，家中人也都慌了神，不知所措。家主翁鮑金榜勃然大怒，痛罵女兒該死，又罵老婆少家教，又問道姑現在哪裡。這樣草菅人命，把她抓來送官治罪。

鮑金榜也是個糊塗蟲，一方既嫌丟臉，一方又嚷鬧出來。大喊小叫，驚動了四鄰。這時候，五更破曉，天色漸白，鮑換姑折騰得癱在炕上，只剩了一口氣。鮑金榜大犯痰氣，頓足跳罵不休，向老婆窮詰道姑現在何處。鮑金娘抱著女兒狂哭，犯了老病根，又像遇見了「撞客」。於是，四鄰全驚動了，鄰人們敲門過來問。都是老鄰舊居，鮑金榜一時忘情，指手畫腳的說：「三姑六婆沒有好人，你們看，草菅人命。這不知是哪裡來的女妖，裝神弄鬼，錯斷了病症，疼死了活人。這不行，我得跟她打官司！」鄰人們聽不明白，忙問：「到底怎麼回事？」

要追裡邊屋去看，鮑金榜忽然醒悟，攔住了大家，連忙說：「女兒生病，老婆接來一個道姑，道姑筠仙生生扎死了她的女兒，治痞積，疼斷肚腸子了。」

這工夫，天大亮了。那近的街坊聽見鮑家哭聲一片，登時又進來了幾位，無非是四嫂子，六姑姑，三大伯，小歪子，毛順兒，有一半是鮑家的本家。女人們比男子更不客氣，到底一湧而入，進了鮑家的深閨，就是換姑的臥房。

當此之時，鮑換姑的屋中，已被快手的二嬸娘一頓亂抓，亂掖，亂藏，頭一招，已將那塊血淋淋的病根子，咧著嘴撮弄到馬桶子裡。顧不得給病人穿衣裳，只忙著把木榻上的血，用柴灰墊了，好歹抓草鋪上，然後把被縟放好，把病人放倒。又叫來家裡的人幫忙動手，把嫂子鮑金娘也換下床來。鮑金娘捨不得離開女兒，仍然倒在女兒身旁，打著滾的哭，她心中後悔萬分。

二嬸娘慌忙找香，這可真湊巧，道姑請神騙鬼檀香線香，很有富餘，整擺在供桌上。二嬸娘趕緊點起香來。屋中登時又充滿了香味。

二嬸娘很能幹，老實說，她這個姪女的病，她早就猜出幾成來了。她現在居然胸有成竹，代為掩遮一切。她又低聲叫著嫂子：「嫂子，你哭儘管哭，可別數落出別的話來。你聽，外頭來了好些人，四鄰八坊全都擠進來了，也不知是誰開的街門。」

開街門的其實是一家之主，鮑金榜老先生。

二嬸娘剛剛收拾了一多半，街坊王大娘頭一個擠進來了「怎的？怎的？」一迭聲的問，眼睛早打量到病榻上。

換姑娘有出氣，沒入氣，挺在木榻上，下體兀自涔涔下血。做母親的一面哭，一面叫：「兒呀，肉呀，是我害的你呀，你要死了，我可怎麼活呀！」

王大娘上來勸解，其實是窺看病人的真相，口中說：「大嫂子別哭，閨女不行了，你還不給她準備衣裳？別教她光著來光著回去呀！」兩隻眼睛幾乎跳出眼眶之外，下死力偵察換姑娘，並且尖著個鼻子直嗅。鮑金娘只顧哭，不理會，二嬸娘很不悅，顧全著門戶之私，要把王大娘架出去。走過來，一面動手一面說話，剛要說：「大娘外屋坐！」不料四嫂子、六姑姑蜂擁而至，一霎時把換姑的臥房圍滿。「哎喲，哎喲！」「可惜，可惜！」夾雜著問訊的話，連珠炮似的發出來。

「大嫂子，換姑到底怎的了？昨兒白天還好好的，怎麼隔了一夜這樣了？」

「大嫂子，換姑的病可是教那個年輕道姑給扎治壞的嗎？那個道姑，她哪裡去了？這不能饒她呀！」

「哼哼，我早瞧出她來，整個是生意口，沒有真本領，好麼打眼的，單找她治，還不如我找黃外婆呢。」

「還不如老老實實，自己個兒養著呢。」

許多嘴，許多舌頭，徒亂人意，一霎時洩出這麼些個後悔藥，把個二嬸娘氣得小眼睛只翻。這其間到底還是隔壁王大嫂年高有德，經多見廣；一開頭，她的話最多，此時不言語，爬上床去。伸出枯瘦的手，來試病人的呼吸。呼吸微弱到覺不出來，忙又用手臂試摸病人的臉。

「哎喲，不好，大嫂子，姑娘可是過去了！」

「哎喲！」

這些老娘兒們，一個個全把脖頸伸長，全把眼珠瞪圓，看而又看，跟著一齊咧嘴，嘆氣，擠淚，伸手，抹淚。

「年輕輕的，一條小命，糟蹋了！哼，才十八歲！」

「這不成，這得跟她打官司，殺人就該償命。大嫂子別盡哭了，到底這個道姑是哪裡迸出來的？

還不把她抓來？哭有什麼用啊！」

這些鄰婦鑽到內室，亂嘈嘈的說出打官司的話，那些男鄰在屋裡院中，更是嚷得凶；也是眾論歸一，主張抓道姑送官治罪，「草菅人命，這還了得！」

起初，鮑金榜怒氣勃勃，最先喊罵著要成訟，此刻被眾人一哄，忽然他又打了退堂鼓。打官司便須兩造上堂，打人命官司更得驗屍。一面洗剝了身體，交仵作檢驗，一般人認為侮辱，何況他家受害的又是個女孩子，還沒有出嫁，又何況得的病還是這種「髒症」。

鮑金榜疑慮起來，他的娘子鮑金娘哭成淚人，也想到涉訟驗屍的恥辱，「那是把死屍剝得一絲不掛的，我們換兒又是個姑娘。」

兩口子疑惑，有一個鄰人叫道：「難道白死了不成？」又一個鄰人道：「我們可以見官攔驗，只告狀，不驗屍。」

群眾相聚，最易煽起公憤怒火，鄉下人對於活埋花案深感興趣，也就是由於群眾心理喜事妒情。現在這受害的人既是少女，害人的又是個年輕道姑，鮑家塘的人們登時哄鬧起來，慫恿事主告狀，千萬不能私了。有一個年輕男子大聲問道：「這個跳神的女人現在跑了沒有？」又一個鄰人說道：「沒有，沒有，昨天我還看見她住在何寡婦家呢。」

眾人立刻包圍了鮑金榜，教他去抓道姑。他還是遲疑，眾口嘩噪，已然由不得他了。推著，拉著，架弄著，出離鮑家，徑奔何寡婦家。沿途聚了許多人，男的，女的，老的，少的，大哄之下，像捉臭賊蜂擁而去。說什麼話的都有，有的說抓住她，打死她，有的說活埋了她，有的說架上火，把她燒死。

鮑家塘大動公憤，人們來到何寡婦家，砸得門山響。天時尚早，何家老少二寡婦全都睡著沒起，聽見外面的嚷叫，剛剛欠起身來聽。外面一個愣小子，連踢帶蹦，把何家的破柴門登時打裂，眾人一擁而入。

那個年輕的道姑胡筠仙，還沒有起床；和何家的年輕孀婦崔氏睡在一個大床上，相偎著，幾乎是共枕而眠。何崔氏叫道：「誰呀？」何老奶奶在隔室也叫道：「毛兒娘，誰砸門來了？」話聲中，鮑家塘的住戶打開街門，逼著屋門，拍拉的砸門不休。何崔氏慌慌張張，披衣下地，拔下屋門閂，幾乎被闖進來的人撞倒。

一個人叫道：「在你們這裡尋宿的那個跳神的娘兒們，在哪裡了？」

一個人不消問，一直侵入內屋，發現了大木床上，欠身半起，支頭外望的少年道姑胡筠仙。這男人登時大叫：「沒有跑，在這裡啦！」

動公憤的人陸陸續續闖進來，事主鮑金榜也被架進屋。一個愣小子，過去就要動手，做出捉活人的樣子。那個道姑並不慌，淡淡的抬起頭來，說：「你們做什麼？」一雙俏目好像透露出不可侮視的意態，而且她生得如此不俗。

愣小子噤住了，大張的雙手，不覺垂下來，歪著腦袋打量道姑。

背後另有一個愣小子，把前邊的人一推，側身擠上來，仰臉望著屋梁，厲聲叫道：「是你！你是道姑！你妖言惑眾，你草菅人命，我們拿你來了！」

道姑好生膽大，回眸一掃，微微一笑道：「我犯了什麼罪，有人要拿我？你是幹什麼的，擠到屋裡頭來，要打算做什麼？你不知道男女有別嗎？」

兩個愣小子被道姑安閒鎮定的態度逼住，又被道姑的話噎住。其實他們都是良民，凶不上來，而且受禮節的約束，「好男不跟女鬥」，其實下不了手。何況這道姑又如此大方美貌，而且人還躺在被窩中，他們再也魯莽不上來了。

後邊的人都喊，外間的人也喊：「把她抓出來，教她穿上衣衫，跟我們走。她妖言惑眾，行針扎死了活人，她還嘴皮子嘵嘵的，不行，叫她滾起來！」

人群中一個老者勸道：「你們老爺們閃開一步，教她好好的穿齊衣衫。」

一個買賣人說：「這得教王大娘上前，把她拉下來。」立刻得到贊同，大家齊叫王大娘。另一人說道：「咱們男的先在外間屋等著，王大娘沒來，教別的女眷進屋，和她打交待，反正跑不了她。」

立刻過來一個中年婦人，卻不是王大娘，是張大嫂；王大娘腳疼落在後面了。這中年婦人張大嫂義形於色，扼著腕子上前，叫兩個愣小子退出去。她一屁股坐在床邊上，瞪著大眼，手指著道姑，催她穿衣。其實不用催，少年道姑已然坐了起來，正自緩緩披衣，緩緩拿被遮著穿鞋，緩緩扶床下地。亂嘈嘈圍了這些人，她臉上一點也不慌，她打扮齊整，又掠了掠發，輕啟朱唇，問這些人：「你們要怎麼樣，出了什麼事了？」

張大嫂怒沖沖的說：「你把人治死了？」

道姑揚眉道：「哦，把人治死了，把誰？」

「喝，你瞧她這股子勁，喂，我說，告訴你，你把我們街坊家的姑娘鮑換姑姑娘，活活整死了，你還裝沒事人？你出來，跟我們走。你就是女人怎麼著，殺了人，也得抵命。你再不走，我們可要動粗的了！」這嚷的還是那個愣小子，把著屋門口，挺胸腆肚的叫喚。一面叫，一面推他身旁的另一個愣小子說道：「別跟她耗了，咱們倆先把她架出來。」

這個愣小子尋思過味來了，正可以乘機會，把這漂亮道姑囉唣囉唣，跟她動手動腳，占點小便宜，她這工夫絕不敢支吾。

這時窗外聚滿了人，何寡婦家三間屋內，固然人頭攢動，語聲嘈雜，就是院子裡，也不曉得從哪裡招來這麼些人，裡裡外外擠滿。單在院中，差不多便有四五十位，想要瞧瞧這道姑，擠不進來，把窗紙也扯破了，虛瞇著眼往裡面探頭。

這道姑站在屋地上，往外一看，心中也未免一動。可是她剛剛的氣一餒，見張大嫂直推她，而門口那兩個愣小子，二番又要過來動手；她心知這事不好，要大費手腳。她忙把膽氣一正，回手把張大嫂一推。張大嫂哎呀一聲，倒坐床沿上。同時那兩個愣小子伸過來兩雙手，直往她肋下叉來。她怒道：「你們幹嘛？」微往後退半步，倒轉半身，左手挺胸，右手伸出來，只一撥，又一推。兩個愣小子，前邊的碰著後邊的，都被撥得一歪身，道姑的手勁很不小。

愣小子大嚷，「這娘們敢拒捕！」

道姑眉峰一鎖，急急往窗戶一望，窗戶早已聚滿了人頭，黑壓壓的看見人影晃動。這不能往外闖，而且也闖不出去，就闖出去也逃不開。

這道姑心似旋風一轉，立刻打定主意，銳聲叫道：「諸位鄉親們，殺了人，我償命，傷了人，我跟你們打官司去。人家小男婦女的，你們老爺們可不能跟我們動手動腳！你們閃一閃開，容我收拾了我的東西，立刻跟你們走。公事公辦，殺剮存留，我都接著，我可就是不教老爺們挨挨蹭蹭的！」

她衝著門窗，這樣大聲講，又瞪著兩個愣小子，說：「你們二位這是做什麼？你們家難道沒有姐姐妹妹的嗎？你怎麼跟我動手，你不嫌失了你們男子漢大丈夫的身分嗎？」又轉身向張大嫂福了一福，說：「對不住，我莽撞了，推了您一把，你別怪我，我是一股子急勁！」

張大嫂也是個潑婦，如何肯吃這虧。但是這工夫，道姑已經上床，把她的錦囊小包，抓取到手，錦囊帶上恰掛著一尺八寸長綠沙皮魚鞘的一把小寶劍。道姑把小劍抽出鞘，劍光青瑩瑩，看出鋒利來。張大嫂剛撒潑抓撓，見狀噤住了。而且兩個愣小子，被道姑輕輕一推，便跟頭踉蹌往後倒退，張大嫂看得清清楚楚。剛才自己被道姑一撥，也便來了個坐蹲，她覺得這道姑多半會邪法，也許會把藝，她倒不敢輕舉妄動了。

張大嫂扎煞著兩隻手，遠遠催迫道姑道：「你還不快走！」

外面一陣喧噪，也催促屋中人：「快把她抓出來！」卻是兩個愣小子，一個張大嫂，都不敢動粗，院中人乾嚷，擠不進來了。

有的人找到居停主人何老寡婦和少寡婦何崔氏，向她二人盤問女巫的情形。何家的那個小孩子毛兒，這時候嚇哭了，直嚷著找媽。明間，暗間，人頭攢動，崔氏被阻在明間，小毛留在內間床上，還在被窩裡面呢。

王大娘這時剛趕來，喘息著向何崔氏打聽，道姑會什麼妖法？為什麼收留她？何崔氏臉上紅紅的，也有點當事則迷，柯柯的說不出話來。何老寡婦急了，大嚷道說：「叔叔大爺們哪，你們這都是幹什麼？幹嘛擠進來這些人？你們要找這位師傅，礙不著我們寡婦失業的事呀！你們瞧，我們的門窗都給擠壞了！咳喲，還摔了我們一個大盆！祖宗們，你們往外讓讓吧！你們要找那位師傅，我叫她出去！這都是毛兒娘多事，答應了鮑金娘。鮑金娘來了嗎？你瞧你幹的這是什麼把戲？到底出了什麼亂子啦？鮑金娘，你瞧瞧，你把你的客接走吧，這是怎麼說！」

何老寡婦在那邊屋裡嚷，也沒有人搭理她。明間屋的人亂擠，又有兩三個男子擁進內間，催逼道姑出來，這兩三個男子也是當地混混一流的人物，乘著人多膽氣衝，打量著道姑，都想挨上來摸摸動動。卻不料這個漂亮道姑渾身淨刺，說話尖刻刺耳，動起來更很扎手。這兩三個男子剛剛張著手，往前一撲，便被道姑側身輕輕一撥，都被撥得打踉蹌，不能靠前。後面有人喊起好來，「好硬的手把子，這個娘兒們準是會妖術！」

可是道姑儘管手底下硬，也擋不住來的人多。亂到最後，這道姑終被大眾蜂擁著出來了。一到街上，比在院內屋中不同了，人是聚得更多，氣勢是更凶，男男女女七言八語：「打死她！」「燒死她！」「活埋了她！」「把她抓到衙門裡去！」

亂吵著，有好幾個壯丁要行凶暴打這道姑。道姑一看不好，要逃跑，跑不開，她把眼一瞪，重抽小寶劍出鞘，就要抵拒強暴。她剛剛擺出抵抗的架勢，群眾大哄了一聲。有許多人拾起磚頭要投擲，又有許多人抄木棒，拿鋤頭，要打。

眼看要起暴動，也不知是哪一位積德行好，把本鎮的地方叫來了。這地方慌慌張張跑來，忙問出了什麼事。眾人亂嚷著，地方聽不明白，他還以為是抓住了拍花的女犯呢。見到了漂亮道姑，又以為是抓住了拐帶，拿獲了風化案件。問了好半晌，方才問明。

地方既出面，問明緣由，制止住行凶，把動公憤的人群，壓伏著，勸說著，更由耆老排解著，又徵詢了事主鮑金榜的意思。歸結是由地方押著，把道姑解到保正家，訊明案情，秉公辦理。大眾還不願意，幸而保正的家離此不遠，由地方和耆老引導著，很快的趨向保正家去了。

第七章　三太保貪色被閹

鮑家塘的保正也姓鮑，和鮑金榜乃是本家，名叫鮑清泉，是本鎮有頭有臉的人物，擁有很多的田，財勢權勢在當地首屈一指。

「把這個妖術殺人的女巫，押到保正家。」許多人都說好，這樣子可免得把事鬧大。事主鮑金榜到了這時，沒了主見。眾人擁著道姑，跟著地方，齊往保正公所走。大群人前行，後面跟許多小孩和女人。頑童要拋磚頭打道姑，幸虧被幾個年長的人吆喝住了。

這時候道姑胡筠仙心上也很發慌，想不到扎死少女，動了公憤。許多凶民用狎褻的眼光盯著她。她錦囊上所帶的小寶劍，已被算作凶器似的，教地方拿過去了，連她的小包袱，全被解除了。她見機很快，未敢支拒，乖乖的跟著眾人走。眾人只緊盯著她，也沒再動手。

於是，押送道姑漸次來到公所門前。這公所其實也就是保正的家。大院落，高堡牆，建築宛如土城。這時候，保正也聽見信了，當大眾聚哄的時候，已經有人給保正送過信去了。

保正叫鮑清泉，是鮑家塘赫赫有名的人物，卻是出身不高。起初是個賭徒，後來改節學好，努力積儲，買了幾方荒地，歷二十多年的經營，在鮑家塘成了首戶。鮑清泉既是個耍人的出身，便很曉得對付人的妙法，對付口訥的人，可以跟他對罵；對付力弱的人，可以和他相打；力氣鬥不過，便拿錢砸；錢砸不倒，便借官勢壓。總而言之，他是個能軟能硬的人物，他絕不是呆鳥。因此，他在鮑家塘很能吃得開。

等到鮑清泉當了保正之後，一方交結官府，一方拉攏會幫，使得他的地位更加增高，同時使得他的家產更形增富。他現時早已娶了「後老伴」，本家，親戚，都聚來了，新築的宅子，房間多院子大，儼如土皇帝的皇宮。只可惜他是沒見過大世面的人，闊儘管闊，總免不了「土暴子」，而他的外號就叫「土豹子」。

土豹子鮑清泉，如今有妻有妾，有子有孫。他的大兒子鮑天福早死，二兒子鮑天祥很會過日子，比老子尤其吝嗇；三兒卻是個花花公子，這也是當然的結果，二兒子歲數大，親嘗過苦日子，知道錢是命。三兒子歲數最小，乃是妾生子，一落草後看見他爹爹是他鮑家塘的紳士，沒見過他爹爹給人叩頭，只見過別人衝他爹爹作揖，所以他天生成公子命，也就會擺少爺譜。

三兒子的外號，就叫三太保，名字是鮑天祿。鮑天祿今天剛剛二十五歲，娶的是山溝子裡女人，比他大四歲，而且因為水土的關係，這位三少奶奶抬不起胳臂來，四肢有殘病，三太保又是個風流人物，瞧著媳婦便堵心，恨他爹爹做錯了事。可是這個短胳臂三少奶奶，娘家很有錢，娘家爹和鮑清泉乃是當年的幫友，這是所謂愛好作親。當鮑三少十五歲時，新媳婦十九歲了，他們就結了婚，而且是大辦喜事。

三太保年歲太小，不知道閨房之樂。仍然貪與群兒嬉，新媳婦正當芳齡，卻守著這麼一個小孩子女婿，洞房花燭，其苦可知，鬧出來的笑話也不少。新婚頭一天，新郎官竟不敢入新房，被他母親強迫著，像入監牢一般，進了洞房。新娘子盛裝豔容，坐在合歡床上，是這麼大的一個姑娘，好似三太保的姐姐。三太保看了一眼，又害羞，又膽怯，就往洞房外面跑。可是洞房的閨門已被倒帶上了，門外聚了偷聽新房的好事的女太太們。三太保不過十五歲，況且是虛歲，又是臘月生日，實在他才十三歲。他竟在屋裡呆不住跑到屋門口捶得山響，大叫：「媽，我不在這裡睡，我還跟你！」

偷聽新房的女人譁然大笑，這都是三太保的嬸子大娘之類，隔門縫，叫著三太保的小名，「小三，不許鬧，老老實實上床睡覺。你成了家了，由打今天，你是大人了，不許再裝小孩子了。」

然而不行，三太保拚命砸門，大鬧起來，叫媽開門：「我不在這裡睡，媽，我還是上那屋跟你睡。」

屋外嘩成一片，新郎官三太保急得推門亂叫，新娘子在合歡床上哭起來了。

鮑清泉大愧大怒，要行家法打新郎。還是三太保的娘親疼兒子歲數小，開了新房門，進去安慰新郎，親自給新郎脫去長袍馬褂新郎裝束，打發小孩子鑽了被窩，然後又安慰新娘子。

「新郎官他小，」做婆母的只好從權設計，向這新娶的兒媳說了許多好言語，先哄得新媳婦不再掉淚。然後又低聲附耳，婆媳大說體己話，教給新人許多為婦之道。第一，「你要知道，你丈夫他歲數小」，第二，「好閨女，你嫁到我家，你就是娘的親閨女一樣」，第三，「不要害羞，你要好好的哄著他，先教他不再找我才好，先教他願意跟你睡才好。」

婆母的好話，新娘子聞似未聞，竟含淚諾諾的低應著，容得婆母退出新房，這十九歲的新娘子，偷眼看了擁被而臥的小新郎，仍然止不住淚下，忍氣吞聲，暗恨著爹娘糊塗，枯坐到天明。她自然也想依照婆母的祕囑，上趕著哄新郎，然而她卻是恪守閨訓的十九歲黃花處女，她不是路柳閒花，她不能那樣。

洞房三天，竟這樣淒涼的度過。直等到耗過兩年，新郎大些了，新娘在鮑家也熟習了，他們倆方才成為名副其實的夫妻。卻是，終因二人年歲相懸，種下了悲慘的根苗。當新娘子豔如春花之時，新郎官還是人事不通的小孩子。當新郎官春情發動，知慕少艾時，又眼看著自己的老婆變成了農村健婦，又黑又胖又高又大，而三太保又是老兒子，太嬌養，未免生得單細。況且這三少奶奶太死板，不會哄丈夫，才擠得丈夫在外問柳尋花。鮑老奶這老婆子居然教導兒媳婦，自己也該修飾修飾，打扮打扮，見了丈夫，要好好的逗他一樂，不要像塊木頭似的。他喜愛什麼，你就給他來什麼。這個賢良的婆母，居然勸兒媳對兒子行媚術。婆母卻再也想不到，兒子早把這大四歲的嬌妻，看作招嘔吐的蒼蠅。三娘子在丈夫面前，越獻殷勤，越招得三太保當面唾唾沫，甚至罵出來良家婦女最怕聽最難堪之言，「賤女人，又想漢子了！」三娘子兩邊受擠，難為得背人掉淚。而夫妻間的感情，越發的不可挽救了。

夫妻倆好比一隻牦牛和一隻瘦狼做伴，太不般配了。不幸三太保的同學，又向三太保說了些玩話，「那個黑胖的女人就是你的女人嗎？好像你媽，好像你嫂子，你姐姐！」

不幸童婿所怕的就是這樣話，這話紮了三太保鮑天祿的心。他本已嫌他老婆歲數大，更抵不上人們的諷嘲。而且更有使他說不出口，惱在心中的事，便是他十七八歲的時候，他妻正當二十幾歲。婦人到二十幾歲，正是情竇早開，體壯愛美，思春最濃的時候。他的妻又是個直爽的人，未免有女追求男的時候。卻是這一來，反而招惹出三太保的鄙視，罵他太太沒出息，疑心他太太放蕩。這正是舊道德舊禮教下貞順女子最苦痛的事。女子只能被動，不能主動；若是閨房之好，一由女子發動，便被迂腐的丈夫所羞辱。三太保原是個沒心沒肺的公子哥，不幸交友不慎，同學開玩笑太過火，害得三太保越發看不起他的太太，也就越發看不上。

又被壞人勾引，三太保鮑天祿由打十八歲那年，居然嫖起暗娼來了。既有外遇，越發看不上家中的黃臉婆。三娘子雖然不是黃臉婆，可惜她又太黑太胖。妓女拿狐媚手段，引誘三太保，無非認三太保是塊肥肉；三太保竟著了迷。一個妓女年紀實在比他大兩歲，卻嬌稱剛十八，和他同庚，再三向他說，要跟他從良。山盟海誓的說，除了三太保，再不嫁別人；三太保要是不娶她，她一定要自殺。其實這個妓女比三娘子，好不了許多，不過會修飾罷了。然而她卻抓住了三太保的心肝，真是情人眼裡出西施，覺得處處比他原配太太強。第一，歲數先少，他再想不到他天生是娶大老婆的命，妓女口中的十八歲，十個倒有十一個靠不住。這妓女卻賭咒說，和三太保同歲，還小十個月，自稱小妹，三太保是情哥。

後來三太保瞞著老家，在外面設立了小公館。可惜鮑家塘並不是大地方，小公館成立不到兩三月，便消息敗漏，被他父親土豹子鮑清泉查出來了。土豹子大怒，大怨兒子好色，深恨妓女無良；仗他在地面上勢力，竟把這妓女驅逐出境。本要對兒子行家法，無奈三太保是他的老兒子；老當家的剛要教子，內當家的大哭大鬧；在家庭中吵了一個羅圈架，最後，內當家的寵容幼子，反把兒媳婦教訓了一頓，仍嫌三少奶奶太死板，不曾哄丈夫，才擠得丈夫在外嫖女人。如此云云，天天嘮叨，兒媳婦更苦了。結果三少奶奶既不得丈夫之愛，又不得婆母之歡。

三太保沒了小公館，照常的尋花問柳。鮑家塘並不是大地方，只有三兩家暗娼；這些暗娼又個個壽數大，容顏怕人。三太保的風流債，有時找不著討債鬼。可是不正道的女人，哪個地方都免不了有，三太保後來又交結了一個放誕的女人。偷偷摸摸，時常把他妻的首飾珍物私自拿出來，贈給這個情婦。情婦找他要錢，他就背著父親，向自家所開的店鋪櫃房支錢。三太保是少東，鋪中司帳掌櫃哪能不敷衍，也就背著老東家，截長補短，透支錢財，供給少東嫖資。

這樣日久天長，沒有不透風的牆，老當家的土豹子鮑清泉也漸漸有個耳聞。老當家的到櫃上查帳，發現少東的虧空透支，比家中的正用項不少。鮑清泉大怒，痛詈鋪掌，又要撤換司帳。他卻不能管兒子，只責備鋪中同人。幸而掌櫃和司帳都是老實人，為了維持老東少東雙方的感情，也就酌量著辦，該圓謊，就替少東圓謊；少東花的太浪費了，也稍稍裁製。

又不幸三太保最近認識了另一個落拓女人，這女人吮血啃骨似的善會花錢，她教導著三太保耍花招，造假帳，拆東補西；又引誘三太保偷盜家中財物，糧食也偷，器具也盜。

三太保嫖得頭昏眼花，起因就只一點，他老婆比他大四歲，而又自幼成家，父母主婚。鄉下人好娶大媳婦，本為進門就可以當家過日子，哪知流毒所及，傷害了伉儷之情，室家之好，反惹得小女婿荒唐不務正。小女婿非嫖娼，即納妾，大媳婦往往遭到被遺棄的命運。

最奇怪的是做父母家長的，明明看見覆車之鑑，還不後悔，照樣一代接一代的錯下去！於是乎三太保歲數越大，越荒唐，越大膽，後來竟有盜押房地契的事情發現！偏偏又遇上沒良心的店鋪司帳，這司帳見老東人吝嗇，少東人是散財童子，他就裝出兩面的面孔，對老的故意擺出刻薄手段，極力逢迎；對少的便花天柳地，做出篾片伎倆。不久這少東鮑天祿便和這新司帳，情投意合，偷偷換了帖，拜了把子，暗中替少東造假帳，弄小櫃，他卻乘機從中揩油。

三太保鮑天祿，就這樣的荒唐。所幸土豹子鮑清泉家大業大，勢大，人也很魄力，對這不肖子管束不很嚴，卻也不太放鬆。三太保也不十分便利，所以他貪色好交，盡多耗費，鮑家還沒有傷筋動骨。只將他父株州經營的一家商舖，消耗虧空了。卻是三太保的豪縱，竟影響到故鄉的風氣。從前此地本是僻陋的小鎮，只是一家暗娼，雖有人聚賭，還不曾有專設的賭坊。自從三太保這一鬧，別家土財主的少爺們也跟他學，整日花天酒地，只幾年工夫，這鮑家塘賭局也有了，飯館也有了，娼寮茶肆都漸漸的開張了。

而且三太保鮑天祿倚仗父勢，成了一家賭局的刀把子，有的娼寮，也在暗中受著他的護庇，他倒成了鮑家塘的人物。人們也另眼看待他，尊之為少保正。

這一天早晨，鮑家塘的居民，把道姑筠仙，以妖術殺人的罪狀，解到保正家，三太保恰好沒出門，頭一個得了信。他父土豹子鮑清泉是當地保正，此時還沒有起床。這些男婦老幼，跟隨地方，把事主鮑金榜，道姑筠仙，蜂擁到保正公所內，也就是鮑清泉家的前院。院子很大，人竟擠滿了，三太保忙問何事。眾人七言八語，說不清楚。末後還是由地方，攔住大眾，把事主和被告，帶到公所大廳，把案情草草對少保正三太保說了，請他進宅，把老當家的催起來，好問一問案情，是不是徑行送官。

三太保聽明案情，抬頭一看被告，這個青年女巫，二十多歲年紀，長身玉立，姿容亢爽，雖然犯了案，惹起公憤，她居然面無怯色。她的錦囊還在自己手內，那把匕首已被地方拿去，現在就放在公所桌上。倒是原告鮑金榜，面色慘白，也不知道是早晨畏冷，還是心慌，竟戰抖抖的喘粗氣，說不出話來。他們原是本家，三太保請鮑金榜坐下，先消一消氣。又見這些動公憤的居民，依然腐聚不退，堵著門口探頭發話，亂成一片。三太保把臉一沉，向外拱了拱手，然後做出揮手驅逐的樣子，向眾人說：「諸位叔叔大爺們，散一散罷。我爹爹這就起來了。他一定秉公辦理，絕不輕饒，諸位鄉鄰，你們請回吧。」

連說了好幾遍，看熱鬧的人略為減少還是沒有全散。有的人叫著三太保道：「三當家的，這可是個女妒精，你可告訴老當家的，重重的辦她。」又有人說：「估摸她也是個拍花的，三當家的，你可教老當家的好好審一審她，西街蔡三家的童養媳跑了，多半也是她拐的。」議論紛紛的，都恨不得當時在公所開審，他們當場看過下落才好。任憑三太保驅逐，這些老鄰舊居，沒正事的閒人，全不肯走；走的不過是小買賣人，小夥計學徒之類。

三太保也就不再驅逐了，叫一個長工，進內宅給老當家的送信，他自己就在外院，對付這案內的一干人犯。打量原告鮑金榜，坐在椅子上，還在喘氣拭汗。道姑也坐下了，地方緊挨著她，坐在一旁監管著。這道姑神色穩定，低頭不語。三太保先問完地方，又問完原告，遂即說道：「好哇，妖術殺人，該當何罪，這還了得嗎？」說罷便扭頭凝視道姑。道姑並沒有恐懼的意思，只微微抬頭，慢展秋波，向三太保睃了一睃，面上露出似笑非笑的神氣。

這一眼卻把三太保看得心直跳。三太保原是個色鬼，而這道姑又這麼妖嬈。三太保忍不住湊到道姑身邊，做出半審問半調侃的神情，問道：「你這位……我說喂，你叫什麼名字，多大歲數？哪裡的人？好好的一個人，為什麼幹這個？」

道姑筠仙似笑不笑的說：「我這個人怎麼啦？也沒偷人，也沒犯法，您是幹什麼的，你問的著嗎？」

說的話很硬，聲色很柔媚，地方在旁忙吆喝道：「這是我們鮑家塘的少保正，哎，是保正的三少爺，怎麼管不著？你好好的答對，有你的好處，你不要刺拉格擊的找倒楣！」

道姑瞟了三太保鮑天祿一眼，小嘴一撇，輕輕說道：「保正是啥玩意兒？保正就算是官兒，也礙不著三少爺的事呀！」

她的話有那麼一股子勁，三太保是風流慣了的人物，很賞識打情罵俏，一聽這話，倒齜著牙笑了，說道：「你別嘯了，我說你這個人，我問你口供，自然問得著才問呢，我是這公所的幫辦，你懂嗎？你快說你叫什麼玩意兒？你多大了？是十九，還是十八？是我們湘東的？還是外江的？你為什麼行妖術害人？」

道姑筠仙起初不答，後來見周圍看熱鬧的這許多眼睛，個個都瞪得像雞蛋，擺出凶虐相來。只有三太保笑瞇瞇的，比較可親，她就一改作風，做出忸怩之態，低聲說：「你問我嘛，我姓胡，叫筠仙，我也不十八，也不十九，那是我妹妹的歲數，我卻二十四歲了，是江南人，行醫賣藥。我沒有害人，也沒有施妖法。我告訴你罷，你這位先生的女兒，沒出閣的大姑娘，肚子很大，他們家說是臌症。請了我來，給她治臌症，我卻診出來，那不是病，是胎。他們家教我偷偷給他姑娘打胎，我不肯，他們一死兒麻煩我，找我要打胎的藥。沒有法子，我就給了他們一個方子，也不知怎麼一來，他們家的姑娘，說是壞了，就賴上了我。我也不是妖人，我也不會妖法，少保正大爺，你秉公問一問罷。他們是欺負我們年輕女人，他們要訛我，我不讓他們訛，他們就……」

三太保道：「就怎麼樣？」

道姑又瞟了三太保一眼，笑了笑說：「他們淨起訌，跟我動手動腳。其實人家本主，沒有打算訛我。你不信，問問鮑金娘，到底她女兒是我害的不是！」

三太保聽道姑自訴，振振有詞，他搔頭道：「原來是這麼一回事！但是，你說人家欺負你，是怎麼欺負你了？你告訴我，我給你做主。」

三太保就這麼屁嘖嘖的問供，被告幾乎變成了原告。門外窗前，伸頭探腦，全是動公憤的，看熱鬧的人。群情熱烈紛紛議論，和前年辦那椿花案，活埋姦夫淫婦那場事，正是一般的動人。有許多耽心世道的正人君子，最賞識犯了法的美貌少婦，最樂看她那玉容無主，徬徨求助的可憐相。尤其是臨活埋時，不幸女子的慘呼哀啼，有許多人專愛聽愛看似的。現在鮑家塘這夥子老鄉，人人拿一種幸災樂禍的心，希望保正和地方，用刑訊問這個道姑。少保正反而和道姑鬥嘴，不像問案，倒像調情。有的正人君子勃然大怒了，隔著窗罵閒話；有的正人君子都闖進屋，自己也要參加審訊，至少也要做個陪審官。

可是三太保當局者迷，忘其所以，只顧跟道姑鬥口，毫不理窗外的公憤和異議，窗外漸漸有人嚷起來。也有人代出主意，審這女妖空口訊不成，應該吊起來，拿重刑來訊問。有幾個人索性擠進屋來，地方看著不像話，忙叫公所的人，再進內宅，催請保正快快出來，一面站起來，衝著看熱鬧的人瞪眼發話：「這是公所，不是你們家，不要起訌！」又把一個剛剛擠進來的小夥子，拖胳臂推出去。這一來院中人情越加浮動，吵嚷聲更大起來。幸而保正鮑清泉出來了，這才稍稍壓住。

保正鮑清泉已有五六十歲的年紀，穿長袍，敞著大襟，銜著旱菸袋，拖著鞋走出來。為人又黑又胖，一對三角眼很有威稜。剛出二門，看見外院聚了這些人，怫然不悅，把臉一繃，說道：「諸位街坊有什麼事？找我有話的，請到公所裡面坐！沒有事的人，請借一步往外閃閃！」

只幾句話，人們默然散了多半，只剩下鮑金榜的近鄰了。

鮑清泉站在二門臺階上不動，眼睛盯住這些人，這些閒人受不住他這嚴冷的眼神，搭訕著又溜出去一夥。還有一些人捨不得走，鮑清泉衝著公所的伕役發話：「你這是怎麼看的門？進來了這麼些人，你也不問問，他們有什麼事？你要知道這是公所，不是茶館！門口上掛著閒人免進的牌子，你倒放進來這些人！」

保正的氣焰居然比地方大的多，比少保正也硬，鮑家塘的人全惹不起他。他把這些閒人都瞪走，然後進了公所屋，地方和事主鮑金榜一起迎著保正打招呼。

保正把臉上的威嚴收拾起來，另換了一臉「天官賜福」，禮賢下士，向公所中人拱手。然後衝地方說：「老八，忙嗎？」

重說：「老姪，什麼事？」眼角一掃早已看出是事主，那個道姑是被告了。他看了道姑一眼，道姑正和他的令郎三太保對坐著說話，三太保見他爹出來，也不起身，所謂家禮不可常敘，還是笑瞇瞇的問道姑。

鮑金榜此刻心神略定，把指控辭也暗暗打點好了。保正問他話，他站起來，行過禮，叫了一聲老叔。原來鮑金榜和土豹子鮑清泉是遠族本家。論輩分也許鮑金榜大，可是他們並沒有家譜，而鮑清泉乃是當地的首戶，所以他們重新排輩，叔姪稱呼了。鮑金榜對這位老叔，指控道姑妖術殺人，如是云云，「你的小孫女換兒，教她害死了！」

鮑清泉聽罷，又問地方。地方也貢獻了他的意見，說：「這個女巫已犯眾怒，當家的可估摸著，必得嚴辦。」

湘東僻區的保正居然代理民詞，有生殺予奪之權。地方的意思，是勸保正拿出土皇帝的權威，接受公議公憤，把女巫重懲一下。土豹子鮑清泉聽完，再看道姑，如此妙齡如此美貌，他就一捋鬍鬚道：「這還了得，妖術殺人，該當何罪！那當然重辦，是的，那當然是重懲。」打了一個呵欠，喊了一聲來呀。

外面進來兩個鄉下男子，說是保正公所的工役也可以，說是鮑清泉公館的長工也可以，反正公私不分。土豹子鮑清泉命這兩個鄉下漢，一左一右，把女巫架過來。他自己就往堂屋當中桌旁一坐，頗有點開堂審訊的模樣。保正土豹子大擺出官勢，口發官腔，命原被告直立在桌案前，卻沒有下跪。土豹子發話，教公所的貼寫，在旁執筆錄供，他就訊問起來。

先問地方交案的經過，次問原告鮑金榜，雖然是熟人而且是本家，照例問姓名、年齡、籍貫、職業，隨問隨錄，照例叫原告提出控詞。末後問道姑。

這女道姑被兩個村丁架著，直直立在案前。這個土豹子土財主當保正，卻大擺官譜，這道姑氣得直咬牙。然而三太保卻低聲悄悄哄她：「別害怕，你只沒有害人，我一定搭救你。他們要過堂審你，你只好好的答，問官就是我們老太爺，你只沒有做壞事，我一定想法出脫你。」道姑哼了一聲，現在在眾目睽睽之下，她也就把土財主當官老爺，好好的恭敬著，心中雖然有氣，口頭有問必答。於是照例問完了姓氏、籍貫、住處。

跟著問：何時來到鮑家塘？因何挾妖術害人？道姑委婉的回答了，還是那話，她沒有害人，她只開藥方，病人自己死的，她不承認扎針扎死的。恰好鮑金榜諱病諱辱，不敢說自己未出嫁的女兒，是因打胎打針致死，只說女巫妖法害人。倒弄得雙方供詞同樣支離，好好一個女孩子，哪像吃了一點香灰和草藥，便斷了氣。土豹子把驚堂木一拍，說道：「你說實話！你到底把鮑換姑怎麼治死的？」

土豹子高坐堂皇，大過官癮，瞪眼呼叱，像煞有介事。道姑似乎一點不畏懼。道姑看出土豹子人雖老，一對眼睛衝著自己，也直冒邪火，口頭話盡凶，神色和他兒子一樣，有點兒戲。這道姑居然使出女人伎倆，向土豹子嘵嘵抗辯，振振有詞。土豹子乾發威，不肯用刑訊。審了好久，沒有一點結果。

這工夫院外又擠進來七八個人，內有兩三個白鬍子老人，在鮑家塘也有地位，都是剛才被驅逐的人勾引來的。說是地方拿住一個道姑，保正爺倆只顧跟女巫打牙鬥嘴，不肯好好的刑訊。

這三兩個白鬍子，乃是道門中人，自以為維持風化，責有攸歸，素日又和土豹子爭名爭權，這工夫可就闖進來，借事生風，暗中向土豹子搗亂來了。

兩個白鬍子，內中有一個還算是副保正，有個黑鬍子，是退職書吏，這三人長袍馬褂進了公所，大聲說：「鮑大爺，聽說我們公所，捉住妖人了？審問的怎樣了？」

土豹子不是好惹的人，一見這三個老頭兒的神氣，早就明白了來意。登時不審了，登時起身讓座，略說案情，捋著鬍子說：「三位來了，很好，我現在正要到肇事場所去驗屍，我們一塊去吧。」吩咐他的兒子三太保，把女巫押進廂房去，撥人好好監守。

三個紳士同土豹子，和原辦地方，原告鮑金榜，一齊出離公所，到鮑金榜家驗屍。鮑金榜深以驗為恥，曾再三攔阻。向土豹子一口一個老叔叫著：「你那孫女兒換姑，還是個沒出閣的大姑娘，怎好教她的屍體在青天白日下，裸露檢驗？」土豹子皺眉，向三個鬍子紳士問道：「三位，怎麼辦？驗不驗？」

三個紳士也詭，齊說道：「這是保正的事，我們不敢做主。」土豹子笑了笑道：「驗是必得驗，便是我們不必像仵作那樣裸屍檢驗，我們只去看看好了。」

幾個人來到鮑金榜家，鮑金娘正呼天搶地的哭，鮑換姑的屍體停在門板上，還沒有裝斂。土豹子就請三位紳士驗屍，那個在道門的白鬍子，到了這時，打了退堂鼓。他不肯看死屍，怕慘死的女鬼衝犯了他的道行。他這一說不看，別的紳士也都後退。土豹子冷笑著說：「諸位既然來了，怎好不驗驗？」推這個一把，拉那個一把，正在強拖，鮑金榜進了內宅，把公所來人驗屍的話，告訴了鮑金娘。鮑金娘又悲又忿，披頭散髮跑出來攔驗。衝眾人大哭大叫：「我們姑娘人都死了，你們幾位還要驗她？還怕她裝死不成嗎？」

排頭土豹子故意退後，教白鬍子上前抵擋，白鬍子也滑頭，眼往別處看，一味假裝犯咳嗽，不肯回答。那兩個退到土豹子身後，也不答話。土豹子含笑向他們一看，這才越眾上前。對鮑金娘說：「金嫂子，你放心，我們這是照例公事，不能不驗。」回頭對鮑金榜說：「你是當家人，大主意還是你拿。

你若是想經官告狀，那就免不了驗屍。你若想私了，我可以想法子，不必驗屍，把這女巫處置了，就看你的意思怎麼樣了。」

鮑金榜也拿不定主意。他是既不願驗屍，又不願輕饒這女巫。鮑金娘也搶著哭天抹淚的說：「我們姑娘不願白死，得教她償命，驗屍可不成，我們是什麼人家？一個大姑娘，哪能教仵作們隨便的驗……那不成，簡直不成！」

土豹子微微笑了，對鮑金榜說：「金嫂的話只能在這裡說，經官動府，可不能由著女人的性子。你到底打算怎麼樣？」說罷，眼盯著鮑金榜，眼角掃著三個白鬍子紳士。可是金榜夫婦到底也沒說出所以然來。土豹子也不再擠，一伸腰說道：「好罷，這件事交給我辦罷，但是，照例的事，總得辦一辦。」於是進了內室，和地方一同把死屍看了看，土豹子口發嗟嘆道：「可憐，可恨！」於是驗屍的事，因為鮑金娘出頭攔驗，就這麼草草了了完結。

土豹子又問三個紳士：「驗屍是完了，現在就是懲凶，三位，你說該怎辦？」

內中一個紳士，剛說出自己的意見：「這應該嚴懲。」土豹子冷笑道：「老兄高見，好極了，就請你一力主持罷。」一個軟釘子碰回去了。末後，眾議僉同，還是請保正主持公道。土豹子就說：「這是妖人，一定該重辦，你們諸位擎好罷。我一定嚴訊，嚴懲，絕不姑寬。」

於是保正和紳士出離了事主家，重往保正公所走。離著公所還遠，土豹子就向三個紳士虛讓：「我們不進去坐一會兒嗎？」口氣冷冷的，其實是不歡迎他們去。那個副保正也很刁鑽，反詰道：「我們去是可以的，可是，那不礙著你的事了嗎？」土豹子哈哈笑道：「老兄真在行，按說問案審賊，是怕人打擾的，這又不是三堂會審。不過三位是高興看熱鬧，那麼，現在天氣還早，我們先回去吃午飯。吃完午飯，再開審，我再叫人邀三位去。」說著，衝三個紳士拱一拱手，獨自回家了，家也就是公所。三個紳士雖然不高興，卻因在地面勢力上，敵不過土豹子，也就說著不忿的話，各自回轉各自的家。他們全有他們的正業，只能暗中搗鬼，沒有常工夫和土豹子對頂，土豹子也就大權獨攬，武斷鄉曲了。

土豹子回轉公所，先進內宅用飯。早飯後沒事，這才來到前院公所，打算提出女巫來，過堂開心。卻是土豹子的令郎三太保，早和道姑胡筠仙，在廂房又說又笑，敘起家常來了。他的父親要審道姑，他頭一個攔住，對他父親土豹子道：「這個婦人其實犯不了多大的罪，她說她不是女巫，也不會跳神，她只是個自小修行的道姑，常常行好，給人看病罷了。」

父子二人為這道姑，抬起槓來。土豹子一定要重審，三太保卻一力主張把道姑放了。父兒兩個竟大呼小叫，吵了一頓架。末後還是得過堂，卻不再提訊了。土豹子親到廂房就訊，也不教書記錄供，只由土豹子隨便盤問。盤問的時間很長，直到午飯時，還沒有問完。末后土豹子餓了，就回內宅用飯，叫手下長工，炒了幾個雞蛋，買來一盤肉，作為囚糧，給道姑送了去。土豹子也怕人議論，對人說，這是道姑自己花錢買的，人犯了法，肚子沒犯法，何況保正並不是官廳。

道姑就這樣拘在保正公館的前院廂房中，一切自由，有吃有喝，只不准離開地方。對外人說，就是口供還沒問完；問完之後，當然依法重辦。可是另外還有手續，必須寫稟帖，押送官廳。

不過這件事早轟動了鮑家塘，「保正家現時押著一個女巫」，一個傳兩，兩個傳三，許多人聽見了，都來瞧瞧。這一天保正公所的門限，幾乎被當地居民踢破。土豹子發了煩，貼出告條來，禁人無故闖入公所。

午飯後，土豹子銜著菸袋，又到廂房，就訊女巫。信手一推門，門裡邊閂上了。土豹子怒道：「開開門！」連叫兩聲，屋裡面隱有笑聲，旋即有人輕輕走過來，把門開了。土豹子一看，好他的令郎三太保和女巫對面坐著吃飯呢。有酒有肉，還有火腿鹿脯，比他老人家預備的雞蛋熟肉豐美多了。

土豹子很生氣。這兩個人見土豹子進來，臉上都有點忸怩不安。三太保更有點失措，那女巫卻笑著站起來說：「老當家的，吃完飯了嗎?你們這位少當家的，太小心了，總怕我偷著跑了，又怕我行短見，始終在這裡盯著我。我不幸打了掛誤官司，卻又僥倖遇見了善人。老當家的，你真是佛心腸的人，你這少爺更是厚道。」且說且笑，指著桌上的菜，讓土豹子吃：「老當家的，喝一點酒嗎？」

土豹子本來震怒，尤其是看著他那令郎。他那令郎雖然紅著臉，神情中似乎對他父親貿然闖進來深感不快。低聲說：「你老吃完午飯，不是還要睡午覺嗎，溜到這裡來，幹啥？」土豹子罵道：「娘賣皮的，這裡有魔鬼，纏住你了，我瞧你今天就拉不動腿了，總在這廂房幹啥？你還不出去，找你那玩友去？這是公所的案件，不是我們家的事，你攬在裡頭幹什麼？」

三太保驟聆父訓，又羞又怒，反唇相譏道：「不是你教我看著的嗎？怎麼轉臉又不認帳了？我在這裡礙眼，惹厭我躲開這裡，還不行嗎？教你老一個人問案。」忿然推門出去了。

土豹子鮑清泉縱然老辣，也禁不得老臉發紅，罵了一聲：「娘賣皮，你這小子是怎麼說話！」回頭看道姑筠仙，正在那裡舉著筷子微笑。鮑清泉說：「這小子是個荒唐鬼，我這公所的事，他也來胡亂干預。你不要聽他胡扯。你這案子可大可小，全握在我手心裡呢，你可明白嗎？」

女巫巧笑道：「我很明白，這全靠保正行好罷。」一面說話，一面吃飯，又指著酒肉說：「保正賞飯，坐下來喝兩杯嗎？」

保正鮑清泉逡巡欲前，這就要坐在他兒子原坐的地方，與女巫對酌兩杯。可是偶一回頭，看見窗前有個人影，鮑清泉立刻一繃面孔，站在屋心說道：「你快吃飯，人犯法，肚子不犯法。你吃完了，這就問你的口供。你要老老實實的供……」口中搭訕，走到屋門口，推開門扇，往外尋看。

偷看的人並不是他的令郎，乃是公所的伕役。原本受命，教他監視這個道姑，以防偷跑，或畏罪自殺。土豹子這工夫早忘了舊茬了，勃然大怒，申斥伕役：「你在這裡鬼鬼祟祟的幹什麼？」伕役要申辯，土豹子不容他開口，一口一個娘賣皮，把這伕役罵得滿臉賠笑，倒退著溜出去了。卻是剛轉臉，就指著土豹子，切齒臭罵：「吝刻鬼，擺官架子，早晚遭紅事，爺兒倆個一對色迷鬼，什麼事瞞得過我！」

土豹子斥退伕役，依然關上廂房門，藉問供向道姑勾搭。

一時忘其所以，直到晚飯以前，他還是沒出來。他的令郎三太保派別的伕役，幾次來窺探，都被土豹子罵回去了。忽然間，三太保用陰謀，通了內線，土豹子的原配鮑老奶，拄著拐杖，罵罵咧咧尋來了。

但是土豹子為一方土豪，到底有兩下子，原配鮑老奶剛出內宅，便有人跑到廂房送信。鮑老奶拄著拐杖，剛到二門，土豹子倏然離開了廂房，轉到前院公所了。

鮑老奶的噪音非常尖銳，到廂房摸了一空，衝著道姑連罵幾聲「迷人精」，然後到前院，大叫老當家的。老當家的裝聾作啞，鮑老奶叫罵不休，終於土豹子臉上掛不住，出來了。老兩口子犯唇舌，叮叮噹噹的，同時回了內宅。於是母豹窮詰土豹，土豹當然有一番支吾。

土豹子剛剛被母豹叫走，三太保立刻從跨院鑽出來，一溜煙又跑到廂房，替他父親監管起女巫，盤詰起女巫來了。土豹子父子貪色忘形，竟不理會旁人的冷笑。老的剛走，少的又來。這一天，三太保竟沒離開廂房。

轉瞬到了晚飯時候，土豹子被母豹嘮嘮叨叨拴住了，沒得出來。三太保越發得意，照樣弄來酒食，陪著這殺人犯女巫胡筠仙共飲共餐。直到晚飯後起了更，土豹子才從內宅出來，吩咐公所的人小心看守門戶，現在廂房拘著要犯，千萬不要疏忽。囑罷，又派公所服役叫小黃的，到廂房監視女犯。小黃吐舌道：「老當家派別人吧，我可不行。」土豹子瞪眼道：「你怎麼不行？」小黃張了張嘴，說道：「我年紀輕，我可不敢看守這個女妖精。」

這麼一說，土豹子才把怒容收起來，笑了。於是改派一個有年紀的伕役，叫做老張。老張很是老奸巨滑，老當家的派他，他諾諾的答應；可是他並不到廂房去。一任那個道姑和少當家三太保在屋中說話談天，他只在外面打幌罷了。

土豹子自己親自到廂房看了一趟，三太保早已躲開。土豹子向道姑說了幾句話：「你不要偷跑，不要尋短見，你在我這裡拘幾天，等著外面風聲稍為緩和，我就把你放了。你們小男婦女的，只要不害人，不作怪，我絕不會把你重辦的。」道姑當然道謝，土豹子看了看門窗，又看了看屋中的物什，遂走出來，把老張叫到面前，低聲告訴他：「你千萬小心，這大概是個女江湖，她總不會畏罪尋死，只怕她得空偷跑。你跟陳三可以分上下班坐夜看守她，可別大意了。江湖上只有女子和僧道最不可測，你們懂不懂？」

老張和陳三一齊答應了，於是土豹子回轉內宅，對付母豹去了。

土豹子轉身走去，老張和陳三嗤嗤的笑起來。不想兩人一轉身，小豹三太保鮑天祿已然悄沒聲的又溜來了。這工夫天色已黑，三太保像鬼似的，一聲不響走來，倒把老張等嚇了一大跳。幸而沒說閒話，沒有叫當家聽見。可是他賊人膽虛，不由的紅了臉，向少東搭訕了幾句話：「少東上哪兒？少東沒出去玩吧？」

三太保毫不理會，反問二人：「剛才老當家的又嘀咕什麼了？可念道我沒有？」二僕回答：「老當家沒說到你老，只是說這個女巫，是個女江湖，教我們小心看守她。」三太保問：「派誰看守？」

回答：「就是我們倆。」三太保道：「哦，派你們倆，你們倆多辛苦吧！」掏出二十串錢，賞給二人，說是：「坐夜看犯人，最容易困，給你們這錢打酒喝。」兩個人請安謝過。

於是三太保又一頭鑽進廂房，卻是剛打二更，三太保又被三娘子催請進宅。三娘子是聽公公說了些閒話，這才出來尋找男人。不過三太保鮑天祿跟他父親不一樣，他並不懼內。三娘子來找，他立刻勃然大怒，跟著三娘子進了內宅，厲聲詰問三娘子：「你找我幹啥？」三娘子賠笑說：「天不早了，請你回來，早點歇著。公所裡的事，你犯不上管，倒招的公公不高興。」

三太保越怒，惡狠狠唾了三娘子一臉唾沫，醜言痛詆：「不要臉的東西，你也不自己尿泡尿，照照鏡子，和老妖精似的，跟我死纏什麼！」罵得三娘子十分慚沮，痛哭起來。卻被婆婆聽見了，先罵兒媳婦無能，不會把男人暖住。又罵兒子：「死不要臉，跟你爺一樣，我早聽說你們公所抓來一個女妖精，你們爺兩個可就全走了魂了！呸！爺兩個一對色鬼！」

母豹罵土豹子，土豹子念在老夫老妻的面上，又加之以兒大女大，惹不起母豹滾刀死肉纏不休，有時就裝聾容讓。土豹越忍讓，母豹雌威越伸張，所以土豹子近年儘管在鮑家塘成了人物，可也傳出去懼內的名聲了。其實土豹子只為保持紳士家風，不願聽太太的直脖子怪吵，母豹可就得寸進尺了。但是母豹能跟老頭吵，卻不能跟兒子吵，兒子是不肯恭聽她的嘮叨的。母豹的銳聲叫罵，剛一開腔，三太保就一瞪眼，一摔簾子，憤然走出內宅，往外面跑。母豹連喊小祿：「你上哪裡去？」三太保一聲不響，如飛的走了。母豹追著喊，罵，鮑天祿只做聽不見。氣得母豹頓著歪歪扭扭的鐮刀腳，回轉身來，又罵兒媳。夾槍帶棒，由兒子轉回兒媳。由兒媳又轉到公公身上，老豹鮑清泉也被罵急了，拿起旱菸袋，也走到前院去了。

老豹鮑清泉一生氣，就在家中呆不住，在前院坐了一會兒，耳畔畔隱隱聽見母豹還在裡面吵鬧，他就罵了一聲，「娘賣皮的！」索性躲到櫃上去了。

土豹子的買賣鋪子，就離住宅不遠。掌櫃見老當家含嗔來到，曉得又是鬧家務，忙讓到後面，特給燙酒，陪著且喝且談。土豹子不肯說，掌櫃當然不敢問。可是七八杯酒下肚之後，土豹子脖頸也粗了，眼珠也紅了，話也多了，立刻大罵起「妻不賢，子不孝」，如今的世界太不成話，老娘兒們一味吃醋，年輕的人又死不要臉的貪戀女色。越罵越有勁，酒也越喝越多，舌頭卻越來越短了。

土豹子雖然罵的是世風不古，掌櫃卻曉得這是東家的家務事，掌櫃就順著口氣應付著，也不肯指實了，只是跟著罵海街，轉瞬三更過了，掌櫃的因問東家，可是在櫃上住一夜嗎？

土豹子矍然失警道：「不，我還得回去，公所裡還押著一個女妖精呢。」於是土豹子說了一車閒話，罵了半夜海街，心頭比較鬆爽了，就晃徘徊悠站起來，叫夥計打燈籠帶路，他要回公所回家。

掌櫃忙叫一位打更護院的大師傅，背鳥槍，打燈籠，又命一個年輕徒弟，攙扶著老東家。土豹子醉醺醺回家，鮑家塘雖是山村小鎮，地方卻安謐，可以說夜不閉戶，路不拾遺，夜間行路，所怕的只是野狼罷了。三個人走了不大工夫，便到土豹子的本宅莊院之前，大師傅上前敲門，砸了好半晌，莊院中方才出來人，問話開門。

土豹子罵那看門的人：「怎麼叫了這半天，才出來？你又睡了是不是？」小陳不敢答話，過來幫著徒弟，攙扶土豹子進內宅。母豹已睡，土豹子的小妾還在裡面等候，見老當家的吃醉了，便給倒茶，削梨削蘿蔔。土豹子吩咐小陳，把大師傅徒弟遣回，街門要上好了，又問小陳，那個女犯人，有人看守沒有？小陳低聲回答道：「有人看守。」土豹子也不再問，就迷迷糊忽和衣躺在床上了。

卻不知怎麼一來，他又驚醒。姨太太要給他寬衣服，他反倒坐起來，說是要吐，也沒吐出來。又吃了一兩個酸梨，坐著發了一回愣，忽吩咐姨太太，把燈籠給點著。姨太太不敢違拗。土豹子接過燈籠，就要到前院去。姨太太忙說：「老當家的，你上哪兒去？黑更半夜的，不要受了風。」土豹子衝姨太太一笑，說：「我到前邊查看查看去。」姨太太也明白了，嗤的冷笑了一聲，不再攔勸。土豹子打著燈籠，邁步往外走，忽然又止步，把牆上掛的一把腰刀摘下來，抽刀出鞘，左手掌燈，右手提刀，一徑奔前院。

土豹子當然是走去查看廂房被囚羈的那個道姑。他喝的酒很多，此時被風一吹，頭腦似乎清醒一些。便走到西廂房階前。廂房窗戶漆黑無光，門扇交掩，屋內似乎傳出一種很難聽的聲音。土豹子心中一動，忙叫了一聲老張，聽差老張並沒在此值應。土豹子罵了一聲，約猜著一半，大概他的令郎三太保和道姑滾到一塊了吧？

土豹子一步來遲，不禁大怒，忙用手一推門，門扇吱的一響，只推開一個縫，裡面沒有上閂，似被椅凳之類頂住。土豹子叫了一聲，裡面寂然沒人答應，卻隱隱聽見哼聲。土豹子忽然害起怕來，左手的刀不敢丟下，只將燈籠掛在門環上，騰出手來，再用力推門。猛然一使力，門縫又大了些，突然覺得由屋中衝出來一種恐怖的氣氛，迫得他一陣陣頭頂發毛。他竟不敢再推門，只大聲叫喊老張，又叫小陳，隨後更叫小祿，小祿便是他的令郎三太保。

叫了幾聲，屋中沒有回聲，他有心叫旁人，不知怎的，又起了一種疑忌。幸而他手中有刀，便一手持刀，一手重舉起燈籠，用肘使勁，用肩膀頂門，居然把門頂開了。乍入屋中，觀物不明，略一凝神，眼前大木床上，似乎並沒有那個道姑。卻是後窗大開，直往屋內灌風，屋中還有一種怕人的氣息。土豹子大駭，情知出了差錯，那道姑必然是跳後窗跑了，土豹子就厲聲的再喊叫僕人。

土豹子此時喊的聲音很大，而且喊岔了音。聽差老張在南屋聽見，慌忙跑出來。土豹子見來了人，有了仗膽的，便稍為鎮靜，和老張一同重返廂房，點起燈火照看，登時發現道姑已經失蹤。卻在大木床根下，躺著一人，口發微哼。土豹子就知不好，走上前一看，還沒看明白，已覺出腳下溼淋淋，似乎是血。不禁叫了一聲：「不好，傷了人！」

提起燈籠細照，炕下血泊中，正臥的是土豹子的令郎三太保鮑天祿。赤身露體，側身倒臥著，下半身盡是血，人已昏死過去。土豹子慘叫起來，一霎時，裡外全驚動了，值夜的首先進來。幾人協力，把赤裸的屍體先抬上木床。跟著女眷們也驚動出來了，忙著救了三太保。長工和護宅的把師們，各拿刀槍搜尋那逃走的道姑。

土豹子氣得臉發白，眼珠通紅，已經驗明三太保的傷，只是一刀之苦，被人閹割了。別處也有一兩塊破傷，都不要緊。只有這閹割處，血流不止，三太保早疼死過去了。而且三太保全身赤露，僵在床下，分明是乘夜跑到道姑被囚禁之所，來找便宜，結果被道姑下了辣手。

三太保已經半死，他的母親、妻子、姊妹全跑來看，看見一個赤體浴血的人，除了他的母妻，別的女眷全嚇得跑回去。

他的母親衝著土豹子大嚷：「你怎麼坐在那裡直喘氣，還不快想法救救孩子！」她不知土豹子此時又痛又恨又驚，人已半痴了。幸有別的人，找來止疼藥、刀創藥，給三太保好歹敷上，用布捆紮了。不便穿衣，給蓋上了被，又用童便，沖灌了三黃保蠟丸。鮑老奶奶和三娘子在房守著，好半晌，三太保才呻吟出聲來。

下人們打掃地上的血，尋找割掉的肉。居然在地上發現了。大家問三太保，遇見什麼事？三太保說不出話，半晌才說出道姑來。土豹子心神略定，這才親自出去驗看道姑逃走的路。

這道姑確是傷了三太保之後，破後窗逃走的，護院的把師們一直搜出去，在西北莊院土圍牆上發現一些痕跡。幾個把師拿鳥槍，持火把，續往堡外追去。一直追出二三里地，再沒有痕跡了。

土豹子見三太保呻吟的聲音漸強，知道他甦醒過來，忙湊過了，問他，怎生被害？何時被害？三太保已經能夠說話了，橫躺在大床上，傷處奇疼無比，不住哎喲。他的母親守在他左邊，他的妻子守在他的右邊，他要說，又說不出口，半晌才說：三更以後受的傷，當時昏過去了，也不知自己怎會栽到地上，也不知道姑何時逃走的。他向父親說，疼的受不住，教他父親想個法子，給他止疼。而且傷口捆紮不好，依然出血，三太保的臉都慘白了。

土豹子束手無計，鮑家塘是小地方，沒有名醫，只有一座小藥鋪，藥鋪葛先生治病人帶開方。土豹子忙叫長工小陳，快去把葛先生請來。

此時天色漸近黎明，長工小陳把葛先生請到，並先說明是外傷硬傷，葛先生就帶來一些治傷的藥和定痛丹之類。等到見了土豹子，說起三太保下體已被割掉，現時仍然出血；因向葛先生提出包治包好要求，情願多出錢，但須葛先生寫包票。葛先生臉上立刻露出難色，當時也不說什麼，只要求先看看病人。三太保仰臥在大木床上，呻吟不已，氣息微弱，經土豹子和葛先生把他身上搭的被撩起來，傷處包纏著棉布，已然被血漬透。葛先生剛剛一動，三太保便呻吟起來。好容易解去棉布，露出傷口，葛先生不禁吐舌搖頭，忙給重新纏上，向土豹子說出「辭不開方」的話來。

葛先生說得很明白，這不算是刀槍外傷，這必須用閹割太監的靈方妙藥才成，我們尋常的外科瘍醫是治不了的。因為不只要定痛止血，還得通小水，利便溺。一個治療不得法，便怕創口生肌，弄得小便不通；再不然便化膿腐爛。葛先生不但不敢答應包治，連臨時救急止痛，也不敢貿然下手。再者病人受傷過久，失血過多，就使病情沒有變化，病人照樣有生命的危險。

當時葛先生說出許多為難的話來，土豹子這才害了怕。也不敢再說包治了，收拾起保正的架子，反而向葛先生作揖打躬，說許多好話，求他救命。葛先生只答應給敷藥止血，服藥止痛，還是請病家另請高明。這種傷病，最好是找閹寺想法兒。可是鮑家塘不是北京城，既沒有太監，也沒有閹割專家，土豹子央告葛先生代薦名醫，葛先生心目中也沒有合適的大夫，結果只好派專人進都省，懸重賞訪求包治專家。

偏偏三太保遇害的時候，正在夏末秋初，創口化膿，竟陷危篤。後來，接來了一個老太監和一個外科郎中，三太保幸得保住性命，人已轉成殘廢，而且還留下隱疾，和太監們一樣的隱疾。這也可以說，是他貪色之報。

這件事轟動了鮑家塘，人人都說這道姑也太毒辣。土豹子不肯吃這大虧，派護院把師，踏訪這跳窗逃走的道姑。居然也訪著一些形跡，細一追尋，卻又沒了影，土豹子索性經動了官面。地方官簽發文書，撥派干捕到鮑家塘，勘明案情，立即到各處，訪拿這連傷二命的人妖道姑。就在同時，由江南也來了幾個有名捕快，奉江南總督之命，也來緝捕這個人妖胡筠仙。

這江南來的四個名捕，一聽說鮑家塘慘案發生的情形，立刻望風撲來。就在三太保被閹割負重傷的半月內，四個名捕，喬裝改扮，來到鮑家塘，請見苦主鮑清泉，細問道姑的年貌。

又求見養傷的三太保鮑天祿，問他受害的情形。此時三太保，仗恃家中有錢，聘得外科名醫，救治得法，幸保殘軀，卻是下體已然潰爛生膿。四個名捕直達病榻，細問當日受害的經過。

三太保還不肯說，這名捕很在行，問的話一句釘一句，三太保竟沒法掩飾。

據三太保說，正與鮑家塘一般猜議無異，是他自己貪色忘害，半夜調戲道姑。道姑佯為順從，面含怪笑。在三太保手挽道姑，雙雙登榻歡會，正在自幸奇遇的時候，猝然受了慘害，給了他一刀，而且把他踢下木床。然後狂笑毒罵著，跳窗跑了。三太保立刻痛暈過去，連道姑怎麼逃走的，都不知道。只是後來查出後窗洞開，猜出道姑是這樣走的罷了，卻在後窗框上，留下了一個粉漏子打的蜻蜓記號。

四個名捕問完了當夜情形，領看了粉蜻蜓暗號，彼此示意微笑。跟著又低聲盤問三太保：「鮑三爺，我們再釘問你一句話，就是這個道姑，據你看，她是個女子，還是個男子？」

三太保一聽這話，不由吃驚，連土豹子也驚異道：「四位上差，你說這話怎麼講？這個道姑不是女子嗎？」父子二人一齊回想當日情形，愣愣的說道：「這個道姑並不是旗裝，頭上留著很長的頭髮，腳下很小的腳，怎麼竟是個男子改扮的嗎？」

四個捕快相顧笑了，為首的耿頭笑道：「鮑保正或者弄不清楚，我想鮑三爺總可以追想一下，她實在是個男子，化裝道姑，她多少總有破綻。鮑三爺你再細想想！」

其實鮑天祿，就想也想不出來。第一，這道姑語音柔軟，不似男子；第二，一雙小腳是鄉間罕見的，實在是在當時怎麼想，也想不出哪點有破綻。其實當時若可以看透她是男子喬裝了，三太保就不致於強迫道姑順從他，反而賺來一刀之苦。而現在，三太保竟因貪色，反而喪失了男根，以至於委頓在床。

四個捕快再三向他打聽道姑的一切，他到底說不出疑點來，只有從年紀口音上，證明道姑胡筠仙正是他們要緝捕的那個人妖，那個男扮女裝的惡賊玉蜻蜓。

當下，四個名捕在鮑宅問不出什麼來，也就不多問了。卻又到鮑金娘和何寡婦家探問了一回。何家小寡婦被問得羞愧無地自容，若不是婆母勸阻，她幾乎自殺。這四個捕快旋由鮑家塘出發，開始了踏訪。因為內地像筠仙那樣的道姑非常罕見，而且她的長身纖足的形貌，也容易惹人注目，遂在鮑家塘出事後的兩個月，四個捕快終於綴上筠仙的蹤跡了。而道姑筠仙，其實就是人妖玉蜻蜓的假名。

第八章　玉蜻蜓決鬥遭擒

這四個捕快乃是江南安慶府捕盜的名手。一個是叫神眼耿永廉，一個叫石守仁，外號叫石敢當，一個便是有名的盲捕快岳陽的范瞎子，和他的徒弟旗人桂保山。這神眼耿永廉和石敢當，乃是原辦捕快，奉命緝拿江南的飛行大盜人妖玉蜻蜓桑林武。桑林武逃到湘鄂交界巨賊獨眼龍小杜三那裡，官人追到那裡，攻破了小杜三的巢穴，擒獲了小杜三的副手和小杜三的姘婦白唐氏，一時失神，竟被小杜三漏網。他們趕快放出眼線，續行跟緝，把獨眼龍直追到洞庭大盜佝佝張六的勢力圈內。佝佝張六手底下竟有二三百的黨羽，出沒在洞庭湖一帶，聲勢極大。神眼耿永廉等不敢冒昧動手，特請岳陽已經退役的捕快范瞎子幫忙。他們不想拿張六，只想叫張六「開面」，把小杜三和玉蜻蜓交出來便罷。

這時候，范瞎子的兩雙眼，已經真個全瞎了。耿永廉、石敢當找到范瞎子家內，一口一個師叔叫著，請他出頭代辦這一案。范瞎子推辭不開，只得答應了。遂打發一個徒弟，找到佝佝張六的好朋友梁先生家，送了一份禮，要求佝佝張六，賞臉見面，有點小事談一談。

梁先生是湘陰縣的一個村塾塾師，肚裡有幾部英雄譜，水滸傳，響馬傳。前些年，曾因夏夜閒談，論到湘江的群盜，別人都痛罵群賊，殺人越貨，行為萬惡，梁先生卻根據梁山泊「替天行道」的說法，盛稱佝佝張六「盜亦有道」，乃是當今的草莽豪傑。又說他們原本是好人，只可惜貪官污吏，把這些英雄逼上梁山了。

梁先生這番話，不過自矜獨見，自誇博學，鄉下人不識字，沒有看過水滸傳，梁先生就把梁山上的豹子頭林沖打虎武松的故事，對眾誇說了一回。歸結到末後，便說洞庭湖的佝佝張六乃是當今的盜俠。他本是信口胡說，不想言者無意聽者有心，在這豆棚瓜架月光之下，聚坐著許多乘涼的鄉農，吸菸喝水，放言高論，哪知這黑影中竟有一個夜行人物，坐在人背後偷聽。這個偷聽的人便是佝佝張六。

納涼的人談了一回盜績，旋又轉到別的話頭上去。這黑影中的人站起來走了。人們又閒扯了一會兒，挨到三更，暑氣全消，人們回家睡覺去了。梁先生也就回轉學房，趁著月光，也不點燈，就倒在木床上睡覺。剛剛似睡未睡，忽然聽外面啪噠的響了一聲。跟著又聽見屋頂上有動靜。梁先生嚇了一跳，不由坐起來，乍著膽子，問了聲：「誰呀？」

屋頂上竟有人搭腔，低低的說道：「先生，是我。勞你駕，把門開開吧。」

聲音很生疏，梁先生嚇傻了，他以為這不是狐仙就是鬼怪。只顧害怕，忘了回答，更不敢開門。可是沉了一會兒，外面聲音又道：「先生別怕別嚷，我這就進來！」

忽然窗扇悠悠自開，一個黑影直跳進來。梁先生嚇得要喊，那黑影很快的撲到面前，手中一晃，發出火亮。就用這火亮，把桌上油燈點著，然後笑哈哈的說：「梁先生，認得我吧！」

梁先生已知這來的不是狐鬼，定是一個人，當然絕不是尋常人。乍著膽子一看，這人穿一身青短打，用青綢包頭，提著一個包，身量不很高，舉止很矯捷，面目正背著亮，看不很清楚，只兩眼灼灼有光。

梁先生有些瞧科，可是他不言語，不敢說。那人笑了笑，把小包放在書桌上，衝梁先生一拱手道，「先生，我就是你剛才提起的那個佝佝張六。佝佝張六是殺人不眨眼的巨盜。」梁先生越發害怕，忙道：「六爺，我可沒得罪您，您手下留情！」

張六爺道：「梁先生，這是哪裡話，承你看得起我，人前人後，拿我當個人看，我這是來謝你，不是來嚇你的。」

佝佝張六帶來了酒肉鮮果，意思是想跟梁先生作徹夜之飲，為通宵之談。可是梁先生驟與這殺人魔王抵面，連話都說不俐落，更怎能作賓主酬酌！佝佝張六很世故，見狀不可再留，向梁先生又一拱手道：「先生，你不要害怕，我姓張的不是那不懂人事的人，我想跟你交交。我也有一肚皮的牢騷，願意跟知己叨念叨念。不過今天是初會，我也不多呆，我們改日再談罷！」

說了一聲再談，陡然起一陣冷風，書塾剛點亮的油燈，突然又滅了。緊跟著窗扇一響，佝佝張六又從窗口走了。梁先生嚇的出了一身冷汗，呆了好半晌，心神略定，又聽外面沒了動靜，這才緩緩站起來，敲火把燈再點上。

書桌上放著小包，打開一看，有酒有肉，還有一隻燒雞、一對銀杯和一錠銀子。

梁先生不敢告訴人，偷偷把這雞肉白酒都享用了，把銀杯和銀錠也藏起來。自己自驚目炸的直過了好幾天，每到夜晚無人聲，只聽見外面雞鳴犬吠，草動風吹，他便疑心佝佝張六又來了。可是佝佝張六直過了半個月，沒有再來。

這一天，將到端午節，梁先生上市鎮趕集，買了點過節的物品，就手進了一家小飯館，要自己喝兩杯酒。吃一頓犒勞。

小飯館飯客很多，恰好梁先生跟一個趕集客人同擠在一張桌上。梁先生要了一壺酒，一碟熟菜，三十個蒸食。等了一會兒，堂官端上來，卻是四樣葷菜，兩壺酒。梁先生以為送錯了，那同坐的人笑道：「梁先生你吃罷，沒有錯，是我叫來的。」

梁先生抬頭打量對坐的人，面黑身矮，低頭據案，二目迷離，穿一身鄉下打扮，說話聲音是很爽利。梁先生一時瞠目詫異道：「你老兄貴姓？恕我眼拙，不記得了。」那人猛抬頭，和梁先生一對眼光，二目灼灼放光，笑說道：「梁先生真是貴人多忘事，你可記得前些天，有人請你吃燒雞，喝酒嗎？那就是我，我姓……」低聲道：「弓長張。」

梁先生吃了一驚，對坐的人又低下頭去，兩眼又現出睡不醒的迷離呆狀了。

「這一定是佝佝張六！」

梁先生嚇得張皇失措，也不敢躲，也不敢出聲。對坐的客人竟很坦然，舉杯敬酒，舉箸布菜，衝著梁先生大談起來。又問梁先生在鄉下坐館，每年收入如何？家中還有什麼人？又打聽梁先生，最近我們鄉下佝佝張六他們鬧的很凶，你先生覺得怎麼樣？

梁先生像罪犯一樣，又像身赴閻王宴，縱有美酒肥肉，也忘了饞蟲。可是對坐的客人竟很世故，似知道對方膽怯，把那酒連連斟了幾杯，再三請梁先生喝。直等到這位塾師接連有七八杯酒入肚，膽子便大了，話也更多了。等到酒足飯飽，梁先生竟把這位張客人當作了酒友，已經將戒懼之心一掃而空了。

張客人從兜肚取出一錠銀子，叫來堂官，說道是：「這是酒飯錢，剩下的賞你！」站起來，邀著梁先生往外走。梁先生喝酒稍多，又上了幾歲年紀，有點走不動了。張客人竟一手攙扶著他，走到鬧市，買了許多過節的東西，打做一包。他忽然捏嘴唇，吹了一聲呼哨，引得行人側目，他也不管；昂然的走出鎮外，站住了。對梁先生說：「先生，你太醉了，你騎驢回去吧！」

梁先生方在謙讓，不想旁邊已有一個穿短打的漢子，像腳夫又不像腳伕，牽一頭小黑驢，立在二人身旁。張客人打一聲招呼，那腳伕一聲不響，過來把梁先生攙上驢。張客人把剛買的節貨交給腳伕道：「你好好的把梁先生送回家去……梁先生，這裡有一點小意思，請你收下，我們改日再在書房見罷。」

梁先生竟這麼被送回家。那腳伕道：「梁先生，剛才那是我們頭，我們頭很願意跟你交交，你不要害怕，不要多疑，我們絕不會毀害好人的。不過你要說話多小心點，別教外人知道才好。我們並不怕，只怕他們腿子們找尋你。」說完，這腳伕一躍上驢，眨眼去遠。

梁先生回到家下，打開張客人送的那個包，包中果然有許多過節的食物，另外還有一個小包，內中竟是一大錠銀子十串錢。

梁先生又驚又喜，又有點害怕。若說實了，這就是通匪有據，他的娘子看見這些錢和這些東西，也不住盤問：「可是學東送的嗎？」梁先生說：「不是。」又說：「你不要亂問了，等我想想。」可是獨自想了好半晌，依然是窮書生善財難捨，到底把禮物全收下了。他以為佝佝張六既然賞臉，就該喜納；如若拒絕，誠恐招惱了這個殺人不眨眼的盜魁，反而更壞。

於是，梁先生在家中，過了一個富裕節，三天以後，他就離家回館。

自此，梁先生便同佝佝張六交了朋友。每到夜深人靜時，梁先生在書房挑燈獨酌，忽然聽見房頂上瓦響，或者聽見輕微的叩扉彈窗之聲，那就是佝佝張六來了。不來則已，一來，就有酒有肉，和梁先生山南海北，大談一陣。有時談舊說部的盜俠故事，有時談近時官場的顢頇情形，和綠林跋扈的狀況，再不然，便向梁先生打聽輿論。大概這佝佝張六，也是中了舊說部的毒，他自己糾眾做著殺人越貨的營生，卻自視不凡，以為自己乃是殺富濟貧的俠客。每逢他做了一案，或者幫助了哪一家窮人，他就一定乘夜來找先生，打聽附近鄉民對他的批評如何。

究其實，佝佝張六在洞庭湖邊，已然是出沒飄忽，威鎮一方，當地的人除了自己人私談，沒有膽敢公然議評他的。偶爾有人罵他，他還不曉得，便被他手下的小嘍囉，把罵街的人刺殺了，甚至割舌挖眼，手法非常歹毒。以此，湘湖的人提起了張六，莫不神肅色變，互相告誡，不敢議評他。甚至夫妻倆在床第之間，提到了張六，也都立刻捺低聲調。比如男的說，喂，聽說東莊趙大家，昨天佝佝張六，在他們房頂上走過了。

趙大只道是鬧毛賊，剛剛喝問了一聲，房上人就答了話，先回答：「是走道的，」卻是高抬貴腿，走上了人家的房頂。跟著便罵：「娘賣皮的，少嚷嚷，乖乖的睡覺去。」趙家的人便不敢於出聲了。卻分明聽見房上，人來人往，又聽見搬運東西的聲音。尤其奇怪的，佝佝張六所到的地方，好像連狗都嚇得不敢狂吠。

這樣子，佝佝張六和他的黨羽，在東莊鬧了一個下半夜，轉眼天明，人們出來打聽，竟聽不見誰家被搶或被盜。地面上好像很安靜似的。卻是過個十天半月，漸漸透出消息，果然是東莊附近某村大戶某家被盜了，失去多少箱籠，可是他們只吃啞巴虧，絕不敢報官。如果報官，不但追不得賊，拿不住賊，反而被佝佝張六的黨羽再來個第二次第三次光顧。

佝佝張六來去飄忽，常常在荒野古廟墳園內聚眾。湘江一帶，很有些古剎和看官墳的僕戶，這些人每每與地面上的光棍勾結著。甚至招娼聚賭，替匪黨銷贓，當時湘江匪群，竟有許多幫，其行為介在混混和土匪之間。他們也有種種戒條，就是「老鷹不吃巢下食」、「光棍鬥富不鬥勢，鬥財不鬥官」。

但是，佝佝張六他們越鬧越凶，到底引起了地方官的干涉。有一家調任官眷，行至洞庭湖邊，半路宿店遇盜。這位調任官勃然大怒，向店房間出來，湘江響馬縱橫，又聽說張六最為出名，他就到湘陰縣正堂上，提名指控張六，縣太爺立刻撥派干捕，到洞庭湖一帶查緝。

內中有一個年輕精幹的捕快，姓周叫周立功。年才三十二三，大高個，手底下很俐落，兩眼尤其銳利，在本縣很做了些露臉的事，因此恃功挾能，氣焰很高。這一次奉派緝盜，他獨自一人，擔當一路，騎著一匹高頭大馬，帶著手叉褥套，大大意意的過來。

捕快周立功仍然報定匪幫鬥富不鬥官的老例，一直訪問到佝佝張六常常出沒的地帶。這周立功捕頭，來到湖邊村，往茶館一坐，精神抖擻，向人兜搭。他向茶客們說：「聽得本地出名的大盜佝佝張六，是位好漢，很講外場。我是個外鄉人，要想跟他交交，不知他肯見生人不？」

周立功連說了幾遍，茶客們全不敢接聲。周立功笑道：「我又聽說，佝佝張六常常白晝出面，也常獨自一人出來趕集，大概你們諸位鄉里鄉親的，都認識他罷。這個人是怎麼一個模樣？」

周立功虎背熊腰的坐在那裡，大放厥詞。忽然茶館走去一個人，忽又走進一個人。這個進來的人，把周立功打量一眼，悄悄溜出去了。緊跟著又來了一個短小精悍的人，一直走到周立功身邊，伸手一拍肩膀道：「朋友遠來辛苦，是你打聽張六爺嗎？」

周立功要站起來，那人一按肩膀道，「不要客氣，坐下說話。」就坐在周頭身旁了。仍然詢問周的來意，又問周立功由打哪裡來。周立功藝高人膽大，又自恃年輕力足，含笑說道：「我在下姓周，是打湘陰縣來的，我是久慕佝佝張六爺的大名，要跟他見一見，交一交。」

那個短小漢子道：「哦，周爺，是湘陰縣來的，要見張六爺。張六爺跟我不是外人，好，我可以給二位做個引線人。你要見他，跟我來罷。」遂代會了茶錢，引領周立功，往郊外走。

周立功一點也不怯，牽著馬，暗帶匕首，一面走，一面很外場的向這短小漢子說些江湖話。並極力勾搭，盼望對方回答。短小漢子一聲不響，直走到樹林邊，站住了，然後說：「朋友，你真是要找張六爺嗎？」

周立功剛應了一聲：「是。」這人往前湊一步道：「你找他作什麼？」周立功賠笑道：「有一樁小事，我打算向張六爺領教。」這人又逼問一句：「到底什麼小事，你只管說，外場朋友不必廢話。」

周立功想了想，略述來意：「是有一件案子，要跟六爺接頭，打算煩你老兄接見，當面談談。」這短小漢子忽然笑道，「哦，有案子，……我看你不用找六爺，你找你姥姥去吧！」一彎腰，抽出匕首，唰的一下，照周立功刺去。周立功大駭，連忙招架。可是這短小漢子手法很快，只幾下，便刺中周立功的軟肋，連刀柄都戮進去，周立功哼了一聲，登時殞命。

短小漢子並不把刀拔出來：刀不拔，血不出，立刻架住周立功的屍身，直送入樹林，大卸八塊，掘坑埋了。這短小漢子立刻騎上週立功的馬，重奔回市鎮，進了茶館，大聲對人說：「剛才那個姓周的，很夠朋友，他大概是湘陰縣來的捕快。他現在找他姥姥去了，承他看得起我，把他的馬，他的褥套，全送給了我。諸位如有跟他認識的，可以給他送個信，就說他沒有找著佝佝張六，由我人廚子接待他了！」

說罷大笑，又坐了一會兒，付了茶錢，一徑出去，上馬走了。周立功就這麼大大咧咧前來送了命。

這人廚子就是佝佝張六的黨羽，殺了周立功，跑去向張六報功，張六眉峰一皺，只說了一句話，「你辦的太狠點了。」

周立功已死，官府只曉得他是失蹤。官府為了訪拿張六，仍不斷派捕快來踏訪。

這一天又到了趕集的日子，時候是正當隆冬。有兩個捕快化裝私訪，來到湖邊村。不知怎的，又被佝佝張六的黨羽窺破。正當趕集熱鬧的時候，男婦老幼很多，突然間，聽見驚喊喝罵之聲，有兩個鄉下人，從人叢中飛跑。有四五個精悍的漢子，發出暗號來截追。結果，兩個鄉下人，只跑掉一個，那一個最年輕的被擒了。這就是一個化妝的捕快。

這個捕快結伴來訪查佝佝張六，始終不知張六盜群的潛伏所在，只知他忽然而來，忽然而去，圍著洞庭湖出沒，經用盡方法，找不著他的準巢穴。這兩個捕快因知湘陰縣，湖邊村等處，是張六盜幫常出現的所在，所以才改裝前來臥底。不知怎的，又被佝佝張六看出來了，當下把被擒的捕快捆起來，並剝脫了全身衣服，吊在樹上，用馬鞭重打，問他口供，是誰支使來的。這時天氣已然很冷，年輕捕快不用甚打，便已凍得面無人色了。

這時趕集的人也都驚訝駭怪，因為佝佝張六並不騷擾鄉鄰，大家都圍著看。有的婦女不知什麼事，也擠進來看，一見是個裸體男子，又驚訝著跑開了。佝佝張六的黨羽見狀大笑，反把這被擒的捕快押到人多處一面打，一面遊街示眾。招得許多人嘩噪不休，不想卻驚動佝佝張六本人了。

佝佝張六到人叢中一看，恰見這裸體捕快，正捆在一家布鋪門口的大樹下。已然嚇得傻了，凍得說不出話來。佝佝張六問明是捕快，看了半晌，眉峰一皺，立刻搶奔肉鋪，肉鋪案子上有一把明晃晃的刀，他順手抄起來，說：「掌櫃的，借用用！」不等回答，拿了就跑到布鋪前。

眾人大驚，被擒的捕快更嚇得怪叫。不想佝佝張六奔過來，向四面一看，突然用刀，割斷了綁繩，把捕快解放下來，照臀部踢了一腳，喝道：「混小子，還不快逃命！」

這捕快竟赤著身子，拚命的跑出鎮外，逃得沒影了。鎮上的人譁然叫好，佝佝張六把刀還給肉鋪，一笑走了，當時這件義釋捕快的事，傳遍了江湖，人人誇張六軟的不欺，硬的不怕，是條好漢。

佝佝張六竟是這樣好名。

但佝佝張六的出身，不過是常德府鄉下一個放牲口的村童罷了，沒唸過書，因為窮苦，給當地大戶放牛。他天生身手矯健，每每在野地遊戲，他能夠用蠍子倒爬牆的姿式，由樹根爬上樹身。當地有見識的人就說，這個孩子天生成賊相，可要小心他。他後來給人扛活做短工，忽一年過節趕集，下賭攤，賭輸了，而且輸得很不少。他的衣服被縟都折了賭償，鄉鄰們越發瞧不起他，再不僱用他做工。於是這樣一擠，他再沒活路了，就溜入了黑道。

好像佝佝張六做小偷不久，便遇上了名師，他便得到異人傳授，越發學會了飛簷走壁的技能，而且更精擅胠篋破鎖的手段。不論多高的牆，他慢慢走到牆根，只把腰一佝僂，挺勁一聳，便可攀上牆頭，用胳臂一跨，就算上去了。

當佝佝張六崛起湘湖時，湘湖本有些草莽豪傑。有的佩服張六年紀輕，功夫好，打算把張六拉進去。不知怎的，張六竟峻拒謝絕，情願做獨行小盜，不肯入成幫盜群。當地土豪有的就生了氣，忌妒他，唆使當地盜群和佝佝張六搗亂。張六被逼無奈，有一日跟一個盜魁狹路相逢，激鬥起來。張六身手矯捷，苦鬥半日，竟把這盜魁刺死。盜群的二當家很欽佩張六的武功，竟與盜夥合議，共推張六為首。張六起初還峻拒，後來有人告訴他，再要推卸，便要化友成仇了，佝佝張六這才答應了。

這一夥盜群也有百十號人，平日悉擾湘東西近邑。等到佝佝張六做了竿子頭，他便宣布：第一，老鷹不吃巢下食；第二，寧偷不搶，寧搶富戶，不搶行旅。這一幫人真個就改變了作風，由明火強盜，變為成群的夜行人黑錢賊了。

但是佝佝張六雖是黑錢，卻很討厭黑錢二字，他傲然以英雄豪傑自居，他這樣偷人搶人，他以為那是替天行道，他本來出身牧童，一個瞎字不識，他只在肚裡裝著一些小說戲文的英雄好漢罷了。而他結交的文人，又是一個村塾冬烘梁先生，他的殺人越貨的行為，反而得到唸書人的稱揚，弄得佝佝張六很有理的搶人奪人。

佝佝張六起初是獨行竊賊，既有駱老六的黨羽投托他，又有塾師梁先生的讚揚他；他遂一變而成為出名的大盜，又成為最顯赫，聲勢張大的竿子頭。他率領盜幫，沿洞庭湖各處行竊，專好搶富商大賈和土財主。

他現在的做法，是先派踩盤子小夥計，上各處打聽油水。

打聽準了，他自己改妝去復勘，把這家大戶的財力和勢力看清楚之後，他就帶領數十名黨羽，乘夜光顧。

第一個翻牆進去的，便是佝佝張六自己，倚仗他天生的飛縱技能，腰背微微一佝僂，便上了房。然後他用極神速的手法，帶一個助手，勘清全院，他把箱籠錢櫃的鎖頭，一律打開。值得拿走的，把鎖頭浮掛上，他們不要的，就把鎖放在箱櫃裡面。然後他用神速的身法，把街門後門全開了。他從房頭進院，便從正門出來。很快的告訴大家，如何起贓，如何運贓，他便飄然走了。只留下黨羽，和那個助手，由正門進來，搬箱擡櫃，用不了半個時辰，就把本家的財富一掃而空。

最奇怪的是，他動手時，好像會隱身法，本宅的人竟不知道他光顧。鄉村大戶多半有看宅護院的打手，有司夜的猛犬，卻礙不住佝佝張六的光臨。他一來，往往悄悄停停，雞不叫，狗不咬，沒有半點阻撓，便把贓物偷走了。

佝佝張六的做法，糾眾像明火，竊物似神偷。因為他不做案則已，作案必挑肥肉，而且手法俐落，以此湘湖盜群，頂數他的名望最大，也頂數他惹得官府側目。

不過，當時朝廷諱盜，尤諱叛逆。像佝佝張六這樣嘯聚多人，出沒竊掠，官府沒有一個敢呈報上憲，請兵剿除的。不但不敢稱他為盜，也不承認他手下有黨羽。迫不得已，偶見公牘，只把他說成雞鳴狗盜罷了。佝佝張六由於這一點，才能縱橫湘湖多少年，而各地響馬之多，也都是地方官上下隱諱，才越滋蔓越多，卻沒有一個地方大吏，敢於稟請大軍剿匪清鄉的。

這時候，江南省安慶知府楚明倫，是個幹吏，他一到任，訪出本府地界，也是盜匪出沒，殺人越貨，愍不畏死。因為府縣諱盜，防營通匪，鬧得地方很不安，甚至在安慶府城廂外，就發生了白晝放明火，劫當鋪，刃傷事主的大案。更有妖賊玉蜻蜓奸掠良家婦女。這楚明倫太守一到任，卻毫不姑息，立刻檄調防營，撥派干捕，把當地大盜獨眼龍小杜三的巢穴攻破了，但只捉住幾個脅從副賊，救出幾個肉票，主名大盜獨眼龍小杜三和妖賊玉蜻蜓竟沒有捉著，小杜三的姘婦白唐氏，當時已經落網，可是不知怎麼一模糊，起解時又被她逃跑了，卻把別一個匪窩女票頂了缸。

這件事很離奇，後來據人傳說，乃是當地防營，按月都拿著小杜三的供奉，遇上事總得有點照應。所以防營剛一奉檄清鄉，立刻有人把消息透給杜三爺了。杜三爺是人物，不得不躲一躲，結果本幫積匪一個也沒拿著，只留下看票的鄉下漢子，給杜三爺打了脫案，還有一位二寨主。和小杜三起過爭執的，此次可就失腳了。

獨眼龍小杜三，從此在江南站不住腳了，他若再鬧，便對不起防營的朋友。小杜三率領黨羽，連同玉蜻蜓桑林武，星夜遷場，由江南來到湖南。

防營洩漏盜案的事，瞞不過精明強幹的楚明倫太守。無奈防營的統兵大員，乃是旗人，楚太守碰不過他。楚太守無可奈何，一面把本案上詳，一面撥派干捕，簽下海捕公文，跟蹤追緝逃犯，無論如何，也得把獨眼龍小杜三、人妖玉蜻蜓抓獲歸案。

楚太守派出去的捕快，一個叫神眼耿永廉，一個外號叫石敢當的石守仁，此外還有兩三個眼線。獨眼龍玉蜻蜓率夥盜往湖南跑，耿永廉、石守仁率夥伴，改妝在後面緊盯，一直盯到洞庭湖佝佝張六活動的範圍內。獨眼龍賴綠林同道的引見，竟和佝佝張六換了帖，兩幫訂盟互相照應。

那安慶府的捕快神眼耿永廉，泰山石敢當，帶人潛入洞庭湖，稍為一撈摸，知道佝佝張六的勢力太大。要從佝佝張六掩護下，捕捉小杜三，實非容易，他們是幹練的捕役，做事不肯魯莽，先把各方面有勢力的人物都打聽明白，知道岳陽名捕范瞎子，在湘湖很吃得開，叫得響。可是范瞎子由打去年，就兩隻眼全看不見了，現在是他的徒弟旗人桂寶山當差。耿永廉、石守仁，遂人上託人，帶重禮，登門拜見范瞎子，一口一個師叔叫著，只說是來瞧瞧，並不說破來意。

范瞎子翻著眼珠子，用手摸那些禮物，哈哈一笑，盤問耿石的來意，「可是衝著小杜三和玉蜻蜓來的嗎？」

耿永廉、石守仁不敢裝傻，只是作揖打躬。范瞎子再三推翻不掉，遂替石耿二人畫計，派一個徒弟，找到佝佝張六的好朋友梁先生家，送了一份禮，要求佝佝張六，賞臉見一見面，有事當面請教。

這梁先生真是個冬烘老夫子，本來他不該答應的事，他居然答應了。他只是貪圖便宜，由捕快們出錢，沽酒買肉，擇定一天夜晚，在書塾和張六見面。

捕快和劇盜天生仇敵，焉能在筵席相會。梁先生對佝佝張六說，有兩位江湖人物，欽慕六爺，要和六爺談談。張六爺微微一笑，答應了。

這天夜晚，天色漆黑，梁先生和耿永廉，石守仁擺好了酒筵，靜等張六莅臨。范瞎子師徒是撮合人，自然也在場。直耗到二更以後，幾個人候得倦眠難睜，那佝佝張六仍然未到。耿永廉、石守仁，有點不放心。不時到門口探頭，或者窺窗觀望。唯有范瞎子，翻著一對白眼，堅坐不動，只和梁先生閒談。

幾個人緊坐在書桌旁，轉瞬到三更天了。耿永廉忍不住問：「張六爺到底怎麼說的？沒說明什麼時候來嗎？」這話是衝梁先生說的，梁先生早急得抓耳撓腮，比耿石二人還著急，紅著臉說：「他只說今晚必到，沒有說準在什麼時候到，不過他說一句算一句，從來不失約的。」

剛這麼答應了，耗過一會，還是沒有來。石守仁也不禁盤問梁先生：「到底六爺答應的時候，看樣子是勉強，還是樂意？」

正在搗鬼，忽然聽見外面驢鳴和銅鈴響聲，人們哄然立起來道：「大概是六爺到了！」有好幾個人沉不住氣，打算迎出去。石守仁也跟著要出去，被耿永廉攔住，只要他在屋中等。

這時候銅鈴聲和蹄聲越來越近，好像奔村莊走來。可又不到跟前來，似乎圍著村子來回打圈。

梁先生說：「這一定是六爺。」

他忙出書塾迎上去，摸黑叫了幾聲。果然發現村口有一人影，騎著牲口。梁先生又叫了一聲：「六爺！」那人影哼了一聲，彷彿衝梁先生直點首。梁先生立刻湊上去。就在這工夫，塾中枯坐的范瞎子忽然發了話，說道：「張六爺到了。」眾人全站起來，要追蹤梁先生往外迎接出去，范瞎子笑道：「你們幹什麼？六爺已經進來了！」用手一指內間。

內間屋漆黑無燈，卻立刻聽見一聲痰嗽，門簾一動，鑽進來的全身黑衣服的佝佝張六。向眾人一抱拳，滿面春風道：「諸位久等了！」向門口站著的人說：「你們誰費心，快把梁先生請回來罷。」然後向范瞎子抱拳道：「范爺，今天光顧，我很高興。」又衝耿石二捕快舉手道：「二位很辛苦了！」然後，向眾人讓座，他自己毫不客氣，坐在上首第二位了，把第一位讓給范瞎子。

范瞎子師徒也滿面春風的招待，只有耿石二人免不了要留神打量這名震江湖的大盜。只見這大盜五短身材，一身黑衣，趁著一張黑臉，二目迷離，睫毛很長，一點也不顯得威風強悍。當下周旋遜座，眾人都不知他是什麼時候進來的，令人未免詫異，直向內間探頭。張六大笑道：「裡面沒的有什麼，你們還是去一個人，把梁先生叫回來罷。」

說時，梁先生已然走回來了，臉上很露不安。梁先生看見張六已到，張嘴要問，又嚥回去了。張六笑道：「梁先生給我們引見引見罷！」於是梁先生按名介紹了，大家落座。耿石二捕把盞敬酒，賓主連盡三杯，該著說話了。佝佝張六拿眼打量范瞎子師徒和耿石二捕，靜聽他們的說辭，神色上是毫無懼色，也無傲容。耿石二捕要等范瞎子先發話，范瞎子翻著白眼睛，一杯一杯的喝酒，好像不打算開頭炮。耿石二捕忍不住了，暗向范瞎子的徒弟桂寶山笑著點頭。

這樣耗過一會兒，賓主全不先開口，耿石二捕可就急出汗來了，兩人你看我，我看你，打算揭開這窘境。耿永廉乾咳了一聲，親自給范瞎子斟上一杯酒，低聲道：「師叔你把今天這個約會，對六爺說了吧。」石守仁也是眼看著佝佝張六，面衝著范瞎子，賠笑說道：「我們久慕六爺的威名，是江湖上一條好漢，我們早想拜訪，不幸我們吃著這六扇門的飯，不敢貿然前來。現在多虧我們范瞎子給出頭引見，我們今天得瞻虎威真是三生有幸的了。我們還有小小一點意思，……」說到這裡，不敢徑說下去，便叫道：「我說范瞎子，你老別不言語，你老把我們那點小意思，對六爺講講罷。」

耿石二捕明點出來了。

范瞎子這個老奸巨猾，臉皮連紅也不紅，笑說道：「耿爺，你心急什麼？什麼事能瞞得過張六爺，何用你說，又何用我說！」白眼一翻，面衝張六道：「六爺別笑話，他們年輕人就是心急，肚子裡一點事也裝不住。他們可不知道，六爺是何等精明之人，難道就不猜猜你們的來意，會貿然賞臉見你們嗎？我說是不是，六爺？」

佝佝張六微微一笑，說道：「二位老爺剛一到這裡來，我就知道信了。我也知道二位不是衝我來的，你們緊綴著獨眼龍和玉蜻蜓來的。你們這回邀我來，可是要教我做個引線，領你們見見獨眼龍嗎？」

耿永廉道：「哦，這個，是的。六爺明鑑……」底下的話很不好開口，范瞎子翻了翻白眼，不肯幫一句話。耿石二人全都紅頭漲臉，不肯也不敢說出，要六爺讓個面，容他們動手拿辦獨眼龍。

可是佝佝張六，看外表那麼萎靡不揚，說出話來非常透亮。耿永廉方在囁嚅，張六便痛快的說了：「二位來意我早明白，今天的聚會，我也知道是為什麼設的。索性我們打開窗戶說亮話，獨眼龍小杜三投奔我來，就是看得起我，我卻不能賣了他。既然彼此都是朋友，又有范爺出頭，我們可以這麼辦，我先叫他躲開這裡。……」

說到這裡，范瞎子把臉一沉道：「六爺！」

佝佝張六不答，接著往下說：「若是躲的法子不好，我還有一法，我可以點明他，教他自己定規某天某日，在某地方，跟耿石二位見面。我絕不幫偏手，范爺也不要驚動本地面，只教他們安慶府來的朋友，跟杜桑直接答話：冤有頭，債有主，自了自事，范爺你看怎樣？」

范瞎子沒回答，耿石二人全都面呈難色，立刻湊到瞎子面前，低聲嘀咕了一陣。范瞎子只是搖頭，最後才有允意。於是耿石二人歸座，范瞎子對張六提出一種辦法，請張六婉商小杜三和玉蜻蜓，能不能跟去圓案。如果肯去，可叫耿石二人保險他們絕無性命之憂。佝佝張六聽了，也不拒絕，只說：「這話我不好講，我只能引見小杜三和耿石二位會面，究竟該怎樣交代公事，顧全面子，可以任聽他們兩方當面對講。」又道：「范爺，我覺得這麼辦，你我面子上都好看。你和我一樣，全算是地主，有的地方不能做得太死了。」停了一停，又重複一句：「就這樣，我們改日再見罷。」佝佝張六打了一個懶腰，就要往外走，耿石二捕心中著忙，急急站起來叫了一聲：「六爺！」身子一橫，把路一擋。

佝佝張六已走到書塾門口，見狀一張目，雙眸灼灼放光，低聲道：「怎麼著，你二位不教我走嗎？」

耿永廉、石守仁不由往後一退，佝佝張六傲然走出去了。

眾人一齊往外送，來到村口，范瞎子站住叫道：「六爺慢走，我范瞎子跟你說幾句話。」

佝佝張六止步道：「你說罷。」

范瞎子笑道：「我要跟六爺咬咬耳朵。」

兩個人在黑影中，低聲講了幾句，只聽張六說：「好吧，范爺的面子，我總得顧。」遂一撮口唇，吱的響了一聲。不大工夫，從荒林中奔來幾個人影，內中一人牽著一頭小黑驢，張六飛身上驢，一抱拳道：「再見！」范瞎子忙道：「我靜聽六爺的信！」張六道：「好罷！」立刻驅驢如飛，投入荒郊不見了。

耿石二捕吃了一驚，原來佝佝張六並不是匹馬單身，前來踐約，他在書塾周圍下著許多埋伏呢。直等到張六去遠，范瞎子師徒這才把耿石二捕叫進書塾，辭別了梁先生，又道了謝，一齊回轉下榻處。

耿石二捕問范瞎子，和張六祕談的結果怎樣。范瞎子笑道：「你明天聽信罷。」

耿永廉、石守仁很覺為難，范瞎子站起來，要回家。范瞎子的徒弟桂寶山悄悄告訴二捕：「我們師傅既然說了，你就擎好罷。他說明天聽信，明天一準有信。」

當晚大家出離書塾，全散了。直到次日傍晚，范瞎子果然打發桂寶山來送信，說是佝佝張六答應明天上午，在堤東一帶，邀獨眼龍和二捕會面，叫二捕務必如期前往。至於三方面會面之後，有什麼結果，那就看耿石二捕應付的是否得法了。

這是范瞎子的場面的話，桂寶山祕密告訴二捕，這一會吉凶難測，教二人小心預備，不要吃了暗虧。二捕聽罷，忙召集手下人，各各祕帶兵刃，暗中布置，表面由耿石二捕空手赴會，實在已經調動了二十多個硬手。

約定的時候是在上午辰牌，眾捕盜卻於三更後，便分批遣人，化妝溜到堤東，大都是裝成鄉下耕地人的模樣，也有裝捕鳥放青的。二十多個人散布開了，約下互相關照的暗號，以便善說不行，可以試著動武。

耿永廉、石守仁耗到五更，方才來到堤東。指定的地點，是在一帶荒林墳園附近。二捕直等到天色大亮，細看這地方很荒涼，幾乎沒有行人。二捕繞林查勘了一遍，只發現自己的埋伏，沒尋見半個眼生的人，耿石二人又走到路邊等候，直耗到辰牌以後，還不見佝佝張六和獨眼龍出面，兩個人又不禁疑慮起來，互相觀望著說：「張六是個人物，不會說了不算吧。」兩人正自搗鬼，忽聽林後墳園發出一聲呼哨，突然從墳園中跳出三個人來，全很面生，一直走到耿石二捕面前，拱手說道：「二位早來了，我們三人奉張六爺之命，恭請二位和二位的朋友到墳園那邊談談。」

耿石二捕不禁詫然，兩個人一到堤東，就曾親到荒林墳園裡外，加細查勘過，竟沒有看出墳園中有埋伏。耿永廉望著石守仁，石守仁皺眉不語，說實在的，兩個人都有點害怕，尤其是這三個人，話語很客氣，神氣很驕悍，六隻眼盯著耿石二捕，臉上帶出考較二捕的膽量的意思。見二捕沉默不語，三人又催道：「張六爺教我們告訴二位，一切請放心，可以把你們的朋友一塊引了去，凡事自有六爺主張，二位千萬不要多疑。」

耿永廉知道這話越說得客氣，越有嚇唬人的意思。耿永廉也是說得出的硬漢，就一拉石守仁說：「石夥計，六爺邀咱們，咱們走罷。」二捕暗中帶來的人，既被三盜點破，也就不必隱瞞，由石守仁吹鬍哨，都喚出來，暗留下四個人在後巡風。其餘不到二十個人做一塊，跟著三盜往前面走。耿永廉向三盜說場面話，問張六和獨眼龍、玉蜻蜓現在何處。三盜一指北方說：「就在前面。」石守仁笑道：「其實六爺和獨眼龍就在此地見面，也沒有什麼，何必又挪地方？」三盜笑道：「前邊寬綽，這是獨眼龍的意思，他怕你們幾位不識相，勾引一大批人來，沒的給六爺面子上不好看。」

說著引領眾捕役，往北投荒，繞湖堤又走出六七里地，來到另一座大墳園站住。耿永廉看這墳園，四面叢林茂草，地勢幽僻，四界立著石碣，上寫「吳氏祖塋」。三盜剛引眾人，進了叢林小徑，便發現樹後埋伏著兩個農人。彼此一打招呼，穿林深入，直抵墳園前面的「陽宅」。喊了一聲，立刻出來七八條大漢，遠遠叫道：「老喬，你把安慶府的上差接來沒有？」三盜答道：「接來了。」

這些壯漢全是短打扮，一直迎出來，把耿石二捕打量一個夠，然後往陽宅裡面讓。耿石二捕到此不無惴惴懷著戒心，這些壯漢雖然沒拿著兵刃，可是自己仍然有入虎穴的感覺。耿永廉一面走，一面給自己人遞眼色，又向眾壯漢拱手，請教姓名。壯漢們都笑著不回答，都說他們是張六爺的朋友，給你們雙方做見證來的，請不要多慮。石守仁也問：「六爺現在哪裡？」回答說：「六爺早來了，諸位請進來罷。」

眾壯漢把耿石二捕和帶來的下手，一共二十來人，全讓到陽宅。只有年輕的四個捕快落後，藏在墳園外面。

這吳家墳地，乃是昔年朝中大官的祖塋，前面有祠堂，有陽宅，那陽宅足有七八間之多，專備後裔女眷上墳落腳之用。

現在荒廢了，被當地的土豪借為聚賭之所，現在由佝佝張六轉向吳家看墳人借來做會場用。張六的部下把眾捕役讓到陽宅裡面，裡面陳設全無，只臨時擺著幾條長凳，兩張方桌，又泡了兩大壺茶，擺了幾十個粗碗，這就算聚會的場所了。

眾壯漢殷勤招待，耿石二捕交待了一番話，便請張六爺和杜三爺出來見面。壯漢笑道：「各位稍候，他二位這就到。」

當下耿石二捕在陽宅中坐候，耳聽外面人去人來，彷彿人越聚越多，兩人不禁有點提心吊膽。他的手下更是發毛，忍不住要探頭往外看。旁邊相陪的壯漢，只微笑看著，露出看不起的意思，如此耗過了半個時辰，才聽見外面一陣喧譁道：「六爺、三爺來了。」跟著聽見群盜迎接出去的聲音，耿石二捕自然也站起來，隨同眾人迎出陽宅。

果然，由打墳園外面，來了七八個。內中有三個人騎著牲口，為頭是佝佝張六，騎著黑驢，後面是一男一女，也騎著黑驢。耿石二捕忙凝神打量這後面的兩人，男的頭戴大草帽，一身白褲褂，女的打包頭，纖足粉面，穿一身藍衣裳。俱都帶著長條形包裹，內中顯見是兵刃了。

男女三人來到墳場，立刻下驢。同時又聽見一片銅鈴聲，那岳陽名捕范瞎子，也同著徒弟桂寶山，騎牲口趕到。耿石二捕到此方才一塊石頭落地，覺得范瞎子一來，無形中多了一層保障。

當下，三方相會，互相遜讓著，進了陽宅。落座獻茶之後，佝佝張六往當中一站，首先發話。手指范瞎子師徒，和耿石二捕，向那一男一女介紹，說這耿爺就是范爺的師姪。一男一女笑著說：「久仰久仰！」跟手張六又引見這一男一女，指著男子說：「這位就是獨眼龍杜三爺。」這個獨眼龍杜三，年約三十多歲，其實並不是一隻眼，不過是右眼有毛病，兩眼一大一小罷了，說實了，應該叫鴛鴦眼才對。張六引見了，范瞎子立刻拱手道：「杜三爺的大名，我是曉得的。今天我們卻是初會。」耿石二捕就說：「我們弟兄和杜三爺是早就會過面的了。」

彼此點頭一笑，就算「對盤」了。

佝佝張六又引見那個藍衣女子，卻說道：「這一位乃是玉蜻蜓雄娘子桑舵主，大概范爺和耿爺、石爺都沒見過罷。」

范瞎子也站起來拱拱手道，「我和桑舵主久已慕名，今天更是幸會。」耿石二捕雖是原辦，全不知道這玉蜻蜓的來歷，更沒對過面，因此只好說：「幸會，幸會！久仰，久仰！」忍不住側目打量這個玉蜻蜓桑舵主。

這玉蜻蜓雄娘子桑舵主，長身玉立，細腰纖足，兩隻水靈靈的大眼，顧盼動人，修眉粉面，玉貌亭亭，手臂尤其潔白，一到陽宅她便坐下來，一聲不響，只打量群捕和范瞎子的舉動。耿永廉也是久在六扇門混飯的人了，偷看這桑舵主好久，竟不知她是女子還是男子女妝。他睜著疑惑的眼，轉看同伴石守仁，石守仁也是十分詫異，不敢斷定這玉蜻蜓的身分，二捕暗想，這個桑舵主，莫非真不是女子嗎？莫非真就是那個人妖嗎？但絕不是小杜三的姘婦，小杜三的姘婦，二捕是早就認識的，而且她也不會武功。這個玉蜻蜓，卻分明看出是有本領的人了。

三方引見之後，道罷了寒暄，彼此凝目相對。那佝佝張六首先向范瞎子說：「范爺前日囑咐我的話，我已經對杜三爺說了。多承三爺看得起我，立刻答應前來踐約。現在我這牽線的差事是做過了，就請耿石二位和杜三爺你們面談罷。」說罷，坐下來，看著耿石二捕，面含譎笑。耿永廉、石守仁忙向范瞎子說：「師叔，我們的難處，決瞞不了道裡的朋友，我們大遠的來到貴寶地，我敢說絕不是來辦案。我們只是懇求我們范瞎子，轉求張六爺，把我們的難處，轉達杜三爺。請杜三爺看在面子上，轉求桑舵主，給我們想個交官差的法子。但凡我們回去有交待，我們就深感六爺、三爺的盛情了，別的意思，我敢起誓，我們絕不敢，也不肯冒犯各位的。」

耿永廉這樣表白，小杜三和玉蜻蜓一齊面露鄙夷，佝佝張六站起來抗聲道：「你們什麼話也不必說了，我都替你們轉達過了。杜三爺也曉得各位為難，不好交差。不過杜三爺就憑你們各位幾句話，便教他的好朋友桑舵主，跟了你們去打官司，他面子上也不好看。他的意思，是要請你們幾位，多少指教兩手，教他見識見識，不問輸贏，交待完了，他和桑舵主就立刻跟諸位去到案……」

耿永廉變色道：「杜三爺的意思，是要我們弟兄獻拙嗎？」

張六笑道：「比武乃是俗套子，杜三爺並不是那個意思。剛才他對我說，衝著范瞎子的情面，他情願讓一步，他和玉蜻蜓幾位就在這座墳園住下，定在今晚或明晚，諸你們幾位前來探園。只要你們幾位能夠打得進去，又能闖得出來，他們就把兵刃一放，拍胸脯跟你們幾位回安慶府投案。若是這兩夜，你們攻不進去，或者攻進去，便闖不出來，杜三爺可就不客氣，準於第三天夜裡，離開此地，另投他處。他這是給范爺留面。他的打算是這樣，定而不可移，就聽諸位幾句話了。」

耿石二捕聽罷一愣，獨眼龍杜三發話道：「我這是衝著張六爺和范爺的情面，特為擺出這兩條道，二位若是不以為然，那麼，就在此刻，賞光賜教也可以。」

二捕快打量對手，恨不得現在就上前動手，卻又怕佝佝張六橫來干預。石守仁冷笑一聲，問張六道：「六爺可聽見了，杜三爺要我們現在就獻醜，我們可是礙著你的面子，你說怎麼樣？」

佝佝張六仰天大笑，剛要發話，范瞎子立刻一翻白眼珠，搶先答道：「我們全衝著六爺，既然杜三爺答應今明晚，在這墳園賜教，我一定教他們竭力奉陪。不過我只要張六爺一句話，今明晚這兩場事，六爺是在旁作證，還是下場幫忙？」

張六笑道：「幫拳或作證，事不在我，我只衝范爺說，范爺你是幫拳呢，還是旁觀呢？」

范瞎子冷笑道：「張六爺如果肯袖手旁觀，我范瞎子當然閉著眼旁觀。六爺要是為朋友拔鬮，我瞎子也說不上不算。」

張六哈哈大笑道：「好，咱們一言為定。」

范瞎子也哈哈大笑道：「好，我們一言為定。」轉臉來，向耿石二捕說：「你們聽明白了嗎？還不過來，謝過六爺三爺？」

耿永廉、石守仁連忙站起來，向張六杜三作揖。然後范瞎子也一抱拳，衝玉蜻蜓桑林武說：「桑舵主，也請你今明晚這裡候著吧，我一定教他們請教來！」玉蜻蜓雄娘子桑林武始終未說話，到此忽然振開銀鈴似的喉嚨，皺眉說：「這位范君我不認識，我只衝耿石二位說。我們是晚上見吧，你們不必再綴我了，今明晚我們好好的把這事交待了就是。」說著，三方面全都站起來，行禮話別，約定當晚或明晚，在墳園相會。

范瞎子、桂寶山師徒，邀著耿石二捕及手下人，先行出離墳園。佝佝張六和獨眼龍小杜三、玉蜻蜓雄娘子，率部下數人，送出墳園，便不送了。可是他們也不走，竟掃數重返墳園。耿永廉、石守仁的手下人，禁不住要回頭看，竟被范瞎子覺出來，低喝道：「你們不要回頭，快跟我走。」

當下，群捕回轉下處，耿、石二人十分著急，打算請范瞎子一同進城，到湘陰縣縣衙，投文請兵。范瞎子道：「你這主意很糟，你們大概不曉得張六手下的人數，就把防營全調來，也不是他們的對手，就算能把他們打跑，可也捉不住小杜三和玉蜻蜓。」

耿永廉皺眉道：「可是就憑我們弟兄，晚上到墳園踐約，也不是他們的對手。我們弟兄沒有過人的本領，真要去踐約，簡直是送死。師叔你不給我們想一個十全必勝的辦法嗎？」

范瞎子很不高興的笑了一聲，說道：「你們要是只想拿小杜三、玉蜻蜓歸案，今明晚上，我一定替你們想法子。只要不惹佝佝張六，我想我可以把事全擔起來。」

耿、石二捕轉憂為喜道：「師叔要肯出頭，我們還不放心麼，可是，你老打算怎麼辦？是不是已替我們暗中邀好幫手了？」

范瞎子不耐煩的說：「你就不用嘀咕了，你和你的幫手，趁著時候還早，趕快睡覺養神去罷。今天晚上，你們好好的賣一回氣力。」立刻的催他們吃飯，睡覺，別的事不教他們管。

轉瞬到了晚晌，耿永廉、石守仁把一應兵刃都備好，卻不由得坐立不寧，和手下人這個商量商量，和那個計議計議。范瞎子聽見後，發怒道：「你們不用這麼蠍蠍螫螫，等到二更天，我瞎子親身帶你們去赴約。」耿、石臉一紅，不再言語了。

天色漸黑，范瞎子緩緩立起來，命門徒幫他打扮。這瞎子也換了一身短打扮，帶一柄鐵尺，一袋暗器，叫大弟子桂寶山給自己帶路。到二更剛過，范瞎子說：「走！」

弟子桂寶山也是一身短打，手拿著鐵尺，身帶繩索，往范瞎子前面一站。范瞎子便左手扶著桂寶山的左肩，右手持鐵尺，當先走下去。雙目雖然失明，可是桂寶山在前頭展開夜行術飛跑，范瞎子扶著弟子的肩頭，也照樣的飛跑，腳下很穩，和明眼一樣，耿永廉、石守仁，依照范瞎子的話，只把手下人挑出六個強幹的，緊跟瞎子往北走。由下處到約定的地點，不過十幾里，不大工夫便趕到了。范瞎子走到分際，喝命止步，仰起臉來，當空似聽似嗅。半晌說，「大概沒埋伏，我們往前蹚罷。」

約定的墳園相隔漸近，似乎就在面前不遠。范瞎子命眾人散開了，俯腰蛇行而進。走出一段路，墳園大門已在面前，范瞎子命桂寶山攏目光往前瞭望。瞭望了一會兒，范瞎子問：「門口有人沒有？」回答說：「沒有。」又問：「外面有埋伏沒有？」回答說：「也沒有。」范瞎子便命桂寶山領著他，又命耿、石二捕跟著他，繞著墳園往墳園徐蹭。

相隔愈近，桂寶山依著瞎子的指示，教大家各擇樹木土崗，作為自己隱形之處。擇定，催大家臥下。然後桂寶山邀同耿、石二捕，分別爬上兩棵大樹，由高處下望墳園內外，范瞎子就立在樹下。耿、石二捕竭盡目力，只望見墳園內外漆黑無光，似乎並沒有人影出沒。

如此耗過一頓飯的工夫，大概時候已到三更了。忽然聽見墳園偏西，洞庭湖邊，陡然起了一聲輕嘯。別人都沒聽出來，只有耿永廉和范瞎子聽到了。耿永廉忙尋聲望去，范瞎子在樹下也促桂寶山尋聲察看。跟著輕嘯過處，緊北面也似乎浮起了另一種嘯聲，跟著嘯聲，又發現湖邊似有人影。

當下嘯聲連起三次，范瞎子道：「到了！」教大家留神。也就是轉瞬之間，湖邊人影直往這邊奔來，暗加計算，約有四五個人。耿永廉忙低喚石守仁：「點子大概來了，你快叫咱們夥計預備迎上去罷。」石守仁剛要下樹，范瞎子喝道：「別動！這不是點子，這是找尋點子來的別人。」又道：「你們千萬不要輕舉妄動，一切你們要聽我的招呼。」

就在這悄悄囑告的時候，北面也發現人影，大約也有三四個人，如飛的馳來。兩邊人影奔湊漸近，低發胡哨，合到一處，似乎談了幾句話，一齊繞奔墳園後面去了。

這撥黑影剛走，范瞎子似已聽出暗號，立即催促眾捕快，跟蹤快上，卻不奔園後，一直的投向墳園正門，叩門求進。依然是桂寶山在前，范瞎子在後，斜對門大聲喝叫得一句：「張六爺，踐約的人來了！」叫罷一閃身，催耿、石二捕剛剛上前，突然從門縫黑影中，發出一陣暗器雨。桂寶山帶著范瞎子往左一跳，揮鐵尺亂打，居然沒受傷。耿、石二捕也是一面閃躲，一面招架，把暗器搪開了。

於是，耿永廉、石守仁，率六個精強的幫手，大聲報名，奮力往園門闖。暗器雨過去，黑影中跳出四五個大漢，手持利刃，堵門叫道：「來的可是耿、石二位嗎？」耿永廉、石守仁搶到門口，大聲答道：「君子人言而有信，正是我二人前來踐約。」大漢又問：「范爺沒有來嗎？」范瞎子在門外左廂應聲道：

「我瞎子倒是來了，卻不是當事人，乃是做證人來的，我絕不動手。」

大漢笑道：「范爺夠朋友，耿、石二位你請上來吧？」四五個大漢一擺兵刃，攔門不教人進來。耿永廉、石守仁立刻並肩硬上，揮鐵尺便攻。雙方登時打起來。那六個捕盜助手，也各掄兵刃，伏伺兩旁，相助奪門。黑影中打得很凶。耿、石二捕咬牙切齒要賣一手，只十來個回合，當門五個大漢便攔不住了。地方既窄，動手犯擠，五個人反不如耿、石二捕得手。耿永廉對準面前敵人，猛往前一衝，面前敵人似乎受了傷，不由往後一退。石守仁也認準一敵，欺身硬撲，這敵人也不禁往旁一閃，耿、石二捕立刻很快的往前一跳，竟攻入了墳園大柵門。

五個大漢已散復集，尚欲合力把二捕擠退。這時墳園內忽有一人大笑道：「耿、石二位很夠朋友，弟兄們往後撤，趕快讓身。」又叫道：「范爺快把耿、石二位陪進來，我們這裡恭候了。」

這話一出口，五個大漢齊退，同時墳園中一聲暗號，突然的火把燈籠齊明，有十五六個壯漢一手持火把，一手持刀，在墳園甬路兩旁列隊守候。甬路當中站定一人，原來就是地主人佝佝張六。

於是阻門一戰，就此結束。耿、石二捕和六個助手，以及范瞎子師徒，全被張六讓進墳園。耿、石二捕嚴密戒備著，被佝佝張六帶到墳園陽宅後面廣場中。廣場中本無燈火，卻等到主客到達之時，張六捏口唇吹了一聲呼哨，那十六個持火把的壯士，立刻從甬路移到廣場。

那獨眼龍小杜三，和玉蜻蜓雄娘子桑林武，也從墳頭後面，帶著十幾個夥盜，各抱刀劍，昂然迎出來。

耿、石二捕一看這陣仗，知道眾盜這邊人多勢大，自己人力太少。范瞎子雖說暗邀的助手已到，看這局面，也須自己人打得差不多，幫手才肯出頭。這樣一盤算，耿永廉和石守仁並肩而立，急忙向對方遞話，自然是先客氣幾句，隨後便要求張六，轉告杜、桑二盜：「我們情願單打獨鬥，領教各位的武學，卻不打算仗勢欺人，率眾群毆。」

佝佝張六還未及發話，那獨眼龍小杜三，瞬著一對陰陽眼，冷笑道：「耿朋友，你就是有本領，趕快施展。別看我們人多，絕不會欺你人少，硬來群毆的。可是你也不要明面來比武，暗中調動官軍，來截剿我們。」耿石二捕急忙聲辯，那佝佝張六和范瞎子攔住雙方，一齊答道：「我們兩人給你們做見證。誰也不許挾眾欺敵，誰也不會私設埋伏，暗算對方的。」

又說道：「話已講明，請你幾位各挾所學，『以武會友』好了。」

獨眼龍小杜三厲聲說了一個「好」，跳過來，掄刀單挑耿永廉。耿永廉連忙一擺鐵尺，就要迎敵。張六忙道：「等一等！」遂與范瞎子，把群捕讓到左首，把夥盜讓到右首，四面由張六的部下，督同十六個壯漢，高舉著燈籠火把，圈出一個決鬥場。然後說：「杜爺，耿爺，二位全是朋友，你們就是鬥，也不要忘了江湖義氣。」

捕快耿永廉，巨盜獨眼龍齊說道：「對，對，我們先謝謝二位。」這才各提兵刃，客客氣氣，走下場子。在火把和風燈交輝之下，兩人對立著抱定兵器，互相拱手，說得一個「請」字，這才打起來。

獨眼龍杜三，力猛刀沉，盡搶先招。剛一對手，他便掄鉤刀，照耿永廉「泰山壓頂」當頭劈來。

耿永廉也是個有名的捕快，手底下並不劣。見敵人刀挾勁風砍到，不慌不忙，等到刀臨頭頂，他這才一閃身，左腿往外一跨，右手鐵尺一掄，卻不擊敵，竟照獨眼龍的鉤刀刀背猛砸下去。獨眼龍趕緊收刀，微退半步，就勢發招，照敵人右臂斬去。耿永廉把鐵尺一收一架，杜三刀鋒一轉，卻又奔下三路鉤來。耿永廉側轉半身，左手一指，右手鐵尺照杜三右腕直砍。獨眼龍急忙也一閃，叫道：「好哇，全是進手的招數啊！」把鉤刀一緊，也採取進手招，照耿永廉左一刀，右一刀，劈個不住。耿永廉掄鐵尺，攻守兼施，一連鬥過二十餘招，獨眼龍杜三不覺發怒。想自己也是一方盜魁，現在遇上區區一個捕快，竟戰不敗他，豈不被伺伺張六恥笑。於是他大喝了一聲，陡然改換刀法，鉤，砍，抹，刺，揮動如風，一口刀變成一團青光，竟把耿永廉圈住。

這耿永廉雖是名捕，也頗有些武功，無奈獨眼龍是強盜，強盜行凶是要拚命的。耿永廉是捕快，捕快一貫的作風，是要活擒要犯歸案。因此杜三刀刀皆是毒招狠招，耿永廉卻不能拿拚命的招數來狠鬥。這一來就要吃虧了，當時被杜三抓住弱點，一味硬拚狠撲，鬥過三四十個照面，耿永廉已被牽制得有守無攻。忽然間，獨眼龍假裝目力不濟，故意賣了一個破綻，耿永廉急忙乘虛進攻，橫匾鐵尺，照敵人一拍，以為這一下可把巨賊拍倒。卻不料獨眼龍乃是挾詐弄詭，容得鐵尺遞進來，倏然一伏腰，連人帶刀猛進，鉤刀竟奔耿永廉軟肋扎去。耿永廉要退，已來不及，忙收鐵尺招架。只聽噹的一聲，火星亂迸，獨眼龍猛然收刀一劈，用十二分力，竟把耿永廉的鐵尺砸飛。而且一招得勢，毫不容情，第二刀斜切藕，照耿永廉頭項削來。耿永廉慌忙伏腰外竄，被杜三趕上前，騰地一腿，踢中大胯。耿永廉哼哧一聲，斜身栽倒。獨眼龍大喜大叫，趕上一步，舉刀就殺。陡然聽得耳旁喝道：「且慢！」捕快石守仁如飛抱上來，葉底偷桃，用鐵尺一架口中說道：「杜爺好俊刀法，我來請教。」托梁換柱，架住敵刀，把耿永廉救了。

群盜大歡，群捕大駭。耿永廉慚然立起，垂頭退下。石守仁橫鐵尺上前，和獨眼龍就要對招。那一旁惱了玉蜻蜓桑林武，銳聲說：「講明一個對一個，不要車輪戰，喂！姓石的，我來和你打！」如一陣輕風，撲到石守仁面前，催獨眼龍退回去。獨眼龍一笑收刀，說：「耿爺多指教，多承讓。」跳到右首來了。

這玉蜻蜓桑林武，抽二刃青鋒劍，上前和石守仁動手。石守仁的武功並不比耿永廉強，卻是玉蜻蜓的劍法比獨眼龍的刀高超得多，不但招數精熟，而且手法極快。這人妖桑林武依然是女妝，青絹包頭，一身藍色女夜行衣，緊腰巾，跨豹囊，腳下依然蓮足纖纖，和對手剛剛一對相，便嬌叱一聲：「看劍！」

揮動利劍，嗖嗖嗖，一連三下，既狠又快。石守仁方在打量敵人，一被猝擊，慌忙招架。也就是走了五六個照面，這位捕快完全陷在被動地步，只有招架之功，沒有還手之力了。但他依然咬牙拼鬥，不肯落敗。在火把下，二人繼續又鬥了十數回合，石守仁越發不支。弄到末後，玉蜻蜓嬌笑著，竟擺出貓鬥鼠的架勢來，揮動一片劍光，把石守仁圈住，就想要敗退，也退不出來了。

這時候，旁觀的耿永廉滿臉是汗。十分著急，身在敵人圈內，結局簡直不堪設想。用眼神叩問范瞎子，范瞎子翻著白眼，似乎並不著急，范瞎子的門徒桂寶山，卻不住東張西望，也好像覺出不利來了。其餘捕盜幫手更是惶恐。

場子內，玉蜻蜓越鬥越勇，石守仁汗出如漿，簡直支持不住。又鬥了十幾回合，玉蜻蜓忽然發出清脆的笑聲道：「得了，姓石的，別不知進退了，躺下歇歇吧。」話才出口，劍又一變，石守仁眼看不得了……陡然間，石守仁往下一敗，玉蜻蜓挺劍一追，猛聽一驚叫，那石守仁跳一兩丈以外，身子搖搖欲倒，那玉蜻蜓竄身追趕，突又跳回來，手按肩頭，張皇高叫道：「誰施暗算？講的一打一，你們怎麼放冷箭……」說時，隨手從肩頭拔下小小一隻甩箭。玉蜻蜓張目回望，尋找發箭之人。

卻是捕快這一邊，人人垂手旁觀，分明沒有放暗箭，玉蜻蜓不禁罵道：「哪個不要臉的東西，悄沒聲拿冷箭來射我？給我滾出來……」

佝佝張六，獨眼龍杜三，也一齊張目四尋，開口痛罵。卻不道罵聲還未住，颼如狂風一般，從墳園後，越過了群盜所設的卡子如飛鳥似的，跳進來八九個夜行人物。

這八九個夜行人物，個個飛蹤術高妙，個個提一口碧瑩瑩的寶劍，雁行而進，撲入決鬥場。為首的兩人衝獨眼龍和玉蜻蜓指了指，厲聲喝道：「就是他，殺——」八九個人一齊動手，把杜三和桑林武包圍起來。

獨眼龍很惶駭，忙叫：「什麼人？」來人不答，只揮利劍猛攻。

玉蜻蜓極恐怖，叫了一聲：「不好！」要跑已經跑不開，登時被圍。

佝佝張六也詫異，抱拳說：「諸位英雄是衝誰來的，請留名！」

那為首的兩個夜行人傲然不答，反而抗聲詰問：「誰？」

佝佝張六道：「在下是洞庭湖佝佝張六，你是……」

為首的人道：「哦，張朋友，沒有你的事，我們乃是嵩陽劍客，我們要找的是淫賊人妖玉蜻蜓桑林武，和他的無恥的下賤朋友。」又一個女子聲口說道：「我們只要人妖的腦袋，和他的口供！」說到此，再不發話，劍光霍霍，往獨眼龍、玉蜻蜓二人身上，猛烈環攻。

玉蜻蜓如同鼠遇貓，只想奪路逃跑，被嵩陽劍客橫波女俠杜若英攻得緊，唰的一劍，首先刺中肩胛。他狂叫一聲，急往旁跳，被女俠夏澄光趕過來，抬腿踢倒。二女俠向耿、石二捕叫道：「你們快捆。」耿石二捕急忙動手，玉蜻蜓被擒了。

獨眼龍瞪著一大一小的眼睛，揮刀拚命，只十幾招，被嵩陽劍客了因老尼和靈修道長，雙劍盤住，很快的打去兵刃，也活活捉住。

其餘獨眼龍的同夥群盜，在外潛伏的十幾個人，早被嵩陽劍客刺死，就有殘餘，震於嵩陽的聲威，也頓被一趕而散。卻把個佝佝張六窘在那裡，要鬥鬥不過，要走太丟人，而且未必走得脫。佝張六卻是個人物，一看光景，情甘認輸，把手中兵刃一丟，雙臂一背說：「你們把我也捆上。」這時轉過來名捕范瞎子忙叫道：「這沒有張六爺的事，六爺跟我們走吧。」命門人桂寶山，硬把張六拖走。

橫波女俠恨極了男扮女裝的玉蜻蜓桑林武，持劍向他喝問孽徒張青禾的下落。玉蜻蜓抗顏揚言，「為江湖義氣，我不能說，況且我也不曉得。」橫波女俠大怒，收劍掏出匕首，要挖瞎玉蜻蜓的一雙妙目。了因老尼道：「姓桑的，你是要朋友，還是眼珠？」

玉蜻蜓至死也愛惜他的俊俏相貌，長嘆一聲道：「青禾，我顧不得你了。」只得把張青禾現時隱匿之所如實供出。

嵩陽劍客向范瞎子道謝，這一番誘擒玉蜻蜓，全是瞎子祕報的消息。因此范瞎子懇求嵩陽劍客，把大盜獨眼龍和淫賊人妖玉蜻蜓，交給他的師姪耿、石二捕解往官府完案，眾劍客不能拒絕，慨然允諾，而且派兩個劍客，押護犯人起解。然後他們嵩陽群俠立刻依照玉蜻蜓的口供，星夜動身，前往訪拿那藏在長沙「海砂幫」的孽子叛徒張青禾。

張青禾終究逃不出嵩陽群俠的搜拿，末後遭擒，押到衡山祝融峰，開壇訊罪，亂刀分屍。他的慘死，就是他心性浮動，受不了淫朋的誘惑。

整理後記

白羽在抗戰後期曾擱筆三年，沒寫武俠小說。

本書是他抗戰勝利後的首批作品。白羽於1945年「八・一五」日本投降後重新投入報界，任天津《民國日報》（時稱M報）、《新時報》（時稱X報）編輯、總編輯。1946年夏初內戰逐起，白羽憤而辭總編輯，再度筆耕，應民辦報紙相邀撰寫此書。

本書前四章於1947年6月由上海正新出版社出版，續集四章於同年12月由上海元昌印書館出版。兩集均由上海正氣書局總經銷。爾後，再無任何版本重版。

本社此次出版，即據正新、元昌兩個版本整理的。

劍底驚螟——他的死有餘罪，令江湖劍影紛飛

作　　者：白羽
發 行 人：黃振庭
出 版 者：崧燁文化事業有限公司
發 行 者：崧燁文化事業有限公司
E-mail：sonbookservice@gmail.com
粉 絲 頁：https://www.facebook.com/sonbookss/
網　　址：https://sonbook.net/
地　　址：台北市中正區重慶南路一段六十一號八樓 815 室
Rm. 815, 8F., No.61, Sec. 1, Chongqing S. Rd., Zhongzheng Dist., Taipei City 100, Taiwan
電　　話：(02)2370-3310
傳　　真：(02)2388-1990
印　　刷：京峯數位服務有限公司
律師顧問：廣華律師事務所 張珮琦律師

定　　價：350 元
發行日期：2024 年 03 月第一版
◎本書以 POD 印製
Design Assets from Freepik.com

國家圖書館出版品預行編目資料

劍底驚螟——他的死有餘罪，令江湖劍影紛飛 / 白羽 著 . -- 第一版 . -- 臺北市：崧燁文化事業有限公司，2024.03
面；　公分
POD 版
ISBN 978-626-394-034-5(平裝)
857.9　　113001652

電子書購買

臉書

爽讀 APP